〔爱尔兰〕约翰·班维尔 著
戴从容 译

The Blue Guitar

蓝色吉他

人民文学出版社

著作权合同登记号　图字01-2017-8514

THE BLUE GUITAR BY JOHN BANVILLE
Copyright: © JOHN BANVILLE, 2015
This edition arranged with ED VICTOR LTD.
through BIG APPLE AGENCY, INC., LABUAN, MALAYSIA.
Simplified Chinese edition copyright:
2017 PEOPLE'S LITERATURE PUBLISHING HOUSE CO., LTD
All rights reserved.

 本书出版得到爱尔兰文学基金会的支持

图书在版编目（CIP）数据

蓝色吉他　／（爱尔兰）约翰·班维尔著；戴从容译.—北京：人民文学出版社，2017
ISBN 978-7-02-013411-3

Ⅰ.①蓝… Ⅱ.①约…②戴… Ⅲ.①长篇小说—爱尔兰—现代 Ⅳ.①I562.45

中国版本图书馆CIP数据核字（2017）第247064号

责任编辑　翟　灿
装帧设计　李思安
责任印制　王重艺

出版发行　人民文学出版社
社　　址　北京市朝内大街166号
邮政编码　100705
网　　址　http://www.rw-cn.com

印　　刷　三河市西华印务有限公司
经　　销　全国新华书店等

字　　数　176千字
开　　本　880毫米×1230毫米　1/32
印　　张　9　插页9
版　　次　2018年1月北京第1版
印　　次　2018年1月第1次印刷

书　　号　978-7-02-013411-3
定　　价　49.00元

如有印装质量问题，请与本社图书销售中心调换。电话：010-65233595

目 录

001
译序
诗人、哲人、画家 / 戴从容

001
第 一 部

093
第 二 部

197
第 三 部

诗人、哲人、画家

译序

在2014年北京外国语大学举办的"二十世纪爱尔兰文学、文化与国家建构"会上,我跟一群爱尔兰学者聊起爱尔兰出了这么多诺贝尔文学奖得主之后,谁最有可能是下一个,他们最后公推出了约翰·班维尔。虽然这只是一次不具权威性的闲谈,但也反映出西方读者对班维尔的拥戴。班维尔长长的奖誉表同样见证了他不容忽视的实力:1989年凭《证据之书》获布克奖提名;1997年凭《无法企及》获世界上奖金最高的文学奖兰南文学奖;2005年凭《海》获堪称"英语文学界的诺贝尔文学奖"的布克奖;2007年成为美国文理科学院荣誉外籍院士;2009年成为世界上最古老的学生组织爱尔兰三一学院哲学会的荣誉顾问,这在爱尔兰是一个崇高的荣誉,叶芝、贝克特、王尔德都曾是该学会的会员;2010年凭《海》获爱尔兰图书奖,这是爱尔兰唯一一个得到全国图书出版机构支持的奖项;2011年获弗朗茨·卡夫卡奖,该奖因为连续两年获奖者随后也获得诺贝尔文学奖,被视为诺贝尔文学奖的预演;2012年凭《古老的光》再次获得爱尔兰图书奖;2013年获爱尔兰笔会奖和奥地利欧洲文学奖;2014年获西班牙阿斯图里亚斯王子文学奖……上述奖项和荣誉不过是班维尔众多荣誉中影响较大的几个,在1989年获布克奖提名前他就已经在爱尔兰、英国、美国拿了八九个奖项,其中包括英国最古老的文学奖之一詹姆斯·泰特·布莱克纪念奖,此外他还多年进入诺贝尔文学奖的提名。

未曾中断的荣誉显示了班维尔在文学创作上的持之以恒,以及越来越圆熟的文学才华和越来越大的国际影响力。不过有趣的是,与其他精英作家不同,在获得布克奖之后,班维尔又用本杰明·布莱克这个笔名一口气写了七部畅销小说,几乎一年一部。更有趣的是,在接受采访的时候,他会跟采访者商定是以班维尔还是以布莱克的身份做答。如果被问到班维尔和布莱克,他也像在谈论两个完全不同的人,比如称布莱克喜欢在电脑上写作,一天就能写两千多字,班维尔则一定要用钢笔,一天能写出几百字就心满意足了;班维尔写作时好像在做梦,布莱克则清醒地监控着情节和人物。有时他还会开玩笑说虽然我现在是布莱克,但是班维尔也会从我的肩膀上探出头来,似乎班维尔早就习惯了多重身份。

班维尔1945年12月8日出生于爱尔兰东南部的威克斯福德市,父亲马丁·班维尔是汽车修理厂的职员,共有三个孩子,班维尔排行最小。哥哥温森特·班维尔也是小说家,姐姐安妮·维罗尼卡也出版过一部童话和一部回忆录。班维尔小学就读于一所天主教兄弟会主办的学校,中学和高中就读于只招男生的圣彼得中学,高中毕业后直接去了爱尔兰航空公司工作,没有上过大学。后来班维尔对因为酗酒和恋爱而错过大学教育深感遗憾,但也感谢在航空公司的工作让他去了欧洲不少地方。1968年班维尔去美国待了一年,在那里结识了他的第一位妻子珍妮特·邓纳姆。珍妮特当时是加州大学伯克利分校的学生,两人后来离婚。班维尔现在的妻子帕特丽卡·奎因曾是爱尔兰艺术委员会的主席,跟班维尔生了两个女儿。

班维尔十二岁就开始写作,1969年从美国回爱尔兰后一直在《爱尔兰日报》做编辑,到1995年《爱尔兰日报》停刊时已任副主编。正是在《爱尔兰日报》工作期间他开始正式发表作品,1970年出版了他的第一部短篇小说集《朗·兰金》。

作为班维尔的第一部作品,这些短篇在情节和结构上都不够成熟,尤其是结尾大多处理得略嫌突兀,但即便在这部处女作中,班维尔特有的三言两语就传神勾勒出景物和事件所包含的幽邃情绪这一才能已经展示出来。不过次年出版的长篇《夜卵》却让班维尔懊悔不已,甚至否认是自己的作品,称之为"怪想、做作、荒谬、装腔作势"。两年后他终于成功出版了长篇《白桦林》,虽然后来也提及不多,但这本书已经为他赢得了三个奖项。1976年班维尔开始了三部曲的创作,即被称为"革命三部曲"的《哥白尼博士》(1976)、《开普勒》(1981)和《牛顿书信》(1982)。其中最后一部《牛顿书信》虽然未获任何奖项,班维尔却在三部曲中对该书最为满意,建议任何人要研究他都应该从此书开始。该书在现实与虚构之间从容而灵动地转换,表明班维尔的叙述能力已经成熟。

1989年,班维尔在另一部长篇《梅菲斯特》(1986)之后,又出版了另一组三部曲,被称为"框架三部曲"。《证据之书》(1989)描写科学家弗里狄·蒙哥马利在偷画时杀死了撞见他的女仆;《幽灵》(1993)写的是一群游客在岛上的经历,但主要叙述者正是《证据之书》的主人公,讲述了自己出狱后精神上的困扰。书中曾提到一位虚构的荷兰画家沃布林,这位沃布林将不断在班维尔的作品中出现,包括在《蓝色吉他》中;第三部作品《雅典娜》(1995)虽然不再重复前两本书的故事,主人公也换成了女性,但继续着前两部的绘画和凶杀主题,并且加入了以后班维尔的作品中不断出现的古希腊神话内容。

第三组三部曲是《蚀》(2000)、《寿衣》(2002)和《古老的光》(2012)。在着手这个三部曲之前班维尔还写了《方舟》(1996)和《无法企及》(1997),其中《方舟》只刊印了260本,因此知道的人并不多。《无法企及》同样是一部现实与虚构交织的小说,主人公既是艺术史家,又是双重间谍和同性恋,以第二次世界大战期间的著名间谍"剑桥五人帮"中的安东尼·布朗特为原型,同时也有爱尔兰诗人麦克尼斯的影子。

第三组三部曲作品之间的联系更为紧密，写的都是演员亚历山大·克利夫和他的女儿卡斯的故事。《蚀》写的是名演员亚历山大·克利夫在五十岁时突然感到幻灭，从镁光灯下退了出来，独自回到早已荒废的童年住宅反思和寻找自我，在这个过程中他感受到鬼魂的干扰，以及他女儿的命运的若干预兆。《寿衣》则以卡斯为主人公，写她对一位叫作范德的批评家的调查，结果发现范德在"二战"前夕曾替一份右派杂志写反犹文章，而且现在的范德其实不是范德本人，而是范德儿时的一个朋友，他在范德失踪后继用了他的身份。《古老的光》以六十岁的克利夫的口吻进行叙述，回忆他十五岁时与一位大他二十岁的格雷夫人的恋情，以及他目前在一部名为《虚构过去》的电影中扮演主角。这部电影以一位意大利批评家阿克塞·范德为原型，而范德正好是卡斯自杀前的情人，因此这部电影又把父女之恋的主题引了进来。

这组三部曲并非一气呵成，中间班维尔还创作了为他赢得布克奖的《海》（2005），又在2009年出版了《无限》，同时还开始了他作为本杰明·布莱克的通俗小说作者的生涯。布莱克至今已出版了七部以夸克为主人公的犯罪小说，还有一部连载小说也很畅销。

《海》以一位退休的艺术史家为叙述者，回忆他生命中那些他曾爱过但如今已逝去的人，包括他对童年时格蕾丝一家的回忆、对他妻子安妮的回忆，这些回忆与他如今在隐居之地的生活交织在一起，随着思绪如海浪般起伏。《无限》则浓缩了班维尔一直主张的人神同形论，作品中生活于当下的主人公常与古希腊神话中的诸神在思绪或隐喻上发生交叠。《无限》直接以古希腊神祇们和伊甸园人物的名字作为主要人物的名字，主要叙述者也是隐藏在空中的神使赫尔墨斯。这样，虽然故事讲述的是生活于现代的一家人，他们的古代神祇身份又让现代人的生活与人类远祖的命运联系在一起。班维尔通过这种身份的重叠所要思考的，是神到底如尼采所说已经退出舞台，还是改换为某种我们不知道的形式依然存在于我们的生活之中，或者到底我们在如我们所以为的绘写着仅属于我们自己的短暂但独特的一生，还是我们不过在一次次重复着从神祇时代就已经开始的人类古老的命运？

《蓝色吉他》出版于2015年，书名出自美国现代诗人史蒂文斯的长诗《弹蓝色吉他的人》。史蒂文斯是现代英语诗歌史上一位重要的思辨型诗人，他思考的主题之一正是在神离去之后人与自然、主体与客体的关系。在史蒂文斯看来，自然的世界是客体的物理世界，可视可感；人则是主观的意识，从自然吸收一切，又把一切通过意识变形。史蒂文斯的长诗《弹蓝色吉他的人》既是这一思想的表现，同时也受到毕加索的名画《老吉他手》的影响。后者创作于毕加索从传统绘画转向表现主义的"蓝色时期"，人物造型上的扭曲已经开始把情绪置于逼真之上，背景的蓝色更传递出忧伤、哀怨和悲剧性。在长诗《弹蓝色吉他的人》中，史蒂文斯把毕加索的这幅画称为"毁灭的凝集"，既是我们自己的毁灭，也是社会的毁灭，因为如其所是之物早已毁灭。在诗的开头弹蓝色吉他的人之所以备受指责，也正因为他没有把事物如其所是来弹。史蒂文斯在这首诗里把音乐、绘画和诗歌互比，指出这些艺术不是再现现实，而是创造现实，现实是从众多视角所带来的众多可能性中提取出来的。

班维尔的《蓝色吉他》的主人公也是一位画家，并且正写着他对过去的回忆（虽然不是诗歌）；同样，班维尔也在写给译者的信中提醒译者，小说中存在着两种不同的现实。事实上，《蓝色吉他》并不仅仅如表面读到的那样，是一场婚外恋的悲剧，它更如史蒂文斯的《弹蓝色吉他的人》一样，是对现实与想象、主观与客观的思考，这从故事中造成主人公丧失绘画能力的原因中可见一斑。

《蓝色吉他》的主人公奥米既是画家也是小偷，他与朋友妻子的婚外恋既可以被视为爱情，也可以被视为偷窃。奥米的绘画，根据他自己的反思，也是一种占有或偷窃，只不过要偷窃的是整个世界，他是要通过把世界纳入自己来改造世界，从而控制住世界那不受控制的存在性。奥米偷窃也不是为了钱，而是通过自己的重新占有，使被窃之物得以从被遗忘的黯淡中重新进入生活。奥米的情人波莉在遇到奥米前所过的枯燥单调的小镇生活也让她如同被遗忘的物品，奥米的出现带来灾难，但也开始了她的新生。只是，无论绘画、偷窃还是偷情，奥米都失败了。正如他在绘画中领悟到的，外在的世界、内在的世界，两者之间有着不可逾越、不可飞跃的深渊。班维尔给奥米安排的这一失败结局，显示了他与史蒂文斯在人与自然的关系这一问题上的最终分歧。史蒂文斯用想象取代上帝，把现实视为想象的产物；班维尔笔下的奥米也曾试图用主观改变客观世界，他的绘画不是把事物如其所是地画下来，而是要"把世界纳入我自己"，但他最终却噎住了；他的偷情不是如波莉所是的去爱她，而是在想象中如奥利匹亚山上的神祇一样赋予波莉超现实的光晕，后来正是波莉的不加修饰让他在私情暴露后仓皇而逃；他的偷窃同样是要通过自己的占有来改变事物的存在，但是如奥米自己说的，也永无尽头地失败了。这种失败，是班维尔对史蒂文斯所主张的想象可以作为"最高虚构"代替上帝的质疑。如果说在《海》中，班维尔明白了人类的生离死别对这个伟大的宇宙来说只不过是海浪的一次翻滚，或者只是"这个伟大的世界又冷漠地耸了耸肩而已"。那么在《蓝色吉他》中班维尔更进一步明白了，人类一直多么虚幻地将自己视为世界的主宰，以为可以用人类独有的想象去塑造这个世界，而世界却背过脸去，不让我们进入。

班维尔自幼学画，虽然他说自己不会绘画，但是这个经历不仅让大量的画家和绘画作品进入他的小说题材，而且赋予了他一双艺术家的眼睛。画家的眼光，再配上他近乎诗人的语言能力，使得他在描形绘物上只需寥寥数笔，便可纤毫毕现、神思跃动、直达人心。这种用诗人之笔写小说之事的语言能力在这个日益粗糙的图像化时代确实不可多得，也难怪他能不断将各种奖项收入囊中。

不过与此同时，班维尔也和他化身的通俗小说作者布莱克一样，喜欢写犯罪和恋情这些充满悬念的故事，只不过作为布莱克写作的时候，书的重心是情节，而作为班维尔写作的时候，书的重心是人物的内心和对生命的思索。这一不同的重心或许会让偏爱戏剧性故事的读者略感枯燥，但却正可以帮助读者学会如何从那些看似真实实则虚构的戏剧性情节中，看出存在的真相，这个真相可能单调甚至残酷，却异常真实。

哲人的思考、诗人的语言、小说家的故事，这便是班维尔，一个越来越成熟的集大成者。

最后，我要特别感谢爱尔兰文学基金会及上海高校高峰高原学科建设经费对本书的支持。

戴从容

"如其所是之物
会在蓝色吉他上改变。"

——华莱士·史蒂文斯

第一部

叫我奥托利科斯[I]。嗯，算了，不用了，尽管我就像那个无趣的小丑一样，收捡无人问津的小玩意儿。这是对我偷东西的一种别致说法。我一直在偷，至少从记事起。完全可以称得上偷窃艺术界的神童。这是我可耻的秘密，我的可耻秘密之一，不过，我还真没那种应有的羞耻。我偷东西不是为了钱。我盗取——这个词好，又正经又包装[II]——的对象，那些工艺品，多数时候都没啥价值。通常它们的主人都毫不挂怀。这让人苦恼，垂头丧气。我不是说我想被抓住，可我希望失窃能被记录下来，这一点很重要。我是说，对我很重要——怎么说呢？功勋、努力、成就，它们的重要性和合法性。我问你，如果除了小偷之外没有人知道东西被偷了，偷它还有

[I] 希腊神话中神使赫尔墨斯的儿子，英雄奥德修斯的祖父，以高超的偷窃技术闻名。
[II] 此处化自英语习语"prim and proper（一本正经）"，作者将"proper"换为"pursed"，以与主人公的偷窃行为呼应，故借用"包装"的双关含义来翻译。

什么意义呢？

以前我画画。这曾是我的另一种激情，我的另一个癖好。我曾经是个画家。

哈！刚才我写下来的不是画家，而是苦家[I]。笔误，思想开了小差。不过，很准确。我曾经是画家，现在是苦家。哈。

我该住手了，不要等到太晚。不过已经太晚了。

奥米。那是我的名字。你们中的一些人，热爱艺术的，憎恨艺术的，可能会记得，来自往昔岁月的一个名字。奥利弗·奥米。事实上，奥利弗·奥特韦·奥米，O、O、O[II]。真荒诞。你可以把我挂在当铺的门上。顺便提一下，奥特韦取自我父母年轻时住过的一条不起眼的街道，他们初次同居的地方，可能也是创造我的地方。奥米这个名字对画家来说挺合适，不是吗？一个画家味儿的名字。看上去也顺眼，在画布的右下角，谦虚的小字却不容忽视，O 是猫头鹰的眼睛，r 更像希腊字 τ，颇有新艺术的派头，m 是大笑中抖动的双肩，e 像——噢，我不知道像什么。啊不，我知道：像夜壶的把儿。这下你看透我了。绘画大师奥米，不过不再画了。

我想说的是——

[I] 原文为"painster"，可以解读为"painter（画家）"，也可以解读为"pain-ster（痛苦的人）"，也可以解读为"pain stir（激起痛苦）"，故后面都译为"苦家"。
[II] 主人公的名字 Oliver Otway Orme 都以 O 开头。

今天有暴风雨，盛怒的自然元素。狂风阵阵，吹得房屋轰轰作响，摇晃着古老的橡木。为什么这种天气总让我想起我的童年，让我觉得回到了那些古老的岁月，短发、短裤、一只袜子松松垮垮？童年被认为是光芒四射的春天，我的却好像总是秋季，狂风在老门房后面的大山毛榉丛中咆哮，就像现在这样，空中白嘴鸦乱转，就像篝火里迸出的炭屑，一道奶冻色的闪光消失在低垂的西边天际。而且，我对过去也厌倦了，对想离开这里回到那里也厌倦了。在那儿的时候我在镣铐里焦躁不安地折腾够了。我正迈向五十岁，感觉却已过百，备感沧桑啊。

我想说的是，我已经决心，我已经决定，挺过风暴。内心的风暴。我情况不大好，这是事实。觉得自己像一只闹钟，被一个愤怒的睡者，愤怒的醒者，狠命地甩动，结果里面的弹簧齿轮全都松了。我浑身吱嘎作响。我该把自己拿到马库斯·佩蒂特那儿修修。哈哈。

在河口对面，他们现在该想我了。他们会纳闷我去了哪里——我自己也纳闷呢——不会想到我离得这么近。波莉的情况会很糟，没人说话，也无人信托，除了马库斯，根本别指望从任何人那儿得到安慰，而考虑到事情的性质，她不大可能向他寻求安慰，非常不可能。我已经想她了。我为什么离开？因为我没法待了。我在马库斯的作坊上面她那间狭小的客厅里给她画像，九月下旬的一个午后，在昏暗的光线里蜷缩在炉火前，她的双膝在火苗映照下闪着光，小腿上是钻石形的斑斑点点。她忧心忡忡地用她那些尖利的小牙咬着嘴角，这些牙常让我想起圣诞布丁里一粒粒反光的油脂。她是，曾是，属于我的亲爱的布丁。我再次问自己：我为什么离开？还是这类问题。我知道我为什么离开，我知道得很清楚，不该再假装不知道了。

马库斯会在他的作坊，在工作台前。我也看到他，穿着他的无袖皮上衣，凝神屏息，钟表匠的眼镜扣进眼窝，摆弄着他的微型工具——我总把它们想象成铁质手术刀和骨针——拆着百达翡丽表。虽然他比我年轻——我觉得谁都比我年轻——他的头发在变少，已经灰白了，看，现在软绵绵地一缕缕搭在他那前倾的圣徒般的长脸两侧，被他的每次呼吸掀动，掀动一点儿，一点儿。他以前看起来有点儿像丢勒[I]那幅雌雄莫辨的自画像，四分之三的侧面，黄褐色长发卷，玫瑰花蕾般的嘴，勾魂荡魄的眼睛；虽然后来他可能成了格吕内瓦尔德[II]画里的一个受难基督。"工作，奥利，"他悲伤地对我说，"我只有工作来让我忘记苦难。"他用的是这个词：苦难。我觉得这个词很怪，即便在这样悲惨的情况下，与其说是一个词，不如说是一种姿态。但是痛苦驱动雄辩——看着我，听我说。

孩子也在那儿，某个地方，小皮普，他们这样叫她——

[I] 丢勒（1471—1528），德国文艺复兴时期画家、版画家及木版画设计家，以水彩风景画著称。
[II] 马蒂亚斯·格吕内瓦尔德（1470—1528），德国文艺复兴时期的画家，以宗教画著称。

从来不只叫皮普,总是叫小皮普。当然她确实很小,但是如果她长成一个亚马逊女战士该怎么办?温柔女巨人小皮普。我不会笑的,我知道;那是一种搔到我笑筋的嫉妒,是妒忌以及悲伤的遗憾。格洛丽亚和我有过一个我们的小不点儿,时间很短。

格洛丽亚!这之前她完全逃出了我的脑海。她也会纳闷我到底在哪里。到底,在哪儿。

见鬼。为什么事情总要这么难。

我要想想我终于爱上波莉的那个夜晚,也就是说,终于第一次爱上。只要能转移注意力就行,虽然我正应该把注意力从爱的念头上转移开,因为爱让我掉进了怎样的煎熬中啊。事情发生在钟表匠、锁匠和金匠行会的年度聚餐时。我们作为马库斯的客人出席,格洛丽亚和我——我该说,格洛丽亚并不情愿,她像我一样很容易感到无聊,对什么都厌倦——跟他和波莉坐一桌,同桌的还有其他一些我们不需要关注的人。菜单上有牛排和烤肉,当然,还有土豆,煮的、捣成泥的、烤的,或者薯片,别忘了你那终年不断的卷心菜配培根。或许是焦肉的淡淡臭味让我觉得不同寻常;这个,还有桌上蜡烛的烟味,以及三人乐队的腹腔轰鸣。我身后的宽阔大厅里喧闹声不断,滚滚而来的汹涌声浪,从中不时进出某个女人喝醉后的尖锐笑声,就像鱼跃出水面。我也在喝,不过我相信我没醉。尽管如此,当我跟波莉说话、看着她的时候——其实是爱慕地盯着她——我感受到黎明时分的阳光,一种突然的天启，那种醉意渐浓时经常会达到的境界。严格地说，她并非美得不同寻常，但却四射着某种我以前没有注意的光芒，某种属于她的光芒，她所独有的；她的充盈，她的存在之存在本身。我知道，这有点儿虚幻，而且可能我以为看到了的东西不过是劣质啤酒的泡沫造成的效果，但是我正在努力抓住那一刻的真髓，把点燃了这场狂喜和痛苦的大火的火星找出来，还有损害、伤害，以及，是的，马尔库塞式的痛苦。

不管怎么说，谁会说我们喝醉时看到的不是真实的呢，而清醒的世界不是模糊了的幻影呢？

波莉并非美丽绝伦。我希望这样说不是欠缺风度；既然我打算接下来只要可能就坚持坦率，那么最好一开始就坦率。当然，我觉得，现在依然觉得，她总体来说很可爱。她体态丰满，骨架较大——想想童用大提琴那浑圆丰满的下半部——长着干净的心形脸，有些凌乱的褐色头发。她那双眼睛确实无与伦比，浅灰色，看上去几乎透明，在某些光照下会显出珍珠母的光泽。眼中有淡淡的投影，迷人地与两颗略微交叠的珍珠门牙相互呼应。多数时候她都仪态娴静，但她的一瞥可以流露出令人吃惊的锐利，语气有时能让人相当刺痛，相当的刺痛。尽管如此，她通常都对这个让她并不尽感自在的世界保持着警惕。她常常意识到自己在社交上缺乏磨炼，比如，与我那泰然自若的格洛丽亚相比——虽然她的亲戚们都出身不凡，毕竟她只是个乡下姑娘——而且她不熟悉礼仪和优雅的举止。在那个钟表匠之夜，这是人们对这一晚会的俗称，每道菜上来时她会迅速地扫视一下全桌，以便在鼓起勇气拿起刀子或叉子或勺子前确定哪副餐具是我们其他人会用的，她的这个样子相当动人。或许爱就是自此萌发的，不是突然被激情俘获，而是认识到并就这样接受了，接受了——接受了这个或那个，我不知道是什么。

钟表匠之夜沉闷无聊，我觉得来这儿可真蠢。我已经不理睬过节似的众人了，而是用胳膊支着，热切地把身子探过桌子，这样我那发烫抽动的脸几乎能伸到波莉的胸前，如果不是她在椅子上半转身偏开我的话，几乎就到了，而结果就是她顺着右肩优美丰腴的曲线斜眼瞥着我。在力量和激情中我跟她聊了什么？我不记得了——重要的不是这个，重要的是语气，不是内容。我能感到格洛丽亚在监视我们，用她那又好笑又怀疑的目光。我常常想格洛丽亚嫁给我是为了总能有东西让她发笑。我不想显得像在泄愤，一点都不是。她的笑并不残忍，都造不成伤害。她只是觉得我好笑，不是因为我说了或做了什么，而是因为我就是这样的，我是她的褐色头发、矮矮胖胖，以及——如果她知道的话——身手敏捷的小男人。

此时的波莉，就是钟表匠之夜我爱上她的时候，已经结婚三四年了，当然已非天真轻信的小女孩，可以指望被我巧妙的巴结奉承骗住。尽管如此，显然我正对她产生着影响。听我说话的时候，她睁大眼睛，态度暧昧地盯着我，她那斜眼的凝视更加重了这一表情，那是当一个已婚女性难以置信地意识到，一个相识多年，并非她丈夫的男人突然告诉她，他出乎意料地爱上了她，不管说得多么转弯抹角和夸张做作，由此萌发的一种怯怯的喜悦表情。

马库斯走开去跳舞了,喊叫着,跺着脚。尽管他缺乏自信且无可救药地多愁善感,却非常喜爱派对,瓶塞刚启或者号角方响,他就带着狂热的激情加入进去——那天晚上他不下三次邀请格洛丽亚跳起来,加入他的雀跃,每一次,让我相当吃惊的是,她都同意了。我和波莉走到一起的最初日子里,我总是设法引她谈论马库斯,让她告诉我他们住在一起的私密时刻里他说了什么做了什么,我真是只奸诈的猎犬,但她有颗忠诚的心,立即用令人印象深刻的坚定让我明白她丈夫就算有怪癖——她并没说他有——也是不允许谈论的。

我们最初是怎么相识的,我们四个?我想肯定是格洛丽亚和波莉先成了朋友,或者更恰当地说,成了熟人,尽管我似乎这辈子都认识马库斯,或者说他这辈子都认识我,因为我是两人中年长的那个。我记得在某处植物公园的第一次野餐——面包、奶酪、红酒和雨——波莉穿着白色连衣裙,光着腿,轻盈柔软。自然,我是在用老伙计马奈[I]的《草地上的午餐》的眼光看这件事——较早的那幅小的——金发的格洛丽亚全身赤裸,波莉在背景中稍远处洗着脚。波莉那天看上去简直就是个小姑娘,粉红的脸蛋有如凝脂,根本不像是

[I] 马奈(1832—1883),法国画家,十九世纪印象主义的奠基人之一。

已婚女性。马库斯戴着一顶有洞眼的草帽,格洛丽亚还是她通常那个光芒四射的[I]自我,明亮巨大的美向周围散射着光辉。天哪,那天我的妻子确实高贵优美,事实上她总是如此,三十五岁的她具备了成熟的全部风姿。我会把她想象成各种各样的金属,黄金,毋庸置疑,因为她的头发,白银是因为她的皮肤,但是她身上也有某种黄铜和青铜的富丽;她有种属于她的卓越光芒,一种庄严的光辉。事实上,她属于提埃坡罗[II]而不是马奈笔下的人物,比如,某位威尼斯大师笔下的克里奥佩特拉[III],或者他的勃艮第的比阿特丽斯[IV]。跟我的容光四射的格洛丽亚相比,波莉几乎连那些许愿小蜡烛中的一支都够不上,就是人们通常在教堂里付一便士后在自己钟爱的圣像前点燃的那种。那我为什么——?啊,现在,这才是事情的关键,那些让我把每件事都搞砸了的关键中的一个。

钟表匠之夜就像这类聚会常发生的那样,突然间就神秘地结束了,我们桌上的大多数人已经站起来,醉意蒙眬地努力打起精神准备离开了,这时波莉简直就是一跃而起,想到了小皮普,我猜——孩子应该正由波莉的父亲和她那迷糊的妈妈照看着——但是接着她停顿了一秒,做了一个奇特的、颤抖的、细微的挣脱动作,吃惊地微笑着,眉毛上扬,双手

[I] 格洛丽亚的拉丁文含义就是光辉、荣耀的意思。
[II] 提埃坡罗(1696—1770),意大利早期洛可可风格画家,常以希腊神话为题材作画。
[III] 克里奥佩特拉(前69—前30),即克里奥佩特拉七世,托勒密王朝末代女王,被称为"埃及艳后"。
[IV] 勃艮第的比阿特丽斯(1143—1184),神圣罗马皇帝弗雷德里克一世的第二个妻子,被封为神圣罗马皇后。

从两侧伸出，手掌平摊在空中，好像一个蹒跚学步的小孩试图做屈膝礼。这可能只不过是她的屁股离开椅子时产生的效果——屋里又热又潮——但给我的感觉似乎是她被某种看不见的、有浮力的物质突然地、轻轻地提了起来：可以说，在一瞬间，她行走于空中。这很难说是她丈夫不在时我让她不得不听我充满激情的长篇大论的结果，但是我被感动了，几乎热泪盈眶，觉得自己多少获得允许与她一起分享这个短暂而秘密的狂喜。她拿起丝绒钱包，依然带着一丝略感吃惊的微笑——她是不是甚至有点儿脸红？——做出四处寻找马库斯的样子，后者正去取他们的外衣。于是我也站了起来，心嗵嗵跳，我可怜的膝盖要动不了了。

恋爱了！再一次！

我们走到外面时，夜晚在漫天闪烁的星星下看起来异常空阔。经过室内的嘈杂之后，外面寒冷的空气中回荡着让人心悸的沉寂。一开始马库斯的车点不着火了，由于吝啬，他在油箱里加的是一种劣质的油，管道被盐堵住了。他在引擎盖下叹着气，轻声地诅咒，波莉和我则在人行道上等着，肩并肩，但并未碰到。格洛丽亚走开一点儿，去偷偷抽支烟。波莉用外衣紧紧裹住全身，下巴缩到毛皮领子里，看我的时候她没有转过头，而是滑稽地斜睨了一眼，带着小丑倒霉时的撇嘴笑。我们没有吭声。我想的是趁格洛丽亚没在看的时候，一把抓住波莉拉到我身边，迅速亲她一口，哪怕只亲面颊，甚至只是额头，就像一位老朋友在这种场合会做的。可我不敢。我真正想做的是吻她的唇，舔她的眼，把我的舌尖刺进她那粉嫩私密的耳蜗。我处在迷醉的惊愕之中,对我自己,对波莉,对我们所曾是,对我们突然间变成的样子。仿佛有神灵从星空中俯下身,把我们捞入他的手心,当场把我们变成了小小的星座。

我一直觉得死亡除了恐惧、痛苦和污秽,更可悲的是我离去之后,此处再无人完全以我的方式认识这个世界。别误会我,我对自己在这个狂热的大千世界中的重要性并无幻想。其他人会认识到其他版本的世界,多到难以计数,一人一世界的世界大杂烩,但那个纯粹因我在其中的短暂存在而创造出来的世界将永远地遗失了。我发现这个想法很折磨人,甚至在某种程度上比自我的消亡这一前景本身还折磨人。想想那天晚上在那里的我,在他们紫色长绒外衣上的宝石的辉映之下,莫名其妙地被爱击中,张着嘴惶顾四周,注意到星光把清晰的影子斜斜地铺在房子的侧面,马库斯轿车的顶盖像铺了薄薄一层油脂一样熠熠发光,波莉领口狐狸毛竖起的尖端仿佛在燃烧,车道因结霜的细沙发出幽暗的光,一切东西的轮廓都在发光——所有这些,这个熟悉的普通世界正是因为我的注视而变得与众不同。微笑的波莉,苦恼的马库斯,拿着香烟的格洛丽亚,我身后在一阵酒醉的喧闹中从钟表匠之夜走出来的人群,他们的呼气在空中冻成一个个球形薄膜——他们都会见我所见,却无法跟我一样,从我的双眼,我独有的眼光,用我自己的方式,这个方式虽然与其他人的一样脆弱肤浅,但那是我的,不管怎样,是我的,因此独一无二。

马库斯结束了他对轿车油管所做的不管什么操作，直起身，砰的一声关上引擎盖，弄得夜晚好像也吓得收缩了一下。他一边嘟囔着化油器，一边用两手顺着瘦长的两肋擦了擦，走到方向盘后面，生气地按下点火开关，机器咳着喘着，颤动着启动了。他坐在那儿，门开着，一只脚踩在人行道上，把马达加速，听着可怜的东西放电时发出的哀鸣。我喜欢马库斯，真的，真喜欢。他是个正派的家伙。我觉得他对自己的看法多多少少就是格洛丽亚对我的看法：总体上挺好但根本上无可救药，容易上当，多少有些可笑。他坐在那儿，耳朵因引擎发出的鸣响支棱着，以一种懊悔的样子不断摇着头，紧张地对自己笑着，仿佛这次熄火只是一系列困扰他终生的、避无可避的、悲惨的小小不幸中最新的一个。哎，老伙计马库斯，我对这一切感到抱歉，真的。真奇怪，要让说出的"对不起"听起来可信多么难啊。应该有一种特殊的、独有的语调来表达一个人的悔恨。说不定我能就这个话题搞出点儿什么，一本实用神态手册，甚至一本示例图书：《道歉入门——"对不起"案例研究》。

格洛丽亚和我坐到后座，我在波莉后面，她坐在前排马库斯的旁边。我可以闻到格洛丽亚呼吸中的烟味。波莉在笑着抱怨天冷，事实上，从我坐的地方望去，她那黑得发亮的圆脑袋缩在毛皮衣领里面，就像一位丰满小巧的爱斯基摩女子全身包裹在海豹皮中。我们滑过寂静的街道，流水般掠过那些沉思中的房屋和打烊了的店铺，我望着它们，试着不去想马库斯那缓慢小心得让人抓狂的驾驶。皮尔斯农具店、科特药店、普伦德加斯特馅饼店,那个传说中的接生婆葛兰妮·科尔弗曾经住过的破房子,和它那斜视的牛眼窗格——眼中钉!——搛在卫理公会礼堂和古林业行会[I]那有着成排窗户的会议室之间。米勒女帽商、汉利男装店。我父亲的图片店,一如既往,上面是我的画室,也一如既往。屠夫、面包师、烛台匠[II]。我干吗要回来住在这儿?年轻的时候,就像我说过的,我迫不及待地想离开这里。格洛丽亚说这是因为我对大千世界感到害怕,所以缩回到这个小世界。她可能是对的,但并非完全如此,肯定。我就像只研究自己历史的考古学家,向下挖过一层又一层的片岩和亮晶晶的页岩,从未到达岩床。还有一个真相,一个秘密的真相,那就是我预见到自己会在旧地出新风头,在费尔蒙特山上我那奶油色的豪宅中称雄——那地方以前叫刽子手山,直到镇议会投票换了名字,明智之举——让那个我本应惧怕的世界想方设法迈入我的大门来效忠。我会像在旺斯的毕加索[III],或者在沃夫纳格堡的马蒂斯[IV],虽然我最终却更像可怜的皮埃尔·勃纳尔[V],在老婆的控制下困在勒卡内。镇上的人非但没有对我肃然起敬,反而多少把我当作一个笑话,因为我的帽子、手杖和花哨的绸手帕、我那目中无人的做派、我根本配不上的金发年轻妻子。我不在乎,

---

[I] 1834年成立于英国的互助组织。
[II] 此处化自十八世纪末的一首英国童谣。
[III] 毕加索(1881—1973),西班牙画家、雕塑家,现代艺术的创始人,西方现代派绘画的主要代表。
[IV] 马蒂斯(1869—1954),法国画家,野兽派的代表人物,也是一位出色的雕塑家。
[V] 勃纳尔(1867—1947),法国纳比派代表画家。

我是那么着迷于回到童年的环境之中,全都神奇地一如既往,仿佛沉入了玻璃缸中,特地为我保留,满怀信心地耐心期待着我的必然归来。

主干道上空无一人。亨伯车尾随着前灯的两道光柱缓慢前行,自顾自轰鸣着。从轿车后座望过去,这对已婚夫妻从未像现在看起来这么亲密,在前排安静地说着话。波莉和马库斯可能都已经进了他们的卧室了,他们的交谈在我听起来那么柔和亲近,我留心地坐在他们的后方一言不发。第一波嫉妒之痛。比刺痛还厉害。他们在谈什么?没什么。不就是人们在可能被边上人听到时经常谈的话吗?

我接下来注意到的是有什么东西挠摸我的膝盖,我差点儿吓得叫出来——马库斯的老爷车里完全可能有老鼠——不过等低下头,我看到一只手泛着微光,意识到是波莉在那里抓着我。她竟然丝毫不动声色就设法把胳膊伸过了车门和座位之间的缝隙,在马库斯看不到的那一侧,并且用一种不可能误会的方式抚弄着我的膝盖骨。尽管有之前餐桌上我们之间发生的一切,这也着实令人惊喜,虽然说不上震惊。事实上,每次我对女人示好,我从未真正奢望会被待见,或者哪怕被注意,我很少示好,即便年轻的时候,尽管有些成功的案例,那些我也总视为侥幸,是误打误撞,或者女人这方的稀里糊涂和我这方的纯属好运。我不是那种人见人爱的人,首先,我一直是青蛙里的癞蛤蟆。我又矮又壮,或者最好彻底坦白,是肥胖,有一个大头和一双小脚。我的发色介乎湿锈色和弄得很脏的黄铜色之间,在潮湿的天气里,或者在海边的时候,会自动攮成卷,像花椰菜瓣那样又紧又密,坚决拒绝哪怕是最用力的梳理。我的皮肤——噢,我的皮肤!——是一种松垮、潮湿、灰白色的外皮,让我看起来好像在黑暗中被漂白了很久。至于雀斑我就不说了。我的四肢又短又粗,顶端粗大,到脚踝手腕越来越细,就像印度棒Ⅰ,只不过更短更圆。我会自娱自乐地幻想等我老了,腰围增加了,这些枝干会一点点缩回来,直到完全缩进去,而我的头和胖脖子也变平,这样我就变成完美的球形,一只巨大灰白的马勃菌,一开始被厚道的格洛丽亚一路滚过去,然后在她心灰意冷之后,被一个一身白衣、橡胶鞋底、帽子笔挺、不苟言笑的人滚走。任何人,尤其是像波莉·佩蒂特这样明智的年轻女性,竟然会认真对待我,或者对我的话哪怕有一点点相信,对我来说依然是令人惊奇的事。但是我就在这儿,膝盖被这位波莉摸着,而她的丈夫,一无所知地朝方向盘耸着肩,鼻子几乎碰到挡风玻璃,缓慢地驾车送我们回家,在他的老南瓜车里,驶过这个皎洁的、突然变样了的夜晚。

格洛丽亚,我那通常目光如炬的妻子,也无所察觉。或许不是?对于格洛丽亚,你永远无法了解。这就是她的问题所在,我觉得。

Ⅰ 一种体操用器具,起于近东地区,维多利亚时代后期流行于英国。

不管怎么说，到那时为止事情就是这样。不过我希望，凭着我膝盖处那致命的感觉，大家能够明白并记录下来，严格地说，是波莉先主动的，因为之前餐桌上我对她的过火奉承只是一些言语，没有行动——我从未对她动一根指头，法官大人，那晚没有，我发誓。当我立刻把手滑下去，摸索着想抓住她的手，她立刻抽了回去，没有转身，头几乎察觉不到地摇了摇，我把它当作一种警告，甚至是谴责。我大受刺激，不但因为波莉的抚摸，也因为她的拒绝，我叫马库斯停车，让我下去，说剩下的路我想走回家，在夜晚的空气中清醒清醒。格洛丽亚惊奇地迅速看了我一眼——我从来都不很属于那种喜欢户外运动的人，除了在我画家的想象中——但未置可否。马库斯在桥上的水车引水槽边停下。我下了车，停了片刻，把一只手放在车顶，探过身去跟里面的夫妇道别，马库斯嘟囔了几声——他依然为汽车熄火生着闷气——波莉依然没有转头或者看我，只快速地说了个词，我没听清。他们开走了，排出的废气在空中留下刺鼻的盐臭味，我沿着他们的尾迹慢慢步行，走过微拱的桥，水车引水槽在脚下吞进吐出，我看着那些红色的尾灯慢慢消失在黑暗中，就像悄悄撤退的老虎的眼睛，我的思绪一片混乱。啊，被吞噬了！

现在，说到偷窃这件事，从哪里开始呢？我承认我对这个孩子气的罪行感到尴尬——就让我们称之为罪行吧——老实说我并不知道我为什么要坦白，向你，我并不存在的忏悔神父。这里的道德问题有点儿棘手。如同艺术通过把素材全部吸收进作品,从而使素材枯竭,就像科林伍德[I]主张的那样——一幅画耗尽了它的颜料和画布,而桌子却永远保持着它的木头——这种偷窃行为也一样,这门艺术,本身也改变着被偷的东西。多数所有物迟早会失去光泽,变得黯淡平庸;被偷了,它们就重新跃入生活,再次展现出独一无二的光芒。用这种方式,小偷不就通过使事物重新开始,从而帮了它们一个忙吗?他不就通过磨亮已经变暗的银器,以此提升了这个世界吗?我希望我已经对我的案子做出了足够有力和有说服性的开篇陈述。

我偷的第一件东西,第一件我记得偷了的东西,是一管油画颜料。是的,我知道,这看上去也太凑巧了,不是吗,鉴于我将成为一个画家,如此等等,但事实就是这样。犯罪地点是杰佩多[II]玩具店,在圣斯威辛街附近一条窄巷子里——是的,这些名字,我知道,我是边讲边编出来的。肯定是在圣诞节期间,四点天就开始黑了,如丝细雨给小巷的贻贝蓝鹅卵石涂上了一道光泽。我和妈妈在一起。该不该聊聊她?是的,应该:她应该得到这一尊重。在早年那些岁月里——我说的是我九或十岁的时候——她与其说像妈妈,不如说像善意的姐姐,当然,比我真正的姐姐更有善意。妈妈总是心不在焉,

---

[I] 科林伍德(1889—1943),英国哲学家、历史学家、考古学家,主要作品包括《艺术原理》(1938年)和《历史的观念》(1946年,去世后出版)。
[II] 《木偶奇遇记》中匹诺曹的父亲的名字。

甚至有点儿失魂落魄,对大家觉得烦人或者有趣,或者两者兼具的日常生活事务通常都难以胜任。她很美,我觉得,一种脱俗的美,但她很少关心她的外表,除非她那看上去的不修边幅是一种精心营造的姿态,尽管我不认为如此。尤其是她的头发,她任其随意不羁。头发是赤褐色的,浓密但纤细,就像一种稀有的装饰干草,几乎在我的每段记忆里她都用一种模糊又悲伤的好笑的绝望姿态把手指掠过发丝。她身上有种吉普赛人的味道,让她的孩子们感到羞耻和愤怒,除了我以外,因为在我眼里,她的一切所是和所为都接近人类所能达到的完美。她穿着农妇的衬衫和飘逸的印花裙,在比较暖和的月份里会选择光脚在屋里走,有时甚至到街上去——在我们这个闭塞的小镇,她无疑引起了流言蜚语。她有着可爱迷人的浅紫色眼睛,我继承了这一点,当然它们在我身上被浪费了。我小的时候,我们彼此相伴从来没有不开心过,我不会介意只有我们两个,没有我父亲或者其他哥哥姐姐挤在一起,我猜她也不介意。我不知道为什么我得到她的青睐,但情况就是如此。我猜,因为年纪小,我不那么丑陋,而且不知为什么,妈妈们总是偏爱她们最小的孩子,不是吗?我常看到她出神地望着我,眼中闪烁着期盼,好像任何时候我都可能做出惊人之举,弄出什么不可思议的把戏,比如毫不费力地双手倒立,或者突然唱起一段歌剧咏叹调,或者在手腕脚踝处冒出金色的小翅膀,振翅飞入高空。

很小的时候我就宣布,用我最早熟和庄严的方式,称我要成为一个画家——我该是个多么让人难以忍受的小蠢蛋啊——当然她认为这是个美妙的想法,尽管我父亲忧心忡忡地嘟嘟囔囔。无疑普通的蜡笔和彩铅根本不行,不,她的儿子必须拥有最好的,于是我们立刻一起出发去杰佩多的商店,镇上唯一一家我们知道备有油画颜料、油画布和真正画笔的地方。商店有着高耸的天花板但很窄,就像镇上的许多房子和建筑物那样;事实上它窄到顾客会自动选择侧身挪进去,侧脸收腹,小心走过高高的门廊。右侧有一个熟铁的旋转楼梯,我总是觉得会通向布道台,墙上摆着一排又一排的玩具,高及天花板。艺术用品在后部,在走上三级陡峭台阶后的垫高处。杰佩多的台子也在那里,也是又高又窄,事实上,更像布道台,一个可以俯瞰整个店铺的制高点,他从眼镜的上方望着,和气的微笑闪着光,里面闪烁着一个天生商人片刻不停的敏锐警惕,就像他那露出的门牙一样。他的真名是约翰逊或詹姆逊或吉姆森,我记不清了,但我叫他杰佩多,因为配上他毛茸茸的白色鬈发,以及端坐在细长鼻子末端的无框镜片,他酷似我在某个圣诞节作为礼物收到的大图画书《木偶奇遇记》中画的那位老玩具匠。

顺便说一下,我原本可以说很多那个木头男孩和他渴望成为人类的事,啊,是的,很多。但我不会。

各种颜色依然如在眼前,分类陈列,迷人地展示在雕花木台上,就像超大的排管。我一眼就锁定一管胖得奢侈的锌白色。巧得有趣的是,颜料管本身看起来就像是锌制的,白色的标签则有着石膏的暗淡干燥的质感,一种我从此偏爱一

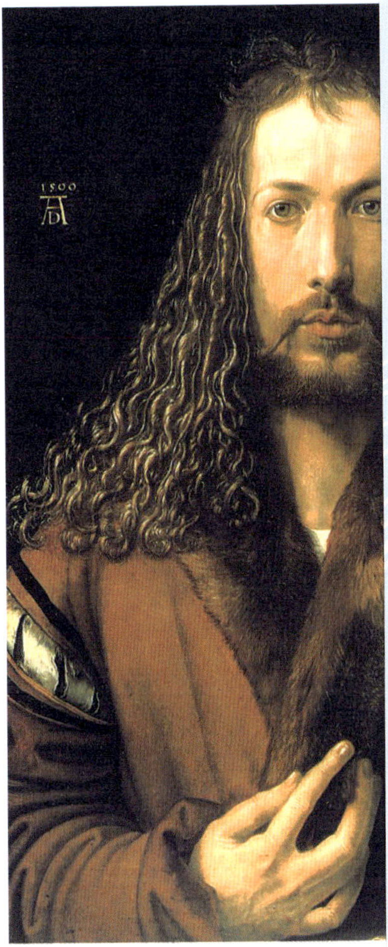
1500

生的色调,如果你对我的绘画略有了解便会知道,不过我倒希望你并不了解。出于本能,我得确保我的兴趣不会暴露,当然不会鲁莽到把东西拿起来检视,甚至都不能碰它。在偷窃的第一阶段,所有小偷都会允许自己用一种特别的方式来斜眼打量所欲之物,这不仅出于对策和安全的考虑,还因为推后的满足意味着更大的愉悦,这是每个酒色之徒都明白的。我的妈妈正在用她那种心不在焉的方式跟杰佩多聊天,盯着他左耳后方的某处,漫不经心地摆弄着从他桌上捡起的一支铅笔,在她那纤细得迷人但有些男性化的手指间转来转去。这样天差地别的一对能说些什么呢?尽管我的小小年纪跟那个老男孩相差很多,我却看得出他被这个披散头发、目光清澈的可人儿深深吸引住了。我应该承认,我妈妈跟男人打交道时总是很性感,是故意的还是什么我说不清。我相信是她的暧昧本身,有点儿古怪,有点儿眉头微皱的恍惚迷离,让他们眩惑,征服了他们。在其中我看到了机会。等我判定她已经把老店主引诱得失魂落魄,我便猛地伸出一只爪子——啪的一声!那管颜料在我的兜里了。

你可以想象我的感觉,害怕得喉咙里像有团火,心怦怦乱跳。当然,也有胜利的喜悦,是暗暗地、惊恐地。我处于被压抑的兴奋之中,似乎眼睛会从眼眶里鼓出来,面颊鼓胀得要爆炸。相信我,初犯之时,偷窃和恋爱有很多相似之处。那管颜料摸上去有种荡心动魄的凉爽,它沉甸甸的,仿佛是用来自遥远星球并坠落此处的外世元素制造的,那个星球的重力是地球重力的上千倍。就算它撕裂我的裤兜,在地板上砸出个洞，一路落下去，径直从澳大利亚出来，让那些土著人惊奇，让袋鼠们惊恐，我也不会感到奇怪。

我觉得这一举动最打动我的是它的迅速。我说的并非只是动作本身的迅速，虽然那管颜料似乎在一瞬间就从它在木架上的位置进到了我的口袋里，是有些怪异、有些魔幻。我在想的是我们这段时间听了那么多的戈德利粒子，某个时刻在一个地方，下一个时刻就到了另一处，甚至是在宇宙遥远的另一边，没有任何痕迹显示它们是如何从这儿到那儿的。这是小偷经常遇到的情况。这就像被偷之后，那个单一之物立刻被变成两个：过去那个属于其他某个人的东西，以及现在这个属于我的并不完全一样的东西。这是一种，你叫它什么来着，一种圣餐质变，如果这样说不太过分的话。因为它确实让我感到几乎神圣的敬畏，在初犯这次如此，每一次依然如此。这是这件事圣礼的一面；它世俗的一面甚至更圣洁庄严，如果还有区别的话。

老杰佩多是否在监视着我的行动？我惴惴不安地怀疑尽管他受困于我妈妈那蔚蓝的目光，哪怕这目光并非完全聚焦在他身上，他还是看到我的手猛地伸出来，手指锁定那半磅可爱、肥胖、闪光的颜料，把它魔术般地变到我的口袋里。以后只要我回到他店里——而且之后几年我多次回去——他都会朝我露出在我看来别具深意的狡猾微笑，短暂的会心一笑。他会喊："他来了，我们的小画家！"从他那长着灰色鼻毛的鼻孔里哼出一声轻笑，"我们自己的列奥纳多！"初犯时我感到飘飘然，已经不在乎他是否知道我做的事了，不过我肯定再不会去偷它。

我是怎么解释那管多出来的价值不菲的颜料的？我妈妈会知道她并未从杰佩多那里买过。她可能迷迷糊糊,但在钱上总是很仔细。很多乐在其中的小偷都会告诉你,要对那些无法解释、凭空出现的陌生东西做出解释,永远是件棘手的事——当这的确是件审美行为,甚至色情行为的时候,我才说乐在其中,不过我们过一会儿还会说到这些,如果我还有心情的话。这里面融入了魔术技巧——现在你看不到它,现在你看到了——我很快就成了老手,把我偷来的小东西变出来变回去。人们一般都漫不经心,小偷却从不如此。他观察并等待,然后出手。这不同于那些职业入室窃贼,那些人穿着条纹衫,戴着紧得搞笑的面具,凌晨干完事后回家,骄傲地把赃物袋中的东西倒到床单上,好让他那睡眼蒙眬的老婆崇拜他,而我们这些艺术小偷必须隐藏我们的技艺和战利品。"你从哪里得到那支钢笔的？"我们会被问——或者领扣、鼻烟盒、表链,不管什么——"我不记得你买了那个。"回答的规则是,首先,绝不立即答复,而是先等上一两秒钟；第二,显得自己对被问到的小玩意的来源有点儿不肯定；第三,最重要的是,绝不要试图面面俱到,因为没有什么会比过于慷慨提供的丰富细节更能扇起怀疑的火花。然后——

但是我说得太多了；小偷的内心是冲动的,他在心里为赦免而悸动的同时,却忍不住自吹自擂。

我父亲,就像我说过的,不赞同我的新业余爱好,他就这样称呼这事——也就是,画画——甚至我长大开始赚钱以后也依然反对,即便是开始那些年,我的涂鸦赚了相当可观的一笔的时候。最初他考虑的是支出,因为毕竟他也靠与艺术事业相关的生意谋生,会知道颜料、画布和上好的鬃毛刷的价格。然而,我怀疑他的不安事实上只是对未知事物的恐惧。他的儿子是个艺术家!这是他最意想不到的,出乎意料的东西让他害怕。我的父亲。我是不是也该给他画个肖像?是的,必须如此:一碗水端平。他不事张扬,瘦长,瘦到近乎憔悴——显然,我一定是返祖现象——塌肩,头又窄又长,像原始斧头的雕刃。现在我想想,他更像马库斯那类人,虽然外表上没有那么精致、不那么像受难的圣人。我父亲有种特殊的螳螂似的行动方式,好像他的所有关节彼此不大相连,所以他得非常小心和艰难地把他的骨骼拢在皮囊里。我的微红-黄铜-褐色头发似乎是唯一继承自他的身体印记。我也有他的羞怯,有他的畏惧,但程度低一些。早些时候我对他抱有一种厌倦的轻蔑,这事现在困扰着我,可悲的是要弥补已经太晚了。他对我妈妈、我和其他孩子非常好,这是他的看法。我无法原谅他的是他那糟糕的品位。每次我不得不走进他店里的时候,我的嘴唇都会立刻不由自主地轻蔑地噘起来,就像那些老式的赛璐珞衬衫前襟[I]。即便还是个孩子,我就对那

[I] 十九世纪末二十世纪初英国绅士和侍者的一种着装,在喜剧影片中常会自动翘起来。

么多泪眼蒙眬的孩童和玩毛线球的小猫的照片鄙视不已，还有斑驳的林间空地、长着鹿角的峡谷之王，还有我最深恶痛绝的，一位真人大小的沉思的东方美女半身照，皮肤是绿的，镶在金框里，以君临一切的辉煌高踞在收银台的上方。他从来不会谈到收藏我的东西，当然不会——他不问，我也不给。因此在他去世后的某一天，我翻检他的东西，找到一个我觉得肯定是他自制的粗麻布文件夹，里面保存着我在我可怜的妈妈去世时给她画的像，可以想见我的吃惊和些许沮丧。一张精致的奶油色法布里诺纸上，用滑石粉画的。就习作而言，画得不赖。但是他一直保存了那么多年，而且夹在特殊的文件夹里，啊，这对我是迎面一击。有时我怀疑在一天天的日常事务中我错失了很多东西。

不过等一下。我真能把那管颜料算作我偷的第一件东西吗？偷窃有很多种，从闹着玩的一直到存心不良的，不过对我来说，只有一种算得上，即根本无利可图的偷窃。我拿的东西绝对不能用于实际用途，不管怎样，不能被我使用。就像我一开始就说的，我不是为利而偷——除非偷窃带给我的隐秘的狂喜之颤可以被视为一种物质收获——而我不仅想要，而且需要那管颜料，就像我既想要又需要波莉一样，而且无疑我把它物尽其用了——哎哟！有关波莉的这部分溜了出来，或者说我自己溜了进去，完全出乎我的意料。不过确实，我想。我确实偷了她，在她丈夫没看见的时候捡起她，迅速放进我的口袋里。是的，我窃取了波莉；波莉被我盗取了。也使用了她，恶劣地，榨出她不得不给予的每一滴，然后逃掉，离开她。想象一下羞愧,羞耻的颤抖,想象两只指关节发白的胖拳头徒然地敲打着胸膛。这就是内疚的折磨,折磨之一:它的目光无法逃避,满屋子跟着我,满世界跟着我,就像蒙娜丽莎的目光,实在太有名了,那个肿着眼睛、满腹怀疑又自鸣得意的凝视。

直接从屋顶滑下来。哈!清晨的暴雨掀掉了半打石瓦,把它们冲到地上,摔成碎片,现在雨水从后面一个卧室的天花板漏进来,已经在阁楼里造成了天知道什么样的混乱。房子只是地下室上面的一层楼,因此房顶没有那么高,但很陡,我不能想象是什么让我爬上那里,尤其是在这样的天气里。我在瓦片间摸索着蹒跚而行,滑了一跤脸朝下摔下来,如果我不是想办法用指尖抓住了屋脊,就会一路滑下去,落到地上。如果有什么人在看我的话,那会多么出丑啊,像一只被钉住的甲虫一样扭着喘着,我那胖乎乎的双腿猛烈摆动,鞋尖疯狂地搜寻,想踩住溜滑的瓦片。如果掉到后院的水泥地上我会弹起来吗?最后我想法让自己冷静下来,一动不动地趴了一会儿,依然用我冷得僵硬的手指紧紧抓着,被雨淋着,一群乌鸦嘲笑地绕着我飞。然后,闭上眼睛,默念着祷告词,我松开了抓着屋脊的手,让自己慢慢滑下,咯噔咯噔,滑下斜坡,直到我如今严重磨损的鞋子里紧蜷着的脚尖碰到了排水管,幸运地停了下来。再次短暂休息之后,我能够坐起来了,蹲伏着沿着屋顶的边沿向一边攀爬——真奇怪排水管没有在我身下垮掉——借助猩猩般的跳行、摇摆，恐惧地小声喊着，我在屋顶西北角高耸伸出的砖烟囱那里找到了相对的安全，也可能是东南角？一开始爬上那里就很愚蠢。我可能会摔断脖子，几个星期不被发现。那些乌鸦会不会从我尸体上啄出那双震惊和难以置信地瞪着的眼睛？

我不知道为什么来这里——我是说为什么是这里，这座房子。这是我生长之所，是往事发生之处。是像受伤的兔子踉踉跄跄回到地洞一样吗？不，不是这样。毕竟，是我伤害了别人，尽管我当然也不是毫发无损地脱身。不管怎样，这就是我所在之处，苦苦思索我为什么选择来这里而不是其他某处毫无意义。我已经倦于思索了。它毫无裨益。

小的时候我对这片树林心怀警惕。啊，我过去常爱在那里漫步，尤其是黄昏时分，在高大幽暗的树叶穹顶之下，在小树、铺撒的蕨类和巨大的浅紫色荆棘丛中间，但是我也总是害怕，害怕野兽和其他什么东西。我知道古老的神仙们依然住在那里，老巨妖们。如今依然有东西在倒下——我听到远处倒下的声音，在树林深处。这样的天气不适合那类工作。不可能有很多值得砍伐的树木留下来。这周围的所有产业依然属于海兰家族，尽管往昔的富庶如今已经丧失大半。我感受着它的贫瘠，就像感受我自己的一样。我希望伐木工们及时找到这里，那么这批最后的古树就会消失。或许他们会把我与它们一起砍倒。这倒是个合适的结局，在一阵敲打撞击中倒下。这样更好，至少好过滑下屋顶摔破脑壳。

我父亲对海兰[1]家的人怀有郁积于胸的蔑视，他在背后刻毒地称他们为匈奴人，指的是他们起源于阿尔卑斯山区。大约一百多年以前，第一批"高地人"，这是他们最初的名字，那类人中的某个奥托，逃离阿尔卑尼亚那饱受战争摧残的耸立的高地，定居于此。在之后无尽的岁月里，这些如今出于实际考虑改名为海兰的人——高地，海兰，明白没？——很快成为大片土地的主人，不仅如此，还拥有工厂、成队的运煤船，在镇上的港口有储油设施，供应着全省。当整个世界，我们那个葛德利定理作用着的新的旧世界，学会从海洋中和从空气本身获得能源之后，他们漫长的盛世就结束了。然而即便在时机对他们不利的时候，这家人还是想办法死守住他们的土地，外加一两坛黄金，在这些地方，直到今天海兰这个名字还会让一些较老的住户本能地脱帽致敬，或者碰触他们灰白的额发。不过，我爸爸不是这样。他可能有一个卑怯的灵魂，但是天啊，当他开始谈论我们自封的领主的时候——他们的急剧衰落要等他的衰落即将结束时才刚开始——他就是这附近的人所说的鞑靼人。他会一整晚都诅咒他们，砰的一声把拳头砸向桌子，弄得茶具跳起来，嘎嘎作响，而我的母亲会变得更加神情恍惚，在目光迷离的心烦意乱中把手指

---

[1] Hyland，英格兰姓氏，字面意为"高地"。

插入她那鸟巢似的头发。然而虽然它们气势汹汹,我却从未怎么相信那些咆哮。我怀疑我父亲也压根儿不关心这些海兰人,只是偶然抓到他们作为咆哮和捶桌子的借口,这样多少减轻了失望感和挫败感,它们在他一生中像溃疡一样折磨着他。可怜的老爸,我肯定也爱着他,用我的方式,不管那是什么方式。

我们住的这个门房——事实上,寄住的——也应该是那同一群海兰人的财产,按年租给我们,而这也不能缓和他的火气。等到了时间,一月的第一个星期,我的父亲穿上他最好的那套锃亮的蓝色哔叽西服,嘀嘀咕咕地冲进镇里的 F.X. 雷克父子办公室,律师、地产经纪人、宣誓公证人,让自己像农夫或旧时的奴仆似的屈从于仪式性的续租手续,此时会有怎样可怕的静寂笼罩着一家人啊。这个房子过去作为门房所属的那座公馆,上个世纪被第一代奥托·冯·高地本人占有。到我们的时代,这所大房子属于奥托的众多后代中的一个,一个叫乌尔斯的,他看起来长得实在像熊,我敢发誓,他大夏天穿着皮短裤。有时我会在树林里瞥见他的孩子们,精致的小东西,灰白色的头发,但飞扬跋扈。在一个终生难忘的场合,他们中的一个,一个两边梳着抓髻的小女孩,长着完美的哈布斯堡王室的嘴唇,指控我非法入侵,用榛木鞭抽我的脸。你可以想象当我父亲看到我脸上的鞭痕,听我讲述了事情的经过后,多么怒不可遏。然而,即便显贵有时也会遭到报应,第二年秋天,这个小姑娘被一匹狼撕咬,它是她父亲引进到这里的被认为温顺的一对狼中的一匹,这无疑出于对他祖先土地上的可怕森林和山间要塞的思念。那家伙从它的围栏里跑出来，正好遇到这个孩子在山谷里采草莓，离那天她抽我脸的地方不远。我的父亲假装和其他人一样对这件可怕的事感到震惊，但是显然，至少在我看来，在内心深处他觉得正义得到了伸张，虽然不得不承认有些过度，但还是因此心满意足。

我在想我第一幅画画的是什么。记不起来了。某个乡村场景，我猜，有树叶、台阶和哞哞叫的牛，全都缺少透视法地罗列在瞪着眼睛的蛋黄色太阳下面。我不是自嘲。一开始我真的只是寻开心，乱涂乱抹，当然，在这类事情上，开心根本派不上用场。我猜，我在杰佩多的宝屋里待的时间，要比我待在画架前的时间多——是的，我妈妈给我买了个画架，还有一个调色板，椭圆的曲线在我心里引起一种秘密的情欲悸动，现在依然如此，因为它还在。颜料的味道和貂毛笔的柔软抚触给我的感觉就好像弹子游戏和玩具弓箭给我的同龄人的感觉一样。那时，我是不是只是在玩游戏，一派天真？可能是的，但我那时作为一个孩子，画得比后来我有了自我意识，开始自视为艺术家后更好，我可以打赌。天啊，努力学会哪怕最基础的要领就有多么恐怖啊！还得再重新学习这些要领，在我幸运的无忧岁月走到尽头之后。人人都觉得做个画家肯定很容易，只要掌握一些技巧，精通一点儿基本法则，不是色盲就行。技巧这方面确实不是很难，只不过是练习，事实上不过是熟能生巧。技巧可以获得，你可以付出时间和努力学到技巧，但是其余那些怎么办，真正起作用的那部分，那部分来自何处？由胖丘比特从天堂带下来，像达娜厄的金雨[I]那样撒在少数受宠者身上吗？我可不这样认为。早熟的天赋是一种残酷的欺骗。就好像我漫不经心地出发，爬上老阿尔卑尼亚某处杂草丛生的缓坡，采摘雪绒花，沉醉于百灵鸟的歌声，不久之后登临绝顶，目瞪口呆地在令人震撼的景色前停下，眼前白雪覆盖的坚硬山峰层峦叠嶂，一山高过一山，一直延展到远方那云雾弥漫的卡斯帕·大卫·弗里德里希[II]的天空，这一切全都需要攀爬。我想我可以自夸，说我肯定聪明得超过了我的年龄，能够这么早就认识到其中的困难。有一天我看出了问题所在，就像那样，于是一切都不再一样了。出了什么问题？是这样：那边是世界，这边是对世界的描绘，两者之间大张着将人吞噬的裂缝。

但是等等，等等，我把年代顺序搞混了，无可救药地搞混了。这一洞见要到很晚才获得，而一旦获得，就让我失了明。因此很可能，在所有那些岁月之前，我根本就不是那种具有洞察力的天才儿童。这个想法越来越强，虽然我想不出为什么会这样。

[I] 希腊神话中阿尔戈斯王阿克里西俄斯与欧律狄克的女儿，宙斯化身金雨进入她被囚禁的塔楼，与她生下珀尔修斯。
[II] 卡斯帕·大卫·弗里德里希（1774—1840），德国浪漫主义风景画家。

稍晚时候，我让自己散了会儿步。我不常散步，原因是这件事我做不好。这听起来很可笑，我知道——散步怎么还会做得好或做不好？当然，散步就是散步。但是，要点不在散步，而是出去散步，而在我看来这是人类消遣中最没用，而且肯定是最虚无缥缈的一个。我和任何人一样都乐于品尝大自然母亲如此溺爱地和慷慨地铺陈在我们面前的快乐，或许更乐于如此，但只是作为日常生活中的附带乐趣。怀着明确目的出发，到户外的温和空气中去，到上帝的美好天空下，如此等等，这让我觉得极其媚俗。我觉得问题在于我无法自然地融入其中，不带自我意识——这就是我说散步散得差时想表达的意思。我满怀妒忌地看着路上遇到的其他人。他们充满信心地迈着步，穿着齐膝短裤和防雨夹克，无所畏惧地挥着纤细得惊人的长手杖，简直像滑雪杖一样，杖把手上有皮圈，他们看上去心无杂念，脸上带着无可挑剔的微笑，朝着美好一天的神赐之光抬起头。我这里则鬼鬼祟祟、汗流浃背，擦着我的满头大汗，抓着衬衫的领子，在室内时领子非常合适，现在却似乎一心要憋死我。确实，我可以把它打开，一把扯掉我的领带，把它扔掉，但症结就在这里。我从来都不是那种敞胸露怀的人。我可能看上去像早衰的狄兰·托马斯[I]，但

[I] 狄兰·托马斯（1914—1953），英国作家、诗人，人称"疯狂的狄兰"。

我不像他那样狂放。

你看,去散步,而且除了散步没有其他目的,这里面的问题在于——很抱歉一直绕着它打转——我觉得在被观看。不是被人的眼睛,甚至也不是被动物的眼睛。对我来说,自然绝非没有生命。今天当我沿着树林边缘的僻径闲逛的时候——我通常不闲逛——我感到万物的生命力从四面八方挤向我,蜂拥而至,推挤着我,用一句话来说就是在看着我。为什么,我不安地想,会有这么多?为什么到处都是草,铺天盖地?为什么有这么多叶子?甚至还没算上地下正在发生的活动,挖洞的甲虫、无数的蠕虫、线状树根的骚动,向着越来越深的地下挖进,寻找水源和温暖。这种丰盈让我惊恐;我觉得被这一切的重量压着,于是很快转过身,冲向房子,逃到门里,一只手颤抖着按在急速跳动的胸口上。

然而等我画画的时候,我画大自然画得最好,画得最快乐。这是一个悖论。请注意,当回到画画这件事上的时候,还有其他什么可画呢?说到自然,还用我说吗,我指的是可见的世界,整个世界,屋里的与屋外的。但严格地说,那不是自然,不是吗?那么,自然是什么?是全部,是万有,这才是我想的;巨细无遗,从老鼠到山脉,而我们,楔入两者之间,作为万物的尺度,上帝恕我这么说,就像他们在这种时候说的。

屋子里什么吃的也没有。我该怎么办?我可以出去到树林里,我想,搜寻香草,或者挖花生,诸如此类的。秋天被认为是果实成熟的季节,不是吗?我从来都不善于照顾自己。那是女人们的事,她们照顾我。现在看看我变成了什么,没有竖琴的哑了的俄耳甫斯[I],如果他蠢到冒险回到那些酒神女祭司中间,无疑会掉脑袋。啊,上帝离开了!啊,已逝的神啊!我向汝祈祷。

我的思绪再一次转向我从杰佩多的玩具店里偷来的那管锌白色上。我似乎没法不去想它。我已经确切无疑地认定它事实上算不上我的第一次正规偷窃。的确,就我记忆所及,那管颜料是我偷的第一件物品,但我偷它却是出于小孩儿的贪婪,这一行为毫无艺术性可言,缺少真正的色情成分。这些重要特征直至范德勒小姐的绿袍雕像时才出现。啊,是的,我现在还保存着那个小小的瓷器女郎,即便过了这么多年。我可真是个多愁善感的人。或者,不,这样说不对,我在说什么?这里面并没有多愁善感。我保留那些东西并非出于对往事的眷恋;倒不如去暗示教堂的高级神职人员,说他照管并妒忌地看守着的圣物不过是凡俗男女的纪念品,它们最初的主人命定将在某天被升为圣人。等一下!——又出现了,僧侣的音符,圣徒的召唤,而事实上偷窃的真正目的非常世

[I] 希腊神话中的色雷斯诗人和音乐家。

俗——超然的,然而与此同时又固着于现世。让我说得更清楚些。我在偷窃艺术中追求的,就像在绘画艺术中追求的,是把世界吸收进自我。被窃之物不仅变成我的,它变成了我,并由此获得了新生,我赋予它一次生命。太宏大了,你会觉得,太冠冕堂皇了?你爱笑就笑吧,我不在乎:我明白自己的内心。

范德勒小姐,我说的那个范德勒小姐,这并不表示会有很多叫这个名字的其他人,她在海边的村庄里有一个短租公寓。她和我家有什么亲戚关系我从来没有彻底弄清楚过。我怀疑她与我们的亲戚关系是名义上的。我有一个姑姑,比我爸爸大,一位罩在紫色和灰色轻柔衣影中的文雅女士,穿着——可能是——系扣皮靴,整个鞋面是精致的龟裂纹路,有着柔软的网状褶皱。她过去经常从她的钱包里拿出还温热的六便士给我,但是从来记不住我的名字,现在我也遗忘了她的名字作为回报。我觉得范德勒小姐是这位令人尊敬的老处女的长期固定伴侣——我不想猜测她到底是哪类伴侣——在老姑娘去世后就跟我们亲热起来,在某种程度上,作为已故女子的替代,某种纪念意义上的姑姑。不管怎样,在旺季即将结束的不景气的几个星期里,当她有房间空置着,范德勒小姐就会慷慨地邀请我们来住,租金折扣很大,只有这样我们才能承受这一奢侈。

范德勒小姐白肤高个,一大团头发染成金色,她让其蓬松地垂下来。她年轻时无疑是个美女,即便在我们相识的那些日子里,她看起来也像桑德罗·波提切利那幅备受尊崇但略嫌甜腻的《春》[I]里，主要人物左手那位满身鲜花的花神的憔悴版。考虑到那一大团多得出奇的精心弄成玉米色的头发，以及她偏爱的半透明的高腰裙子，我怀疑她知道这一相似——某个人，或许是一位追求者，肯定曾让她注意到了这一点。她的脾气喜怒无常。大多数时候是一种带着威严的仁慈，但最小的挑衅就可以让她爆发出狂怒，眯起眼睛，射出毒汁。很久以前发生了一场悲剧——一对双胞胎故意淹死了一个玩伴，就我记忆所及——范德勒小姐多少牵涉其中，对此她坚持自己完全是被冤枉的，偶然提及或者哪怕是不由自主地回忆起这一不公，都是她众多怒火的潜在触因。她的房子丑得让人泄气，由于某种原因被称作黎巴嫩，房间很多但杂乱无章，有不少后来扩建的延伸和附加部分，因此看上去不像被造出来的而是叠加出来的。她的私人区域在后部，在一个差不多就是用板条和沥青毡垫搭出的披屋里，颤颤巍巍、满是漏洞地靠在厨房上。在这一洞穴的中央是她称为她的小窝的地方，一个方形的昏暗小房间，塞满她的宝贝。到处都是东西，镀金的和玻璃的、彩陶的和金银丝的，堆在餐柜和小桌子上，立在地板上，钉在墙上，吊在天花板上。这里是她的私密空间，在这儿她沉溺于自己神秘孤独的快乐之中，我们，尤其是我

[I] 意大利画家桑德罗·波提切利创作于1477年的名画。

们小孩儿被告知，任何破坏其神圣性的行为都会立刻带给我们可怕的报应。不用说我多么心痒难耐地想进入那里了。

我怀疑天气是不是出了什么问题，我指的是整体气候。我不大关心那些危言耸听的预言，声称最近太阳上的巨大耀斑在对地球运行轨道或诸如此类的事产生灾难性的影响，但是在我看来从我孩童到现在的几十年里某些东西发生了改变。我完全明白当童年记忆重演时，其中的绚烂喜悦可能多么虚假。即便如此，我依然记得那些洒满阳光的宁静下午，当青绿深邃的天空在穹顶呈现出令人心悸的幽暗，阳光照在被砍伐一空的大地上，仿佛被自己的重量和密度弄得晕眩，这种情景我们似乎再也无法拥有了。正是在这样的一个日子里我最终鼓起勇气侵入了范德勒小姐那凌乱的圣地，闯进了她的小窝。

此刻我的内心突然涌出对我曾是的那个小男孩的甜蜜的喜爱，他穿着卡其布短裤和被脚趾弄出菱形的凉鞋，站在那里心都快跳出来了，即将展开命中注定的巨大冒险。一股原始的冲动，刚刚萌芽的恐惧，他几乎还不知道他是谁或者是什么东西。他怎样安静地关上身后的房门，怎样轻轻地踩着那些禁行的地板。在夏日的寂静中，周围的木墙嘎吱作响，头上的屋顶罩着一层起泡的沥青在热气中静静地哭泣。一切似乎都活了，一切似乎都目光炯炯地注视着他。一股暴晒于阳光中的木料、焦油和尘土的味道如同气息吹醒了早已遗失的过去。

就像我说过的，范德勒小姐热衷于收藏，但她尤其喜爱瓷制小雕像——粉红面颊的牧羊女、以足尖旋转的芭蕾舞女、戴着扑粉假发的蓝衣智天使,诸如此类。我的目光立刻落在一对儿这样的装饰品上,它们鹤立其中,高出其他饰品一倍,而且款式更现代。它们是一对二十年代的社交美女,白鹭般纤细,头发烫出波浪,穿着——几乎说不上穿着——长可及地的贴身长袍,一个是叶绿素一样的绿色,另一个则是可爱的最深的天青石色,她们深陷的领口里没有多少可供探入的东西,根据流行趋势,穿着这些领口的人胸部扁平,甚至到了男女不分的程度。在我眼里,她们那沉思、屈尊的微笑,以及长及无骨的肘部的手套,正是优雅和带着倦意的教养的极致。

我想两个都偷走,这正显示了我还多么年轻,在扒窃艺术上多么缺乏经验,而在这门艺术上我迟早将成为行家里手。尽管那天我只是个新手,我却明白,模糊但确切地明白,我那贪婪的冲动必须被遏制。只拿走这些慵懒女士中的一个是有理由的,虽然肯定有悖常理,却清楚明了。如果她们两个都不见了,范德勒小姐很可能不会注意到少了东西,而如果一个还在,孤单苍白地游荡着,另一个就注定会被思念,或迟或早。你可以看到偷窃被记录在案对我有多么重要,即便在最初的阶段。这就是为什么我必须把偷那管可爱肥胖的锌白色排除在外:在那件事上,让我担心的是杰佩多知道我拿了,而不是一个让人沮丧得多的可能性,即他根本不知道。正是在这里,我的激情的更深层更阴暗的一面显现出来。就像我如今肯定已经不止说了一次的,合法的物主必须知道他被做了手脚，不过当然，不知道是谁做的。

我该拿哪个？蓝衣美女还是她的绿衣同伴？除了长袍的颜色，她们之间没有什么可挑选的，因为她们出自同一个模子——同一个，也就是说，除了她们互为镜像之外，一个斜向左边而她的双胞胎斜向右边。犹豫许久，我的手心发潮，一滴汗珠蜿蜒流下我的脊柱，最后我选定了向左倾斜的那个。她长袍的绿色与五月初高大的树木披上的一层树叶有着同样的颜色，她两边颊骨各有一块精致的桃粉色斑点，漆彩遍及全身，当我仔细审视的时候，看见纵横交错的微小裂缝，密密麻麻，比我去世姑姑的系扣皮靴上的裂纹更纤细。那天我几岁？肯定是青春期之前。然而当我握拳攥住那个光滑的小雕像，把它滑入口袋时，快乐的震颤沿着血管奔涌、让头皮毛囊抽搐刺痛，这种快乐像俄南[I]一样古老。是的，就在那时我发现了肉欲的实质，包括它那又热又胀、吞噬一切、势不可挡的强烈。

我依然拥有她，我的绿袍小鸟[II]。她待在芬芳的旧雪茄盒里，藏在此处阁楼的一个角落里，在屋檐下面。当我爬上屋顶检查风暴的损害时，我本可以讲到那里，把她找出来。好在我没有，因为她会让我跪在坏掉的躺椅和没了球拍线的网

[I] 《创世记》第三十八章中犹大的小儿子，因把精液射在地上而被耶和华处死。
[II] Flapper 的本意是"刚刚学会飞的小鸟"，二十世纪二十年代被用来描述一种女性潮流，崇尚纸醉金迷的生活，喜欢爵士乐，开始中性打扮，追求女性主义，有时译为"飞女郎"。

球拍中间,脸埋在手里,哭得撕心裂肺,我父亲过去存放在那里的秋天苹果的香气依然萦绕不去,多数苹果在每年冬天全面降临前就烂掉了。

该死的范德勒小姐从来不想念这个小雕像,或者如果她想过也从未说起,而这不大像她。不管这件事我做得有多机灵,多么无畏——不,不算无畏,却是大胆,有着不同寻常的勇气——我踏进了禁止进入的圣地。嗯,没有什么行为艺术的作品是完美的,没有哪个得到了应得的反响。

现在我认定的第一次创造性偷窃发生在海边,永远的童真之地,原始的淤泥依然潮湿,这真是再合适不过了。我带着幻觉般的清晰记得那天纹丝不动的热气,和范德勒小姐的秘密房间里空气那绵软的感觉。我也记得那种宁静。没有什么宁静比得上与偷窃相伴的宁静。当我的手指伸出去抓一件令人垂涎的小饰品的时候,似乎是出于它们自己的自由意志,根本不需要我去发力,一切都在瞬间静止,仿佛世界在震惊中屏住呼吸,讶异于此事的绝对厚颜无耻。然后无声的快乐汹涌而来,如作呕般在我体内升起。这是一种重返婴儿期的感觉,一种婴儿期犯罪。偷窃的快乐大部分来自被抓的可能性。或者不,不是,不止如此:恰恰是被抓的渴望。我不是说我真的想被某个穿着蓝色制服的壮汉抓住脖颈,拖到地方治安官前,等着他把《圣经》扔向我,判我三个月的苦工。那么,是什么?噢,我不知道。小孩尿床不是多半因为希望从妈妈那里得到一顿胖揍吗?这些情感位于幽暗的深渊,可能最好不要一路探到底。

说到深渊和对它们的探究，我带着不断加重的困惑，在思索中回顾我与波莉·佩蒂特的风流韵事，虽然不过如此。不过如此？我为什么这么说？它发生的时候显得非常重要——有一段时间它看起来几乎就是一切。不过它从未超出不可能的范畴，这正是它的全部兴奋感的来源之一。我们在目瞪口呆中跌进彼此的怀抱，那种双向的迷惘从未稍减。她常说我吸引她的一点是我散发的颜料的味道。这很奇怪，因为那时我早已放弃画画了。她说那是一种好闻的泥土的味道，让她想起童年和做泥饼。我不知道对此该怎么看，是觉得荣幸还是少许不悦。

我们通常在我的画室见面，那是我还画画的时候充当画室的地方。我保留着它，也不知道为什么——也许抱着渺茫的希望，期待缪斯回来，再次栖身旧巢。甚至在你想到之前，我就知道你会怎么想，但是我和波莉来往，并不是期望我们共同引燃的热情会将灵感的余火重新点燃成高歌的烈焰。啊，不！那时那些余火已经变成灰烬，而且是冰冷的灰烬。不，不再充当画室的画室只不过是一个方便且隐蔽的幽会场所；我真的不知道它现在能做什么用，但是它在那里，毫无用处，不知怎的却无法摆脱。

那是一个荒凉冰冷的大房间，在原先我父亲的图片店的上面。选址于此我并没有步他后尘的想法。他退休的时候，房子被一个洗衣工接管，结果，在我停止画画之后，颜料、亚麻籽油和松节油的味道很快被肥皂泡的浓浓臭气、潮湿温热的羊毛的闷浊气味,以及漂白剂的刺鼻气味盖过,被它们取代,让我的眼睛流泪,弄得我头痛欲裂。或许这股恶臭渗入了我的皮肤,被波莉误认为颜料的味道。当然这个味道,洗涤脏衣服的味道,让人想起童年和那时脏兮兮地玩水的感觉,至少对我如此。

她第一次来画室是在年末一个寒冷刺骨的日子——我说的是去年,九个多月前,因为现在已是九月了,要努力跟上哦。在高高的北窗里天空似乎被涂上了石墨,射入的阳光有着颗粒的质地,这会让我联想起波莉起鸡皮疙瘩时令人兴奋的砂纸般的感觉。当我们躺在绿色的旧沙发上,懒懒地相拥——我们一起度过的那些最初的探索性时刻,多么温柔和具有试探性——我把我们看作一幅风俗画,比如杜米埃[I]的铅笔习作,甚或是库尔贝[II]的油画速写,描绘着波西米亚生活的辉煌与悲惨。波莉的小手冻僵了,确实如此,就如我身体的某些部分可以证明的,本能地从她手指的包围中退缩,就像蜗牛碰到了刺。她想知道我为什么放弃绘画。我就怕这个问题,因为我并不知道答案。我确实知道原因,或多或少,我想,但是这些是无法用合理的语言描述出来的。我可以说某一天我醒来,世界对我来说不复存在了,但是这听起来如何?不管怎样,

---

[I] 奥诺雷·杜米埃(1808—1879),法国画家、讽刺漫画家、雕塑家和版画家。
[II] 居斯塔夫·库尔贝(1819—1877),法国画家,写实主义美术的代表。

我画的通常并非世界本身，而是我的头脑渲染过的世界，不是吗？一位评论家曾经称我为头脑画派的领袖——就算有这样一个画派，它也只有一个学生——但是即便在我最向内的时候，我依然需要外在的一切，天空和天空上的云彩，大地本身和在大地的外壳上来回高视阔步的小人儿们。构图与节奏，这是一切都必须服从的组织原则，是统治着这个世界的印象大杂烩的一对铁律。然后就是那个清晨，那个决定性的清晨——多久以前？——我睁开眼睛发现它走了，一切都走了，不复存在了，我的所有试金石都化为齑粉。想想那苦涩的命运，不是瞎子，却看不见。

我说我偷了波莉，但我真的偷了吗？在法庭上会被这样毫不客气地指控吗？确实，偷偷摸摸的爱常被比喻为偷窃。现在，抢走，甚或是捕获，该词最不常见的用法——是的，我又乱翻字典了——是我可能会接受的说法，而偷窃这个词我觉得太贫乏了。愉悦，不，不是愉悦，我从偷走马库斯的妻子中获得的满足根本不同于我从其他最秘密的偷窃行为中获得的阴暗的快乐。事实上，它根本不阴暗，而是沐浴在香膏般的阳光中。

我们在一起很快乐，她和我，至少在开始的时候纯粹是快乐的。一种天真无邪、一种纯真烂漫，附着在隐秘的恋情上，尽管罪和惧的烈火在舔舐着恋人那赤裸的、上下晃动的后背。波莉身上有种孩子般的东西，也许是我想象出来的，某个她从童年时代起就坚持不变的东西，一种天真的热切和脆弱，我气馁地发现无法抗拒这一点。和她在一起，我似乎也再次迷失于自己的童年时光。爱的游戏性方面得到的赞美太少了:波莉和我,我们就像一对蹒跚学步的小孩,打打闹闹。她是那么开放和慷慨,不仅让我在她丰满白皙的酥胸上安放我苦恼的额头,还包括更深入,甚至更亲密的方式。爱她就像获准进入一个她至今依然独处的地方,一个其他任何人都未曾被允许进入的地方,甚至她的丈夫——记住,所有这些都成了过去式,无可挽回。过去的就过去了,离开的已经离开。但是,啊,如果她现在在我面前出现,栩栩如生——栩栩如生! ——我能相信自己的心房不会再一次猛然敞开吗?

  我们之间有若干保留。比如,我们在一起的时候,波莉从来不提格洛丽亚的名字,一次都没有,在整个这段时间里。相反,我只要有一点儿由头就谈论马库斯,仿佛只要经常召唤他的名字就能生成中和的魔法。我对波莉的丈夫感到的内疚就像微型雷雨云一样在我头上阴云密布,仅仅为我一人翻滚,与我如影随形。我感到我对朋友造成的伤害,比我对我妻子,以及,我想,也对他妻子造成的同样严重的不公,带给我几乎是更尖锐的痛苦。至于波莉自己,不忠带给她的是什么感觉?无疑她受到良心的责备,像我一样。每次我开始聊起马库斯,她都会绷起脸、面带责备地皱起眉,眉头紧锁,她那平时玫瑰色的嘴唇抿成苍白的细线。当然,她是对的:就在我们忙于背叛我们的配偶的时候,我无论谈论他们中的哪一个,都是低级趣味。至于格洛丽亚,她和波莉最为投契,她们一直如此,如今我们四个见面还是跟过去一样频繁,波莉对我妻子表现出的补偿过度的亲密,肯定会让那个目光敏锐的女人怀疑有什么地方不对。

不过现在让我们回到画室里的波莉和我，寒冷年关的那一天，我们全力以赴好暖和起来。我们一起躺在沙发上，把外衣堆在身上，我们刚刚运动时流出的汗水变成皮肤上冰凉的水珠。她的胳膊垂在我身上，光滑的头枕着我的肩窝，如数家珍地帮我回忆很久以前她所谓的我们的初次相遇。我拿着表进来找马库斯修。她说我回到镇里不可能超过一两个星期。她在铺子后面昏暗的地方坐在桌后，看着书，我朝她的方向瞥了一眼，笑了。她记得，或者声称记得，我穿着白衬衫，领子松垮地敞开着，下身是一条旧灯芯绒裤子，不系带的鞋子，没穿袜子。她注意到我的脚背晒成褐色，她的眼前立刻浮现出阳光明媚的南方，海湾有如一碗打碎的紫水晶，撒满了融化的银斑，一面白帆斜向地平线，一扇薰衣草蓝的百叶窗在所有这些景色上方敞开着——是的，是的，你说得对，我给她那大部分是黑白色、可能精确得多的速写添加了几笔色彩。那是夏季，她说，六月的一个清晨，射进窗户的阳光让我的白衬衫亮得刺眼——她永远不会忘记，她说，那种不属于尘世的光辉。你知道，我只是复述她的话，或者大意，总之如此。我向马库斯解释说那块表，爱琴表，是先父的，我希望它能再走起来。马库斯皱着眉点点头，用他那竹片似的细长手指把手表翻来翻去，喉咙深处不置可否地哼了几声。他假装不知道我是谁，因为害羞——他是个非常害羞的家伙，我也是，以我独特的方式——这简直愚蠢透顶，波莉说，因为那时镇上每个人都听说一对夫妇搬进了费尔蒙特山上的大房子，奥斯卡·奥米的儿子奥利，他成了著名艺术家，差不多是这样，还有他那慢吞吞的、眼神飘忽不定的年轻妻子。他会想想办法，马库斯说，不过他警告说对于这样的表来说，有些部件很难找到。他写收据的时候，我越过他低下的头又瞥了眼波莉，并且又笑了，甚至还眨眨眼。所有这些都是她说的。不用说我什么都不记得了。换句话说，我记得拿着我父亲的表去修，但是至于朝波莉笑，更不用说朝她眨眼睛，全都抛在脑后了。在她给我画的肖像中我也认不出我自己，我那花花公子式的衣冠不整。我是衣冠不整，这是个改不了的毛病，但是我肯定从未闪耀出那天她看到的那种鲜明纯洁的光辉。

"我当时就爱上了你。"她说，高兴地叹了口气，呼气就像温暖的手指般掠过我光着的胸膛上铜色的汗毛。

顺便一提，为什么我总说她小？她比我高，尽管这并不意味着她个子高，她的肩膀像我的一样宽，她有可能用一只坚硬的小——我又这样说了——拳头一拳就把我打倒在地，如果她确实被激怒的话，无疑她肯定被激怒过，一次又一次。

昨晚我做了个奇怪的梦，奇怪又压迫，不肯消散，它的碎屑就像破碎的影子在我思绪的角落里徘徊不去。我在这儿，在屋子里，但是屋子不在这儿，不在它现在所在的地方，而是在某处的海滨，俯瞰着宽阔的海滩。风暴正在接近，透过楼下的窗户我能看到高得不可思议的大浪滚滚而来，巨大的海浪，因裹挟的沙子的重量而速度迟缓，一浪盖过一浪，抢着占据海岸，把自己炸碎在低矮的海堤上。海浪顶部是肮脏的白沫，而它们那被深深挖空的光滑下部发出不怀好意的玻璃般的闪光。就像看着一群接一群的疯狗,张着大口,在狂怒中冲上岸,又被狂暴地击退。事实上确实有只狗,一只黑褐相间的阿尔萨斯牧羊犬,戴着嘴套,腰腿低得几乎碰到地面,我三个哥哥中最大的那个,又变成年轻人,正带它去散步。我努力透过窗户引起他的注意,因为我很担心他在这样的天气里出去,连罩衣都没穿,但是他或者没有看见我,或者假装没注意我的紧急信号。我想知道所有这些意味着什么,或者为什么我醒来后它一直萦绕不去,伴以可怕的惊悸,在黎明时分。我不喜欢那种梦,狂暴、威吓、充满无法解释的深意。我和大海有什么关系呢,或者那些狗,或者它们和我有什么关系呢?此外,我的哥哥奥斯瓦尔德,可怜的奥西,下个圣诞节就去世十二载了。

波莉曾经是,当然现在依然是,一个梦不断的人,或者至少是一个不断谈论她的梦的人。"真是太奇怪了,"她常常说,"我们睡着的时候脑子里发生了多少事情啊?"

我记得另一天,新年的第一个星期,我们又一起懒懒地、一动不动地躺在那张皱巴巴的沙发上,画室那填满天空的巨大窗户斜在我们上方,她给我讲了一个她做了又做的关于弗雷德里克·海兰的梦。我对此并不吃惊,虽然我觉得有点儿沮丧。似乎每个女人——除了格洛丽亚,对她我也不能肯定——哪怕只是瞥到弗雷迪一眼,就会梦到他,他还被称为王子,这是镇子对他的称呼,出于一种反讽:我们热衷于嘲弄男人,尤其是那些拥有大量土地的人,他们直到最近还是我们这里的地主和主人。弗雷迪是海兰家族唯一一个男性代表,而且看来也会是最后一个了。神经衰弱、犹豫得没完没了,一个多愁善感得没有止境的人,很少在镇上出现,但是坚持待在海兰山庄离群索居,那是对他的房子的生硬称呼——事实上是一座相当寒酸的普通乡村小别墅,建在山上,一个模糊了的盾形纹章装饰在正门上方风化了的石盾上,还有一个内院,奥托·来自海兰的高地人很久以前通常把他进口的利皮扎马[I]借助它们花哨的踱步安置到那里,他是这个王朝的始祖,这个地方正是按照他的设计建造的。弗雷迪的两个未婚姐姐替他照料房子。她们也很少露面。有一个男人与本地保持联系,一个叫马蒂·马勒的,他每个月的月初开着那家人的大型黑色戴姆勒车来镇上购买必需品,并且小心地从哈克宾馆的后门拿走两箱黑啤酒和一箱科克干杜松子酒。老处女姐妹肯定是酒鬼,因为众所周知弗雷迪是个温和节制的人。或许女人们爱的正是他的柔弱。

  我遇到过他好几次,老弗雷迪,但是他一直不记得我是谁。我与他有过一次既奇妙特别让人紧张的相遇,那是在我回到镇上,在费尔蒙特山上我的漂亮房子里住下不久——比海兰山庄漂亮得多,我可以说。年度游园会正在进行,一顶大帐篷被放在广场上,是弗雷迪本人借给这个场合用的。将有一

[I] 利皮扎马是一种高级骑术马,是竞技场上最受欢迎的马种。

次以援助技术工人群体为目的的抽奖销售，这些人近些年都被解雇了——没有了那些如今已过时的小通讯机们用假牙不停发出的哒哒声，这个世界这些年多美好啊，那些声音需要数以百万的雄蜂才能制造出来——在公益心的冲动下，我贡献了一套速写作为抽签的一等奖。弗雷迪同意为游园会揭幕。他以其惯有的方式站在临时讲台上，一边肩膀抬高，头斜向不舒服的角度，朝着麦克风说出，或者不如说叹息出，一些刚能听得见的句子，麦克风发出刺耳的噪音和哨鸣，像一只蝙蝠。他说完后用紧张迟疑的目光环顾听众，然后下来走入稀稀拉拉、明显讽刺的掌声之中。过了不久，我走向帐篷后面的临时厕所——我喝了三杯酸葡萄酒——遇到他从一个厕所间出来，一边系着前襟。他身着三件套的花呢套装，一只表链斜过上腹，棕色粗革皮鞋，鞋尖像刚长壳的栗子一样油光锃亮——他狂热地崇拜着海对岸我们的绅士表亲们的裁剪风格，年轻的时候常戴着单片眼镜，甚至有段时间留着翘八字胡，直到他母亲，一位普鲁士将军的后代，被称为铁腕玛格，让他剃了它。在他的咽喉部有一个松松垮垮的深蓝色丝绸装饰，一个介乎于领结和领带的十字，看起来像是他自己发明的，而且我注意到，镇上很多更不男不女的年轻男性偷偷用这个作为他们的同盟标志。我们停下来，我们两个有些不知所措地望着对方。一些寒暄的话似乎很有必要。弗雷迪清清嗓子，用一种茫然和不安的姿势摆弄着表链。从远处看，他显得比实际年龄小很多，但是走近就能看出他干燥发灰的白皮肤，以及两个外眼角处扇形发散的细微皱纹。我下定决心从他身边走过去,但是注意到他盯着我看了一下,一抹认出来的神情出现在他那禁欲的棺材形长脸上。"你是那个画家,是不是?"他说。这让我停下脚步。他的声音很单薄,就像一缕风擦过积雪覆盖的森林里青色的松树顶端,还有点儿结巴,当然波莉对此相当迷恋。他说他在等他们准备好他的发言时看了一下我的画。我客气地回答说我很高兴他注意到这些画,与此同时却带着痛苦的罪恶感想象我那过世了的可怜父亲,正在从瓦尔哈拉宫[I]较小的一个大厅俯视着我。"是的,是的,"弗雷迪说,仿佛我刚才什么都没说,"我觉得它们非常有趣,真的非常有趣。"在他环顾四周寻找更有效的表达时有一阵紧张的停顿,然后他笑了——甚至可以说是眉开眼笑——突然举起食指,眉毛拱起。"指向内心,我该说,"他说,同时几乎调皮地眨眨眼,"你对事物有深入内心的认识——你同意不?"我大吃一惊,嘟囔出一些回答,但他又没听,而是匆匆但并非不友好地点点头,迈步走过我并走开了,看上去对自己相当满意,轻轻吹着口哨,不成调。

我不只吃惊:我是震惊。短短几句话,用一种温和、愉快的说笑,他就刺入艺术批评的核心,我当时甚至在这张网中痛苦地扭动,是被——

[I] 北欧神话中英雄死后所去的地方。

抓住，被上帝！或者被格洛丽亚，不管怎样，在我目前包含负罪感的恐惧中这两个分量一样重。她猜过我逃到哪里去了。一分钟前门厅的电话响了，这架古老机器在外面的墙上，它那中风似的铃声我已经几年没听到了，以为现在肯定坏了。我被它的声音吓了一跳，那幽灵般的来自过去的召唤。我立刻冲出厨房——我一直把窗边的旧木桌当作写字台——从支架上拿下听筒。她叫我的名字，我没有回答，她咯咯笑了。"我听到你在呼吸。"她说。我的心在它自己的支架上疯狂地跳动，我相信就算我想说也说不出话来。我以为自己绝对安全呢！"你真是个懦夫，"格洛丽亚说，依然被逗乐着，"跑回家找妈妈。"我妈妈，我或许该冷冰冰地告诉她，已经去世快三十年了，请你别用嘲弄的口气谈她，不管用多么隐晦的方式。但我什么都没说。我真的无话可说。我被逼入死角，被揪住，被抓住。"你老板打来电话，"她说，"他想知道你是不是死了。我告诉他我不认为如此。"她说的是佩里·珀西瓦尔，佩里是佩里格林的简称。好一个名字，不是吗？当然，不是真的，我虚构的，就像其他那些。称他为我的老板是格洛丽亚想到的玩笑。佩里是——我该怎么说呢？他开着一家画廊。我们过去都给对方赚了不少钱。他是我目前最不想看到或听到的人。我未置可否，等着更多的话，格洛丽亚这回却沉默了，最终，慢慢地，伴随着无声的叹息，我放回听筒——小时候它总让我想起挑圆环游戏里的杯子——把它挂回电木喇叭边的钩子上，用来说话的那个小喇叭看上去很滑稽，它突出来的样子，就像一张嘴在惊异或震惊中噘起来。你看到在我眼里每件事如何总像另外的东西了么？——我在所有事物中看到的这种多变性，我相信这是我再也无法绘画的部分原因。最后一个使用那部电话的是我父亲，他打电话告诉我他去看了医生，以及外科大夫都说了什么。或许他的一丝痕迹还在听筒里，他那天吹进来的一些葛德利粒子，他最后的呼吸中的最初一口气，留在那里，依然徘徊不去，比他曾是的自我更加顽固。

她会不会来，格洛丽亚，在我的窝里责问我？最近这段时间我已经不断饱受严厉的责问？这个可能性让我恐惧得颤抖——我真是个懦夫——但是奇怪的是，我也感到一阵兴奋。我再说一遍，在骨子里，人们渴望被抓住和逮捕。

在波莉关于王子的梦中，他来她家喝茶，这个梦据她说每年重现三四次。听到这个我笑了，无疑是做错了，因为她生了气，一下午都板着脸。她给她显赫的访客摆上的梦之茶，根据她的说法，实际是一场儿童游戏，一套玩具茶具，切成方形的纸板当作三明治、扣子当作蛋糕。我温和地询问在这个过程中，在哪个节点王子殿下找到机会抓住她，她笑了，弯曲食指，用指关节重重地敲了敲我的胸骨，说不是那种梦——是的，我没说，我猜他也不是那种人，根本不是。我为此道了歉，最终她勉强原谅了我。毕竟我和她也是在做游戏。

她告诉我她的梦的时候——有王子弗雷迪的那个绝非唯一一个我听到细节的梦——她的脸上会现出梦游般的专注，从而加重了她轻微的斜视。或许我这么唠叨她的缺点有失风

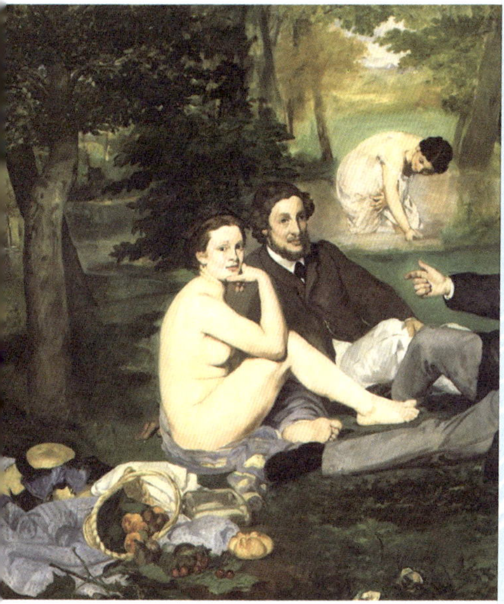

度，尽管我要声明我是完全相反的人。但关键是：正是因为她的缺点我才爱她。我的确爱她，真的。我是说，真的，我的确爱她，而不是我的确真诚地爱着她。语言是多么不可信啊，甚至比绘画更不可信。她的腿相当短，一个没我那么怀有善意的人或许会说她的腿肚子很胖。她还有胖乎乎的手和粗短的手指，还有上臂下面苍白肌肉的轻微果冻样晃动。原谅我，我是，曾是，画家，我关注这类东西。但是我要坚持说，这些正是她身上我最爱的东西，跟她匀称的屁股和可爱的歪斜胸部、她甜美的声音、发亮的灰眼睛，以及艺伎才有的精巧小脚完全不相上下。

我可以告诉你，马库斯发现了我们的事时我真是大为震惊——不过，只发现了一半——但是够怪的是，这件事我从未想过，不是从他那个方面，当然。很多个月来，我都生活在恐惧之中，担心格洛丽亚对发生的事情有所察觉，但是马库斯我觉得简直太迷迷糊糊、心不在焉，太深深沉浸在他的主发条、调速轮和针头大小的红宝石组成的微型世界中，不会注意到他的妻子在跟陌生男人亲热，不过，要是他知道的话，这个人根本不陌生，或者至少，不是陌生人。

当然，是马库斯来找我的，在一个令人难忘的骇人的秋天雨日，仿佛在很久很久以前，但根本不是这样。我正在画室里四处闲逛，把干了的颜料从调色板上刮掉，洗净已经干净的刷子，诸如此类的事。这是我现在在那里做的一切，在我最近无所事事的懒散状态下当作工作。好在波莉没在我身边：我会不得不把她藏到沙发下面的。马库斯噔噔爬上楼梯——洗衣房边上有一个单独的室外楼梯直通画室——门敲得震天动地,我还以为是警察,如果不是复仇天使本人的话。我当然不会猜到是马库斯,他通常不是那种走路很响、大声敲门的人。外面在下雨,他没穿雨衣,只有工作时穿的紧身皮上衣,他已经湿透了,稀疏的头发湿得发黑,贴在头骨上。最初我以为他喝醉了,事实上他从我身边闯进房间时,做的第一件事就是要酒喝。我没理他,问他怎么回事。我很难保持声音平稳,因为我已经猜出肯定是什么事了。"什么事?"他喊道,"什么事?哈!"他的钢框眼镜的镜片上有雨珠。他大步迈到窗前,停下来向外望着屋顶,胳膊在身侧弯曲,拳头攥紧朝向里,好像他刚刚打了某个人几个耳光。即便从背后看他也显得心烦意乱。至此我可以肯定他已经发现了波莉和我的事——还有什么能让他如此狂乱呢?——我开始拼命地搜寻可以说的话,一旦他开始指控我就进行辩护。我猜测我会不会被打,而且发现这一前景奇怪地让人满意。我想象着这一情形,他朝我挥拳,我抓住他,我们两个四处踉跄,嘟囔着,呻吟着,像一对旧式摔跤手,然后慢慢跌入对方的怀里,滚到地板上,一开始这边,然后那边,马库斯喊叫着,啜泣着,试图掐住我的喉咙,或者挖出我的眼珠,我则气喘吁吁地申辩着自己的无辜。

我走向他,一只手放在他的肩上,他的肩立刻沉了下去,仿佛受到巨大的压力。他没有狂暴地摆脱我的碰触,我把这视为一个好兆头。我又问了一遍什么事,他垂下头,慢慢地左右摇晃,像一头受伤困惑的公牛。我从他的湿衣服和湿透的头发背后感受到一丝其他东西，原始、火热，我认出来是悲痛的味道——这种味道，我可以告诉你，这种状态，对此我并不陌生。"来吧，老伙计，"我说，"告诉我怎么了。"我带着一丝羞耻的颤抖注意到我听起来多么平静和慈爱。他没有回答，但是离开我，开始来回踱步，一只手的拳头在另一只的手心里摩擦。虽然这样说很不好，但是在别人心碎和痛苦的场面中会有某种近乎喜剧性的东西。这肯定跟过度、跟歌剧式的过度夸张有关，因为那些歌剧总会让我想笑。但是他显露出发自真心的悲痛，僵硬地从窗口踱到门口，原地转了个身，走回来，然后转一圈，在煎熬中又把整个动作重复了一遍。最后他停在地板的中央，环顾四周，仿佛绝望地寻找着什么。

"是波莉，"他说，轻若羽毛的声音中带着痛苦，"她爱着别的某个人。"

他停下来皱皱眉，好像听到自己说的话大吃一惊。我意识到我一直在屏住呼吸，现在我慢慢地、无声地喘了口气。

某个人，别的某个人。

马库斯又一次无助地环顾房间，然后用一种无声的恳求把他那饱受打击的目光停在我身上，就像一个生病的孩子指望父亲或母亲来减轻痛苦。我舔舔嘴唇，咽下口水。"谁，"我问——嗓子相当嘶哑，"她爱着谁？"他没有回答，只是用片刻前他所用的迟钝、受伤的方式摇摇头。我希望他不要再开始踱步。我考虑把白兰地拿出来，它放在碗橱里一瓶瓶松节油和一听听亚麻籽油后面，但是想想还是最好不要：如果我们现在开始喝酒,谁知道会发展成什么,会有什么饱受折磨的吐露、结结巴巴的忏悔?如果有什么时刻需要头脑清醒的话,现在就是。

马库斯再次垂下头,好像从身到心都精疲力竭了,走到沙发那里,从耳朵后面解下他的眼镜,坐了下来。我内心畏缩了一下,一直想着波莉和我一起躺在那些褪色的绿靠垫上。我在出汗,抽筋似的不断把指甲扣进手掌。一阵轻微持续的颤抖,就像电流,流过全身。马库斯兴奋或难过的时候,习惯于把他的长腿彼此交缠,一只脚钩住另一只脚踝的后面,像祈祷者那样两手交叉,插进紧扣的双膝之间,这种姿势总让我想起药店外面标牌上画的蛇缠绕着阿斯克勒庇俄斯[I]之杖。如今他就这个样子扭成一团,开始用缓慢单调的声音讲话,茫然地盯着前方,就好像他刚刚逃脱了某个自然灾难,毫发无损,却因震惊而目瞪口呆,要是想一想,此事正是如此。我庆幸自己站的地方身后就是窗户,因为从他坐的地方无法清晰地看清我的脸色:我相信会很有得看。他说到现在有一段时间了,几个月了——事实上可以一直回溯到上次圣诞——他就怀疑波莉有什么不对。她一直行为古怪。他无法指出什么具体的事情,他告诉自己这都是自己的想象,然而怀疑的

I 古希腊神话中的医药之神。

啃噬不肯停下。她的声音会越来越轻，在句中停住，她会一动不动地站着，手里拿着忘记了的东西，沉浸在秘密的微笑之中。她对小皮普越来越不耐烦。有一天，他说，她匆忙出门的时候朝孩子尖叫，因为她拒绝躺下来小睡，最后她把孩子扔到他的怀里，告诉他他可以照看她，因为她已经不愿意再看到她了。至于她对他的态度，她在勉强克制的愤怒和夸张的、几乎腻人的关心之间摇摆。她也难以入睡，晚上会在黑暗中躺在他的身边，辗转叹息几个小时，直到被单绕着她缠成一团，床铺冒着她汗水的热气。他想当面问她又不敢，太害怕她可能告诉他的事情。

头上雨水在窗玻璃上低语，含有一种鬼祟、色情的暗示。

但是发生了什么，我问，又抽筋似的舔了舔我现在已经干得裂开的嘴唇，究竟发生了什么让他确信波莉背叛了他？他绝望地耸耸肩，把自己更紧地扭缩成一团，并且开始前后摇摆，轻轻地低哼着，潮湿的头发一条条软软地挂在脸上。有一场争执，他说，他记不得怎么开始的了，甚至连为了什么也不记得。波莉朝他喊叫，一直喊叫，疯了一样，他——这里他支吾了一下，被记忆惊住了——他扇了她一个耳光，他的婚戒，偏偏是它，刮伤了她的脸。他举起一根手指，给我看那细细的金环。我试着勾画这一场景，但是做不到；他在谈论我不认识的人，被无法控制的激情驱使的狂暴的陌生人，就像，是的，特别夸张的歌剧中的人物。我简直无法想象波莉，我的害羞温顺的波莉，在这样的暴怒中尖叫，以至于他被刺激得打了她。被打后她把一只手放到脸上，一言不发地盯着他，时间长得不可思议，用一种让他害怕的方式，他说，她的眼睛眯起来，嘴唇紧紧抿成一条扭曲的细线。他以前从来没有见过她这种表情，或者这种沉默。然后在他们头上响起了哭声——冲突发生在马库斯的工作间——波莉满面苍白，除了面颊上他留下的青灰色手印，以及他的戒指刮出的血点，走开去照顾孩子了。

我感觉仿佛有一个洞在我面前的空气中打开，我一头栽进去，慢慢地；这种感觉并非全无快意，但也有眩晕和无助，就像在梦里飞翔的感觉。我以前有过这种感觉，一种虚幻的获救时刻它发生在最可怕的时候。

"我该怎么办？"马库斯恳求道，抬头用那双在痛苦中煎熬的眼睛看着我。

嗯，老朋友，我想，突然感到非常厌烦，我们都该怎么办？我走过去打开碗橱。去他妈谨慎吧——正是打开白兰地的时候了。

我们肩并肩坐在沙发上，在一个小时里把酒瓶喝了个底朝天，把它传来传去，直接从瓶口灌；我们喝的时候瓶子里至少还有一半。我一言不发，马库斯喋喋不休，重温着他与波莉的生活故事——传奇！——的高潮。他谈着他们相恋的日子，那时她的父亲看不上他，虽然老家伙从来没有说过原因；势利，马库斯怀疑。波莉刚离开学校不久，正在农场帮忙，照顾小鸡，夏天则在门口的货摊那里卖草莓，由于土地的价值已经下降，或者诸如此类的原因，她家已经衰落成了破落绅士。马库斯结束了学徒生涯,受雇于一个叔父,到时候就会继承他的修表生意。波莉,他说,声音因为动情而颤抖,处处都符合他对妻子的期盼。当他开始谈起他们的蜜月时,我让自己振作起来,但我其实不需要担心:他不是那种人,会共享我害怕的那类秘密,哪怕跟我这个他视为朋友的人。再没有比他最初与波莉在一起的那些日子更快乐的了,他说,等小皮普出生,仿佛他的心都因为极度的狂喜跳出来了。这里他停下来,挣扎着坐正,泪水从他的眼睛里涌出,他发出一声巨大的打嗝似的啜泣,用手背擦了擦鼻子。他的悲痛确实痛心,好吧,喷涌而不受控制,但是,正如我无法不饶有兴味地注意到的,这也可能是一种狂喜:所有的表征都一模一样。

"我怎么办,奥利?"他又喊道,比以前更加绝望了。

我依然有那种轻快的坠落感,现在由于白兰地的必然效果,更强烈了,变成一种不断扩大、完全不合适的轻松心情。他怎么能如此肯定,我再次问,他对波莉的怀疑都是真的吗?难道不可能整个事情都是他的想象吗?一旦开始怀疑,我说,想象就无边无际了,头脑会相信最稀奇古怪的幻想。当然,我应该闭嘴,然而正相反,我继续拉扯着胡诌之线的松散一端。就好像我希望把一切都揭开,希望马库斯停下来,想一想,转过来盯着我,希望他的眼睛在惊讶中睁大,随着可怕的真相在他面前渐渐明晰而怒火中烧。我身上某个不顾一切的部分希望他知道!一方面忧惧着自己的命运,一方面又热切地伸出手把它拉近,这是多么乖张啊。

此处马库斯确实停了下来,确实转向我,又悲惨地打了个嗝,把手放到我的胳膊上,用饱含感情的声音问我,我是否知道我的友谊对他有多么重要,是多么荣幸,是怎样一种安慰。我嘟哝说,当然,就我来说,我很高兴有他这个朋友,非常高兴,非常非常非常高兴。我现在觉得仿佛我内心的一切都在慢慢皱缩。马库斯受到鼓舞,开始把独白扩展到夸赞我是一个值得信任的伙伴,有着坚强的灵魂,顺带一说,也是征服世界的画家,其间他一直带着热切的真诚靠近我的脸。我希望,啊,我多么希望,就像被迫出席婚礼的嘉宾一样,能让自己离开那双闪闪发光的眼睛,但它牢牢抓住我。是的,他宣布,更加热切了,我是人们所能指望的最好的朋友。他说话时,脸似乎越来越肿胀,好像在不断地从里面充气。最后,经过巨大的努力,我设法从他那热泪盈眶的深情注视下挣脱出来。他依然抓着我的胳膊——透过外衣的袖子我可以感到他的热量,几乎不寒而栗。现在他中断了喋喋不休,头深深向后仰,把瓶中的最后一滴咂干。显然他还有更多的话要说,而且肯定会带着不断增加的激情和真诚来说,如果我找不到办法转移他的注意力的话。

"你在跟我讲,"我说,故作庄重地垂下眼睛,摆弄着沙发的一只扣子,"你在跟我讲跟波莉的冲突。"

某种转移吧。

"是吗?"他说。他烦躁地叹了口气,"啊,是的。冲突。"
是的,他说,又戴上眼镜——我总是对他把眼镜绕在耳朵上的复杂方式着迷——在他扇了波莉，她跑到楼上之后，他在工作间里来回走了一会儿，跟自己争辩，踢东西，然后他跟着她，比之前还生气，在卧室里堵住她。她正抱着孩子坐在床边。有没有，他质问，别的什么人？他没想过会有，一秒钟都没想过，他这样说只想激怒她，希望她嘲笑他，告诉他他疯了。但是让他惊愕的是她没有否认，只是坐在那里抬头看着他，一言不发。"还是那种表情，"他说，眼泪重新涌入眼眶，"还是工作间里我打她时的那种表情，只有更糟！"他没想过她能做出这种面无表情的疏远，这种平静冰冷的漠然。然后他纠正说，不，他以前曾有一次看到她的这种表情，有点儿相似，在她怀孕初期，当孩子开始踢她，变成了一个真实的存在。也是这种情况，他说，某个人进入她的生活，第三者——这是他的原话，第三者——进入她——这些还是他的原话——吸引了她的全部注意力，全部关心；简言之，全部的爱。那时他感觉到被排挤，是的，但不是排斥，不像现在，当她像那样坐在床上，冷冷地、吓人地、目不转睛地盯着他，他开始意识到他失去了她。

"失去？"我说，试图带着责备笑一笑，虽然有一只手的冰冷指尖正压在心口，"啊，得了吧。"

他点点头，对他所意识到的确信无疑，把双腿更紧地纠缠在一起，双手插到膝盖之间，又发出那种微弱的抽泣声，像一只受伤的动物。

雨停了，最后的几大滴雨组成亮晶晶的、弯弯曲曲的细流滑下玻璃窗。乌云正在散开，伸长脖子抬头上望，我可以看到一块纯净的、秋天的蓝色，普桑[I]喜爱的蓝色，生动、柔和，尽管有这些事情，我的心情还是攀升了一两级，当世界像这样睁大它纯真的天蓝色双眼，我的心情总会变好。让我们这样说吧，我觉得我丧失绘画的能力，很大程度上正是源于对世界迅速增长的、无可抗拒的、最终决定性的敬意，我指的是仅由事物构成的客观的日常世界。以前，我总是透过事物观看，努力找到我知道肯定存在的本质，深藏其中但并非不可企及，只要一个人意志足够坚定并明察秋毫，就能看透。我就像一个到火车站接恋人的男人，匆匆穿过正在下车的人群，跳上跳下、左闪右避，除了渴望见到的那个人，不想看到其他面孔。不要误会我，我追求的不是精神，不是理想的形式、欧几里得的线条，不，根本不是。本质是实在的，就像它作为其本质的事物一样实在。但它是本质。当危机加深，我很快就认识到并接受了对我来说简单自明的真理，即并没有所谓的事物本身，只有事物的效应，生成事物关系的旋涡。你想提出不同看法？我摆出挑战的姿势，叉着腰说。那么试试把常说的事物本身独立出来，我对一群想象中的反对者说，看看你得到的是什么。过来，踢踢那块石头：你得到的只是疼痛的脚趾。我不会改变看法。没有存在于自身之物，只有

[I] 尼古拉斯·普桑（1594—1665），十七世纪法国巴洛克时期重要画家，也是十七世纪法国古典主义绘画的奠基人。

它们的效应！这是我的格言，我的宣言，我的——原谅我——我的美学。但是它让我陷入怎样的困境啊，因为除了事物还能画什么呢，当它立在我面前，无动于衷、不可理解、无法回避？抽象主义无法解决这个问题。我试过，看出这纯粹是一种戏法，最最纯粹的头脑戏法。因此它坚持彰显自身，这个无法表达之物，坚持向前推进，直到它充满我的视野，变得几乎跟真的一样。现在我意识到，当我尝试打破表面进入内核，进入本质，我忽略了一个事实，即本质就存在于表面：就是这样，我重新回到起点。因此我必须应对的正是这个世界，作为一个整体的世界。但是世界在反抗，它背过脸不看我们，漫不经心地自说自话。世界不让我们进入。

别误会我，我要做的不是去复制这个世界，甚至不是去再现它。我画的画是要成为自足之物，可以与世界上的事物相匹配的事物，必须想办法控制世界之物那不受控制的存在性。弗雷迪·海兰那天对我说他在我那些匆忙完成的速写中看出内心的指向性，就是这个意思，不管他是否意识到了。我力求把世界纳入自我，改造它，从中创造出新的东西，生动的、生机勃勃的东西，管他什么本质。一条巨蟒，那就是我，大张的巨口慢慢地、慢慢地吞噬，试图吞噬，被庞然大物噎住。绘画，就像偷窃，是永无尽头的努力占有，而我永久地失败了。偷窃他人的财物、涂鸦各种景色、爱上波莉：归根结底，都是一件事。

但是我称之为世界的那个世界真的存在吗？火车站台上的那个男人或许是在奔向某个永远不会抵达的人，某个永远在远处的恋人，一个他为自己构造的形象，一个存在于他的内心、他一直试图召唤出来的形象，努力过、又失败了，一个从一开始就未登上火车的人的形象。

你明白我的困境了么？我再说一遍，简言之：外在的世界、内在的世界，以及两者之间不可逾越、不可飞跃的深渊。于是我放弃了。我犯下的大罪，最大的罪，是绝望。

痛苦，画家的痛苦，它的刀锋插入我干枯的心。

马库斯在我身边睡着了。酒精造成的眩晕和他自身不幸导致的精疲力竭，让他闭着眼睛把头向后靠在沙发上，现在他轻轻打着鼾，空的白兰地酒瓶躺在腿上。我坐在那里沉思着。我微醉的时候喜欢沉思。尽管说沉思可能不确切，可能我做的不完全是沉思。白兰地似乎把我的头胀成房间那么大，不是这个房间，而是过去宫廷画家常被要求用铜版画表现的那些高大的接待大厅之一，橡木和铅油灯，成群结队的朝臣环立四周，穿着长及膝盖的靴子、头戴插着羽毛的别致帽子的绅士，身着饰有荷叶边的鲸骨裙的女士们，其间是边疆伯爵、帕拉廷选帝侯[I]，或者甚至可能是皇帝自己，并不比其他人更高大或者更衣着醒目，但是靠着画家的技巧，他成为这一切宏大的无声交谈以及这一切静止的喧闹场面的无可置疑的中心。

不论我的思绪如何游移，试图避开自己，却只重新遇到

[I] 均为神圣罗马帝国的爵位。

自己，起于一个可怕的开始，又从另一个方向绕回来。一个封闭的环——好像还有其他什么可能性似的——这就是我的所居之物。

马库斯迟早要醒来，那时我又得拼命地搜肠刮肚，看可以对他说什么，什么中性的、可信的、安慰的话。人不得不说些事情，即便这些事情毫无意义。一言不发会是我最好的、最安全的办法，但是罪行会无法抑制地渴望泄密，尤其是在早期的白热化阶段。我知道游戏结束了。波莉，出于她那颗诚实的心，不会把她的恋人的身份隐瞒很久——她不具有这种韧性，会最终动摇，脱口说出我的名字。我又会怎样？我一生都在撒谎，我游弋于小欺骗的大海洋中——偷窃把一个人变成伪善大师——但是现在我能否相信自己能够在这些混浊且不断加深的海峡中，坚持不沉下去？如果我畏缩了，哪怕是最最小的动摇，我都会当场露出马脚。马库斯可能专注于自己的事情，一般不注意别的，但是当妒忌真的把利爪刺入他，就会给他一双猛禽般的一眨不眨、巡视八方的眼睛，有着这双眼睛，他肯定会看到真相毕竟，那是显而易见的。

我静静地站起来走到窗边，尽管还不很稳。在荡涤一切的大风吹过之后，现在是一片普桑笔下的天空，蓝色，那种白云在其上庄严地飘浮的蓝色，雪白、青灰、抛光的铜色。我可能会用薄薄的钴蓝色涂料来画，至于云彩，大块渐淡的铅白色——对，我的老搭档！——深灰色，至于发光的铜色边缘，用某种土黄色加上，比如，一抹印度红来强化。人们总能留给自己一片天空，哪怕是天生最内向的人。一艘飞艇正在驶过，飞得相当高，它的蓝灰色侧翼迎向太阳，尾部巨大的推进器后面是半透明的银色污迹。如果我正画天空的话，会不会把它也放到我的天空里？可笑的东西，这些飞艇，它们让我想起大象，或者不如说大象的尸体，充气胀起来，不过它们也有可爱的地方。马蒂斯曾经把一架现在已经过时了的飞行机器——我多怀念它们，如此优雅、如此迅捷、如此危险得让人心悸！——画进小小的油画习作，《开向大海的窗户》，他与深爱的新婚妻子奥尔加 1919 年从伦敦回到法国后画的——看到这些我信手拈来的事实了吗？

接下来我在一大批堆在屋角墙边的旧画布中翻找。我很久没有看它们了——难以忍受——它们布满灰尘、蒙着蛛网。正是在我一直忙着画那幅静物画的时候，我被我愿意称为思想灾难的东西压垮了——它们，这些夸张之词，掩盖了多少赤裸裸的事实啊——我的决心失败了，我努力去画，却无法继续。那幅画我肯定画了十几次，在我越来越失望的眼里，每一幅都比前一幅更糟。但是我只找到三幅，其中两幅只是尝试性的习作，裸露的画布比画面多。我抽出第三幅，拿到窗边，边走边吹掉上面的灰尘。这是一幅颇大的长方形画，大约四英尺宽三英尺高。我把它摆到阳光下，退后几步，我意识到当时肯定看到了飞艇盘旋而过，才会让我考虑画它。在这幅画的中央是一个巨大的、蓝灰色的腰子形状，在靠近中间的部位有个洞，某种残肢般的东西从左上方戳出来。一天波莉看到这幅画，在我最终厌恶地把它转过去面朝墙壁之前，她问那个蓝东西，她就是这样称呼它的，是不是想画成一条鲸鱼——她觉得那个洞大概是眼睛,残肢是鱼尾——但马上又难为情地笑自己,说不对,等她更仔细地看了之后,她可以看出来,当然,那是一艘飞艇。我纳闷她怎么能想象得出,我会想去画这种东西,但是转念又想,为什么不呢?说到题材,一艘小飞艇与一把吉他有什么差别呢?所有的旧物都可以用,形状越没有规则,就需要越多的想象。

想象!想象你听到了一声空洞的笑。

马库斯在我身边动了动,嘟囔着什么,然后坐起来,咳嗽着。窗口射入的阳光把他的眼镜片变成水汪汪的不透明圆盘。白兰地酒瓶掉到地板上,醉醺醺地画着半圆形滚着。"上帝,"他沙哑地说,"我们把它全干了?"

他看上去如此无助、如此不知所措,我被感动了,突然之间,差点拥抱了他,他坐在那儿,醉意朦胧、凄凉沮丧、伤心欲绝。他毕竟是,或者曾经是,我的朋友,不管这意味着什么。但是我怎么敢给他安慰?我觉得自己就好像站在一幢熊熊燃烧的楼前,火焰的热浪扑面而来,每扇窗里都传出受困者的尖叫,心知是我漫不经心扔掉的火柴引发了这场大火。

我提议我们出去找点儿吃的,我就在那时候提出来,根据一般法则,悲伤往往需要人们吃点儿东西。他点点头,打了个哈欠。

我们离开的时候,他在满是疤痕和污迹的橡木桌前停下,我过去常常把我的绘画工具放在那里——一管管的颜料、一罐罐倒放的画笔什么的。我仍把它们放在那儿,跟其他乱七八糟的东西全都混在一起,不过它们再也不是它们曾是之物了。活力已经离开了它们,还有潜力。它们变得过于沉重,几乎成了纪念碑。事实上,它们变得好像静物画的素材,就这样摆放着,等着被画出来,带着它们全部的纯真,毫无功利目的。马库斯停在那儿,捡起某样东西,仔细地看着。那是一只玻璃老鼠,活物大小,有着尖耳朵和雕刻出来的小爪子,一件小东西,并不值钱。"奇怪,"他说,"我们过去有一只一模一样的——连尾巴尖掉了一小块都一样。"我让我的目光变得暧昧,说这只是巧合。我忘记我把它放在那儿了。他点点头,皱着眉,依然在指尖摆弄着这个东西。他要就拿去,我赶快说,热切得过了头。啊,不过不用了,他答道,如果这是我的,他可不想拿。然后他把它放回桌上,我们走了出去。

如果它是我的?如果?

在充满危险和可怕的可能性的时刻,会有一种独特的战栗感沿着脊柱滑下来。我知道得很清楚。

屋外,阵阵狂风扫过街道,驱赶着前面飞奔的银色雨点,巨大的、爪子样的梧桐树叶,虽已掉落却依然青翠,其中一些沿着人行道蹦蹦跳跳,发出摩擦的声音。奇怪的是,我感到比以往更加生气勃勃、心情轻松——我自己正在变成一只热气球!——尽管我珍爱的或者应该珍爱的一切都面临着分崩离析的危险。我以前也注意到,在极端的恐惧下,或许正因为如此——记住,这是一个小偷在讲话——我会对天气和光线的最细微的变化特别机警。我最爱秋天,喜爱在这样的九月狂风天里四处走,大风敲打着窗棂,发光沸腾的巨大云彩升上被冲洗得干干净净的天空。谈论世界及其万物！——难怪我不能画画了。可怜的马库斯在我身边拖曳而行，一副疲惫的老男人模样。他现在正发出一种不同的声音，一种微弱的、呼吸似的高音口哨。似乎正是他的痛苦之声，正是它的音符，在压抑的风笛似的喘息和尖声中从他体内发出。谁，我问自己，谁是所有这些痛苦的秘密制造者？到底是谁。

我们走向渔王餐厅，一家破败的小饭馆，金属桌子和不锈钢椅子，当日菜单用粉笔写在黑板上。我小的时候，这里曾是马吉·马龙的鱼铺。马吉本人原本是渔妇，由于某个早已遗忘的原因，成了镇里嘲笑的对象。小男孩们会唱一首嘲笑她的歌——"马吉·马龙卖鱼，一盘三个半便士！"——并且从敞开的大门朝里面的顾客扔石头。格洛丽亚说的不对，她说我是因为害怕这个世界才逃离此地的。事实是，我并不真的在这里，或者我现在所在的这里其实并不是这里。我可能是来自人们向我们保证确实存在的众多宇宙之一的一个生物，这些宇宙全都相互嵌套，就像一颗无限巨大的洋葱的皮，我只是因为宇宙事故走错了路，穿越到这个世界，在这里我曾是并且又变成我现在之所是。是什么？一个熟悉的陌生人，格格不入同时又奇怪地心满意足。我肯定早就知道我的天赋——我就是这样称呼它的——会离开我。什么动物回到它出生的那个地方死去？又是大象？或许如此，我忘记了。我已经毁了，一口承载着悲痛、悔恨和罪恶的麻袋。然而很多时候，我也津津有味地幻想在那个无限叠盖的其他宇宙中的某处，有另外一个我，一个劲头十足的家伙，粗野无礼、不顾一切，英俊得如同恶魔，被所有男人憎恨，但所有女人都向他投怀送抱，他不择手段，没有人知道他如何谋生，他会不屑于摆弄那些颜料盒，以及这类小孩子的便宜货。是的，是的，我看到他，那另一个奥利弗，一个功绩卓著的人，一个摆脱了他的远方分身们的懦夫行为、唱反调的人，你忠实的、你粗野的、你妒忌的，你的，哦、哦、哦，万分渴盼的。然而我是否要再次离开，到别处去试着成为他，或者某个像他的人？不，这是一个适合失败者待着的地方。

马库斯俯向他的盘子，费力地对付着一堆炸鱼和土豆泥，时不时停下来，用指关节擦擦他那不停地流鼻涕的鼻子。我注意到，痛心和悲哀似乎没有减损他的食欲。我望着他，心思聚焦于他，不去管我自己，还有在我心中雷电般轰隆作响的恐惧。我就像一个正在守灵的小孩，偷偷研究着死者的近亲，猜测着怎样才会遭此大难，却依然受困于所有这些每日的饥饿、渴望和烦恼。然后我漫不经心地环顾四周，暗自嘀咕桌子多么污迹斑斑、划痕累累，不锈钢椅子多么凹凸不平、肮脏变色，曾经锃亮的橡胶地砖磨损多么严重。一切都在倒回过去的样子，就像深谙此事的专家们向我们保证的那样。逆行过程——他们这样称呼——显然与太阳表层的那些风暴有些关系。不久之后这里就会有木制长椅，地板上有灯芯草、墙上有毛皮，在柴草和干牛粪的火堆上，半只肥牛在烤叉上炙烤。换句话说，未来会成为过去，时间在它的支点上变成另一个永恒重现的循环。

过去，过去。是过去把我带回这里，因为在这里，在这个有着大约上万灵魂的小镇,这个可能是格林兄弟虚构出来的地方,在这儿永远是过去;在这儿我被困住,静止于此,包在茧里;我再不需要移动,直到伟大的最后变化到来。是的,我会待在这儿,成为这个小世界的一部分,这个小世界成为我的一部分。有时,这一切的显而易见让我无法呼吸。我发现自己所处的这个环境既让我惊骇,又同样让我高兴,这些我自己设计的环境。我称之为死亡中的生活,生活中的死亡。我是这样说的吗?

马库斯吃完了,现在他把盘子推到一边,胳膊支在桌上俯身向前,细长的手指交叉在一起,这次他用了一种我觉得除我之外大家都会火冒三丈的就事论事的无礼语气——我怎么敢对一个我严重地背叛了的人发火?——要求我告诉他,他该拿波莉和她那不知名的情夫怎么办。我挑起眉、鼓起腮帮子,显得我被他的迫切需要吓住了,我对他爱莫能助。他盯了我很长时间,若有所思,看起来像在轻舔着他们门牙间的一个小硬东西。我觉得我就像地震中的一尊塑像,在底座上左右摇摆,而地表在隆起和弯曲。真相当然会向他呈现,他当然不可能一直看不到就在眼前的东西。然后他注意到我几乎什么也没吃。我说我不饿。他伸过来从我的盘子里拿了一片马鲛鱼放进嘴里。"都冷了。"他说,皱着鼻子嚼着。吃这一行为是如此私人,我奇怪人们竟没有只被允许在私底下吃东西,在锁住的门后。我们两个依然微带醉意。

假期在范德勒小姐家时,一天我在满是沙子的高尔夫球场上闲逛,球场沿着沙丘近陆地的一侧延伸了一两英里,我看到一只高尔夫球突兀地待在球道那修剪整齐的草地上，一眼可见，似乎是无主的。我捡起它，放进短裤后口袋。我直起身时，两个高尔夫球手出现了，头部先从球道的下降处出现，就像一对美人鱼从翻滚的绿色大海中冒出来。其中一个，金色头发、面色红润，穿着黄色灯芯绒裤子和无袖费尔岛背心——我怎么会记得这么清楚？——用指控的目光盯着我，问我看没看到他的球。我说没有。显然他不相信我。他说我肯定看见了，它朝这个方向飞过来的，他一直盯着，直到它飞出了他击球时的凹地边缘看不见了。我摇摇头。他的脸更红了，站在那里瞪着我，戴着手套的右手满含威胁地掂了掂木球杆，我回盯着他，平和的眼里满含无辜，内心却因惊恐和犯罪的快乐而颤抖。他的同伴开始不耐烦了，让他别烦了，赶快走，但他仍然不走，狠狠地看着我，咬牙切齿。既然他不打算挪步，我得走了。我慢慢走开，慢慢向后退，省得他看到我后裤兜里的高尔夫球轮廓。我完全相信他会扑向我，把我整个人倒过来，像狗抖老鼠那样抖着我。幸运的是就在这时，一直在球道边上的长草丛里恼火地四处乱踢的另一个人胜利地叫起来——他找到了其他人丢的球——在我的指控者走过去看的时候，我抓住机会，转过身，兔子一样朝范德勒小姐那摇摇欲坠的别墅避难所蹿去。我现在与马库斯就是这样的情形，就像那天我处于危险的边缘，吓得冒汗、浑身乱颤，笔直地坐在他的对面，不敢转过身，以免他发现一个泄露秘密的鼓出之处，立刻知道我就是那个把他那鸡皮、苍白、有弹性的小妻子厚颜无耻地装进口袋里的人。

顺便说一下，我没把拿那只高尔夫球算作偷，确切地说。我看到球的时候，我以为它被遗忘了，出于疏忽被人留在那里，因此任何人想把它捡起来都是名正言顺的。至于当它的主人现身的时候，我没有把它还给主人，这事与其说是有意为之，不如说是意外。看到他的红脸和可笑的裤子，我感到害怕，怕我如果拿出球，他会指控我是故意偷的，可能会对我大打出手，谁知道呢，扇我的耳光或用他的球杆打我。真的，在抓住机会偷东西与被环境诱导着拿走东西之间，有着细微的差别，不论差别是否细微，都不容否认。

现在马库斯开始了新一轮的回忆，用一种痛心的溺爱口吻，转过头凝视着窗外。我清清嗓子、垂下眼帘，摆弄着桌上的餐具，摩擦着脚，动来动去，就像被迫坐在烧红的铁凳上的殉道者。他说着他与波莉最初的岁月，他们刚结婚后。当他们一起待在家里的时候，他说，他常常喜欢只是磨磨蹭蹭地待在那儿看她，看她做家务、烧饭、清扫什么的。她总会不时地变成快速的小跑，他说，在这儿或那儿短暂且无目的地小小前冲或短跑，脚步敏捷，跳舞一般。他跟我说这些的时候，我在脑海里画出她的样子，把她视为那些古希腊少女中的一个，穿着凉鞋和束腰带的外衣，在狂喜中冲向前，欢迎某位战神或神灵般的勇士归来。我竭力回想我是否看到过她像他描绘的那样，轻松快乐地在我的画室里到处走，在那扇倾斜的映满天空的窗下。不，从来没有过。跟我在一起的时候她不跳舞。

窗外的阳光下，灰蓝色的烟翻腾着从高处一根烟囱里卷落，沿着街道翻滚而去。

我环顾着寒冷阴郁的房间。在十多张桌子旁，隐约有穿着外套的午餐者笨重地俯向他们的盘子，就像几乎竖直堆放着的食物袋，三三两两。角落高处的三角形小架子上是一只罩在钟形罩里的猫头鹰标本，我觉得那是一只猫头鹰，至少是某种猛禽，它的翅膀收起，昂起的头急转向一边，鸟喙下弯。来吧，可怕的大鸟，我暗暗祈祷，来吧，残忍的复仇者，落在我身上，撕咬我的肝脏。然而，我想，然而我偷来的火多么凶猛啊——那是怎样的羽冠、羽毛和凶猛啊！

我眨眨眼，几乎是哆嗦了一下。我没有注意到马库斯默不作声。他坐在那儿，饱受打击的目光依然望向窗户，外面是阳光下的愉快骚动。我看看我们的盘子，用吃剩的午餐占卜。它们不是好兆头，不过怎么可能是呢？"我现在看不懂波莉。"马库斯说，叹了口气，几乎就是一声啜泣。他用他那双黯淡的可怜眼睛盯着我，视力因多年的精细工作变弱了，而且依然被白兰地弄得模糊不清，"我再不知道她是谁了。"

某些罪恶，或许不是它们中最严重的，是被环境造成的。我们的女儿，格洛丽亚和我的，在她夭折的那一晚，我没有与我的妻子睡在一起，而是与另外一个女人。我说女人，但她差不多只是个女孩儿。安妮莉丝，她的名字，非常美，名字和人都非常美。我遇到她——在哪里？我不记得了。不，我记起来了，她是巴斯特·霍根那群人中的一个，我遇到她和他在一起。霍根这样的骗子怎么总能找到女孩们？当然他绝对是个艺术家，英俊得不可思议，长着愉快矜持的蓝眼睛，细长的手指经常用心地沾上颜料，手略微颤抖，笑容有着魔鬼的诱惑力。安妮莉丝跟我上床只是想让他嫉妒。竟会有这样的指望。我可以把自己装扮成无赖，但霍根就是无赖中的极品，而且无疑现在依然是。那是在香柏街的日子里。愚蠢、无牵无挂的日子，现在回思起来有种作呕的颤抖。不用跟自己说我那时还年轻，没有任何借口。我应该专心工作，而不是四处闲荡，追逐巴斯特·霍根的女孩们那样的人。我们必须工作，一直工作[I]。有时我怀疑我是否缺少基本的严肃认真。不过我是工作的。狂热地投入，当热情来袭的时候。学习我的生意，打磨我的手艺。但是我到底怎么了，我怎么失去自我的？这不是一个问题，甚至不是一个设问句，仅仅是正在发生的伤心故事的一段、一节、一首赞美诗。如果我不哀悼自己，谁还会呢？

　　奥利维亚，我们女儿的名字，随我的名字起的，显而易见。对孩子来说这个名字太庄重了，不过只要有时间她会长成这样的。她出生时我大吃一惊：我想要个男孩，甚至都没考虑过可能是女孩。生得很艰难——格洛丽亚做得很好，挺了过来。孩子没有，没有真正挺过来。她最初看起来很健康，然后就不对了。横算竖算，全都一样。活了三年七个月两个星期零

I　原文为法语。

四天，大致如此。事情就是这样：她被给予我们，然后很快，被拿走了。

我不知道她快死了。就是说，我知道她活不长，但是不知道会是那天晚上。她走得很快，在最后一刻，出乎我们所有人的意料，把我们所有人都丢开了。他们怎么找到我的？通过巴斯特，可能——告诉他们我在哪里和在干什么，会让他觉得很好玩。那是午夜，我睡在安妮莉丝的床上，安妮莉丝的一条腿重得不可思议地压在我的大腿上，重得像根木头。电话在她醒来前肯定响了十多下，她呻吟着，接了电话。我依然能看到她，坐在床的一侧，在台灯的灯光下，听筒在手里，把嘴角处什么黏东西粘住的一缕头发拨开。她是那种壮实的女孩，腰上有一圈可爱的婴儿肥肉。她的肩膀闪着光。让我在坠落前在那里逗留最后一刻吧。如果我愿意，我能数得出斜靠着的安妮莉丝脊柱上的每个精致的突起，从头到尾，一、二、三，还有——

沿着医院的似乎永无尽头的楼梯，每隔几码就有夜灯嵌在房顶上，当我飞快地掠过一小片又一小片的昏暗光晕，我觉得自己就是一只有问题的灯泡，忽明忽灭、忽明忽灭，就要熄灭了。儿童区挤满了人——流行性荨麻疹正在肆虐——他们把我们的小女儿放到成人病房，在一张成人床上，在远处一个角落里。那里也很暗，我匆匆穿过房间的时候，慌乱地想象着两旁休息的病人实际上是尸体。孩子躺的地方临时放了盏灯，格洛丽亚和一个身穿白大褂的人俯身在床前，而其他模糊的身影，护士们，我猜，还有其他医生，靠后站在阴影中，因此整个场面看起来完全是耶稣诞生的场景，只少了牛和驴。孩子在我赶到前一分钟或两分钟时咽气，格洛丽亚后来告诉我，她只长长地、破碎地叹了口气就离开了。这意味着，我们两个都决心相信，她临终时没有受苦。我在床边跪跪下来——我还没有完全清醒，我也应该坦白这一点——碰了碰那润湿的睫毛、微微张开的嘴唇，以及那死亡之花已经扎根的面颊。从来不知道皮肤可以这么沉静、毫无反应，之前或之后都没有过。格洛丽亚站在我身边，手放在我的头上，仿佛在赐予祝福，尽管我猜她只是在把我扶稳，因为我肯定我歪斜得厉害。我们都没有哭，那时没有。眼泪会显得，我不知道，太苍白，可以说，或者，太过火，多少有些粗俗。我感觉非常怪异，就好像突然间又回到青春期，尴尬、笨拙、瘫痪般地不知所措。我站起身，格洛丽亚和我相互拥抱，但只不过是一个仪式性的姿态，与其说拥抱不如说抓住对方，带不来任何安慰。我低头望着大床上的孩子；只有头部露出来，她或许是在雪堆中死去的小小旅者，雪没到脖颈。从此以后，一切都是余波。

格洛丽亚问我整晚都在哪里，不是要指责或抱怨，几乎只是心不在焉地问。我记不得向她撒了什么谎。或许我把真相告诉了她。如果我做了，也不会有什么关系，反正很可能她没有听我说。

我想知道但无法知道的是：我们的女儿，她是否知道她快死了？这个问题折磨着我。我告诉自己她不可能知道——无疑在那个年龄，一个孩子不清楚死亡是什么意思。然而有时她会有一种神情，疏离，专注，温柔地推开身边的一切，那是当人们要出发踏上一段漫长险峻的旅程时的表情，他们的思绪早已飞到遥远的异乡。她也会有出神的时候，某些间断时刻，那时她会变得非常安静，似乎在努力聆听什么，弄清某个遥不可及、模糊不清的东西。像这样的时候，不能和她说话，她的面部会放松、茫然，或者她会突然把头转向一边，对我们不耐烦，不耐烦我们的喧闹、我们假装的欢快、我们的温和徒劳的恐吓。我对此是不是过度诠释了？我是不是赋予它一种虚假的预兆意义？我希望我错了。我宁愿她无忧无虑地在不知不觉中走入黑暗。

我原本能够告诉马库斯，在曾经是马吉·马龙家的那个可怕地方，原本能够告诉他那个孩子的事，她夭折的那个夜晚。我原本也该跟他讲讲安妮莉丝。这会成为某种忏悔，我与一个女孩上床这个想法或许足以触动他，让他看到他没有看到的明显事实，这个我早就应该忏悔的真相。我觉得，如果他猜到我对他隐瞒的东西，我应该能松一口气，尽管只是减轻了尴尬和烦躁的感觉——我的意思是，它不会让我感觉好受一点儿，只是不那么沉重不堪。我当然不会奢望净化[I]，更不会奢望免罪。净化，当然。不管怎样，我最后什么都没说。

[I] Catharsis 是亚里士多德描述古希腊悲剧的作用时所用的概念，有的译为"净化"，有的译为"升华"。

我们离开渔王餐厅时，我那未获安慰的朋友飞速嘟囔完再见，就双手插在兜里走开了，他斜着肩膀，正是一幅沮丧之画。我站了一分钟，看着他离开，然后我也转身离去。不过天气又变了，现在在瞬息万变的清风的吹拂下，阳光变得清澈锐利。落叶的季节、记忆的季节。我并不知道去哪里。家想都不要想——在马库斯和我之间发生了这一切之后，我怎么能面对格洛丽亚？对于偷情，我知道的一点是当它好像要被发现的时候，在那些危险得喘不过气来的时刻，它的感觉会变得从未如此真实、如此认真、如此庄重珍贵。如果马库斯打算把他告诉我的告诉格洛丽亚，格洛丽亚会把两两配对——或者更确切地说，一一配对——得出结论，拿它质问我，我会当场崩溃，把一切都坦白。对格洛丽亚我只能靠避而不谈来撒谎。

我的口袋里有个东西，我拿出来望着它。我从餐桌上偷走了一只盐瓶，不经意间。甚至没有注意到！这可以告诉你我现在的状态。

我迈步走向画室，没有其他地方可去。风揉皱了小水坑，把它们变成一个个坑坑洼洼的钢盘。

某个人，马库斯曾说，某个人。所以我是安全的，到目前为止，处于匿名状态。我觉得我仿佛倒在火车下面，只能一动不动地躺在轨道中间，指望在最后一节车厢呼啸而过后，还能够站起来，爬回到站台上，除了额头上的污迹和耳朵里持续的轰鸣，没有更多的东西能体现出那场灾难。

多年以前，当我第一次离开小镇，追寻我的未来——想想我的样子,典型的冒险者,我的全部家当都在肩上,在一块绑在棍子上的手绢里——我带走了某些精选的东西,储藏在脑海里,这样我就能在今后的岁月里插上记忆的翅膀,重访它们——更像是想象的翅膀——我常常这样做,尤其是格洛丽亚和我去褪色的遥远南方生活的时候,好让自己远离乡愁。那些被珍视的内容之一是某个地点的脑中快照,那个地方对我来说始终是一个图腾、一个护身符。毫不起眼,只是山边通向小广场的混凝土路上的一个转弯。事实上,这甚至不是那种可以被称为地点的地方,只是地点之间的一条路。没有人会想在那里停下来欣赏风景,因为那里没有风景,除非你觉得对公牛河的一瞥可以算上,公牛河与其说是河不如说是细流,从山脚流下来,沿着被栏杆隔开的排水渠蜿蜒向前。那里有一堵高高的石墙,一口古井,一棵歪树。道路随着上升而变宽,有一个斜坡。在我的记忆中那里总是不大亮,空气中弥漫着灰蒙蒙的光线。在这幅画中我看不到人,没有移动的影像,只是场地本身,寂静、戒备、神秘。感觉它被移动过了,多多少少被转了方向,它真实的一面朝向其他某处,仿佛这是一个舞台布景的背面。井水在青苔覆盖的石头间溅起,一只小鸟藏身于日渐枯萎的树枝间,唱出一两声,又归于沉寂。一阵微风拂起,压低嗓子呢喃,模糊、不安。似乎有事情要发生,但又从未发生。你明白吗?这就是记忆的内容,它的内核本身。这就是我在波莉那里寻找的吗——山路、深井、微风、鸟儿迟疑的歌声?这会不会就是它的全部?我真该死。波莉作为摩涅莫辛涅[1]的侍女——我从来没想过这一点,直到现在。

让我尽量将它梳理清楚。

或者不要,求求你,不要,让我不要做。

总之,离开马库斯后,我就退缩到那个地点,在那里逗留了一会儿,听着树叶间的风声和井水的叮咚声。我希望某个神会过来,把我变成月桂树、变成水、变成空气本身。我在颤抖;我很害怕。我的世界末日正临近。

我去了画室,我最后的室内避难所。但它算不上避难所,因为我发现波莉在陡峭的楼梯顶上等着我。她没有钥匙——出于谨慎,我没有给她钥匙,尽管她不断暗示,并且随着时间的推移,变成越来越愤愤不平的要求——但是洗衣工的妻子让她进到楼下。她坐在楼梯顶端的边上,肩膀斜靠在门上,膝盖缩在胸前。等我爬上楼梯——绞架,我差点这样写——她跳起来抱住我。总体来说她是一个热情的女孩,但今天她完全就是在燃烧,全身颤抖,不是呼吸而是喘气,像一匹脱缰的小马把自己投到我的怀里。她闻起来也热热的,丰满湿润,与我之前从马库斯那里闻到的泪水涟涟的悲痛差不多一个味道,似乎如此。"啊,奥利弗,"她在压抑的恸哭中说道,嘴唇压在我的颈边,"你刚才在哪儿?"我告诉她,用一种敲

---

[1] 希腊神话中的记忆女神。

响丧钟的语气,我的肠子揪在一起,我和——等一等——和马库斯一起吃了中饭!她立刻向后退,伸直胳膊抓住我,盯着我看,万分惊恐。我注意到她颧骨上被马库斯的婚戒划出的伤痕;划得不是很深,但是周围的皮肤青了。"他知道了!"她叫道,"他知道了我们——他跟你说了?"

我把目光从她那里移开,点点头。"他跟我谈你,"我说,"至于我。他似乎并不知道。"虽然这个时刻很可怕,但我羞于说我能感到我的血液在骚动——我们多么忸怩作态——由于她正散发出的风骚气味,以及她的屁股压在我屁股上的力道。当我第一次把女孩拥在怀里,自己摩擦着她——她是谁并不重要,让我们原谅自己所做的一切——不管听起来多么荒谬,让我吃惊且深深刺激我的,是她的大腿根处除了一个有点光滑骨感的鼓起,没有任何东西。天知道我指望那里有什么。毕竟我没那么天真。不过,似乎正是这一缺失,保证了迄今为止超乎想象的、充满愉悦的探索,脆弱的心醉。我的梦想和欲望,它们有多么奇妙啊。对每个人肯定都是如此。或者可能不是。就我所知,其他人内心中发生的事情或许与我内心中发生的没有任何相似之处。这一前景令人眩晕,而我独自一人坐在高处,在它面前。

"他当然不知道是你!"波莉说,"你觉得我告诉了他?"她朝我满腹委屈地哼了一声,似乎希望我感谢她。我什么也没说,只是从口袋里拿出钥匙,绕过她,打开门,在她前面僵硬地走进房间。我就像一个石头造的人,或者不,粉笔造的,冷漠、僵硬,然而很容易化为齑粉。

经过楼梯处的昏暗之后，画室在几乎发出磷光的白色光线下明亮耀眼，窗口亮得我几乎无法直视。空气中依然有微弱的白兰地味儿，混杂着楼下传来的挥之不去的肥皂水的闷湿香气。房间里很冷——我一直没弄清楚如何正确地给这地方加热——波莉站在那儿，肩膀内扣，胳膊紧紧地交叠在胸前，抱着自己。她没有化妆，甚至没用口红，她的外貌特征看起来变模糊了，几乎毫无个性。她穿着米糠色的连帽呢大衣，那种像舞蹈鞋的平底鞋，我怀疑她穿它，或是过去常穿，是为了照顾我的矮小身材——我再说一遍，如果我没有说过，她确实时时刻刻体贴善良，无疑不该遭受我给她造成的悲伤和心痛，而我现在也在这样做。我评论着鞋子，说她不应该在这样的日子里穿这么轻薄的鞋出来。她朝我黑着脸，责备地皱眉，仿佛在问这样的时候我怎么还能谈论天气和鞋子这类事情。当然，完全正确——在戏剧的高潮时刻我从未表现好过，不是说不出话，就是毫无节制地唠唠叨叨。当一个非常熟悉的人突然迈出一步，向上或向下，进入一个新的、完全不同的阶段，这一刻总是很艰难。在这个大惊失色、痛苦、焦虑、穿着不成形的外衣和可叹的鞋子的人身上，我几乎认不出我珍爱的始终可爱的波莉了。尤其让人心烦意乱的是她眼里的神色，混合着恐惧、怀疑、挑衅，以及彻底、彻底的孤立无助。为什么她要让我用甜言蜜语走入她的心扉？当我在很久以前那个钟表匠之夜开始用言辞撩拨她的时候，有怎样一种逃跑和实现梦想的机会似乎展现在她面前？那晚不可避免地导致这个时刻，我们两个在寒冷的日光下站在那里，不知道该怎么办,该拿我们自己或对方怎么办。

离我与马库斯在那儿待过还没过几个小时,我的内心同样充满了不祥的预感,我的头脑同样茫然无绪。接下来格洛丽亚会进来大发雷霆,荒诞的卧室闹剧会结束。

突然,没有任何我能想得出的原因,现在也想不出,我发现自己在回忆我父亲最后一次造访图片店,那时它已经被卖掉了,而洗衣店尚未搬进来。那天我为什么在那儿?爸爸已经病入膏肓,他几个星期后就辞世了,所以我估计他出门道别的时候不得不需要人陪伴。但为什么是我?我是全家中最小的。为什么跟着他的不是我的某个哥哥或我姐姐?我才十五岁,一肚子气。我年轻气盛、铁石心肠,死亡让我厌烦——其他人的,换言之,我自己的死亡和死亡预期,是思想和思考中最令人着迷也最让人害怕的话题。我已经失去了母亲,对于我这么快就不得不再一次陪伴我的父亲经历同一个最后的、凄凉的衰落过程,我感到愤愤不平。店里的很多东西还留着。爸爸尽力把它们全都处理掉,但是如今镇里知道他快死了,因此沾上了厄运,在"百分百清场大甩卖"那天,没有几位顾客光顾。现在,弯腰曲背、形容枯槁,他在图片箱子中梳理着,寻找着谁知道什么,翻查卷了角的账簿,瞥进空空的收银机,不咳嗽的时候就烦恼地叹着气。那是一个夏天的周六下午,镀金的尘埃巨浪般在空中翻腾,有一种干腐和焦纸的味道。我站在敞开的门口,双手插在口袋里,向外怒视着洒满阳光的街道。"你怎么了?"我的父亲恼火地对我喊,"我这里马上就好了,然后你就能走了。"我一言不

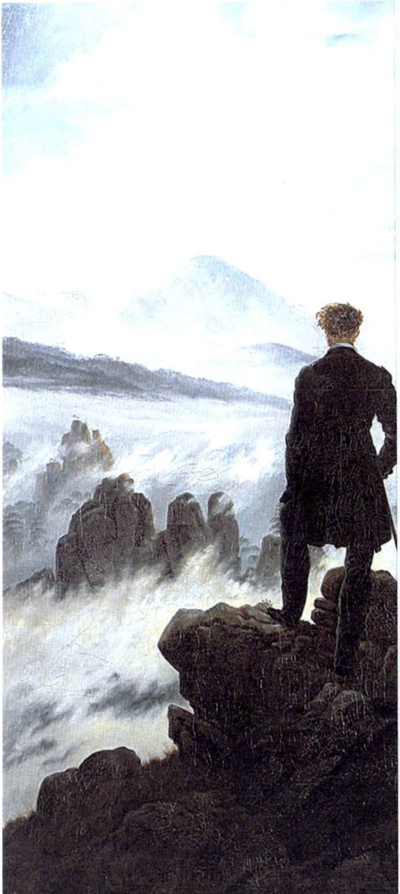

吭，依然背朝着他。人们走过，低着头，不向里面看。我突然想到在某种意义上我的父亲已经死了，每个人，包括我自己，都不耐烦地等他把这变成现实，把自己带走，离开我们焦虑的视野。突然我身后发出巨大的撞击声，声音大得我本能地弯腰避开。我父亲推翻了一个沉重的木展台，它现在面朝下躺在他脚下的尘云之中。一边已经裂成碎片，我记得我惊讶于裂口处令人震惊的刺眼的白色，里边的木材赤裸裸地展示出来。我父亲低头站在那里，屈膝弯臂，看着他做的事情，浑身颤抖，他的脸部扭曲，在狂怒的咆哮中边上的牙齿露了出来，让我片刻间怀疑他是否终于彻底陷入极度的疯狂，在等待他的死亡的重压下垮掉了。我目瞪口呆地望着他，吓住了，但也被迷住了。可怕，不是吗，最令人震惊的灾难怎么会被看作是乏味的生活中一个受欢迎的标点符号？无聊，害怕无聊，是魔鬼最精妙和最尖锐的鞭策。过了一会儿，我父亲一瘸一拐地走过来，仿佛所有骨头都当场融化了，他闭上眼睛，一只手颤抖着放在额头。"抱歉，"他嘟囔着，"它倒了。我肯定撞了它。"我们都知道这是谎言，很尴尬。他穿着白衬衫，打着黑领带，就像他在店里常穿的，一件饼干色的羊毛开衫，扣子是用编结的皮革做的，一双开裂的黑鞋，他去世后第二天我在他的床下发现了它们，这是压倒那根隐秘杠杆的最后一根稻草，我崩溃了，哭了，坐在地板上，在我那伤痛的自我的泥潭里，拿着它们，一手一只，大滴滚烫的泪水哗哗地沿着双颊流下来，从下巴尖痒痒地落下。其他人想起他们父母的时候，是否像我一样，感到在不经意中犯了一个不大却重要的不可逆转的错误？我想着父亲磨损的鞋子，那件耷拉口袋的羊毛开衫，衬衫领子里晃动着的布满青筋的脖子，领子最近已经大出了三或四号，这就好像我一觉醒来，发现睡着的时候，我把某个毫无防范的小动物弄死了，最后这一只，它那奇妙物种中的最后一只。不可宽恕？一点儿也不能。如果他在这儿，他会原谅我，爸爸会的，但是他不在，我无权赦免自己。没有罪行，就没有指控，是的，也没有赦免。

我让波莉坐到沙发上，就像以前常做的，但这次的目的截然不同，我们肩并肩坐下来，就像一对罪人顺从地坐进被告席。她没有脱掉外衣，这却让她看起来更糟糕，全都扣得紧紧的，鼓鼓囊囊不成形状。"我该怎么办？"她说，发出一声微弱、压抑的哭喊。我告诉她这正是马库斯在这里时问我的，我也不知道该对他说什么。"他在这儿？"她说，瞪着我。我向她讲了他爬上楼梯，闯进来，要酒喝；我告诉她我们把一瓶白兰地都喝干了。"我觉得你醉了，好吧。"她说。这之后她沉默了一会儿，思考着。然后她开始说起她和马库斯的生活，就像马库斯不久之前，说着他和她的生活一样。她的描述——他们早先在一起的日子、孩子、他们的快乐，所有这些——与他的惊人地相似。这让我恼火。事实上，我到目前基本处于恼火的状态。生活，以前看起来如此丰富多彩，充满冒险和插曲的绚烂盛会，突然间缩成一点，这个小三角的交叉点——波莉、她丈夫和我。我闷闷不乐地预见到随后的日日月月，我们的戏剧自行展开，可以预见其骇人程度。波莉会承认她的地下情人是谁，马库斯会来朝我咆哮，威胁动武——或许不仅是威胁——然后格洛丽亚会知道,我还得应付她。我只是想到这个就被打倒了。波莉还在说着她的故事,看上去更像对自己而不是对我,用一种梦幻般的、歌唱般的声音。我的注意力不断被窗户和窗外水洗过的蓝色天空所吸引,还有静静飘过的珍珠色和铜色的云彩。云彩,云彩,我从未习惯它们。它们为什么这么具有巴洛克风格,可爱得这么俗丽又毫无艺术性?"我们常在一起洗澡。"波莉说。这吸引了我的注意。我眼前浮现出他们热腾腾的生动形象,坐在澡盆的两端,沾着泡沫的腿交叠在一起,朝彼此泼水,马库斯咯咯笑着,波莉快乐地尖叫。奇怪的是,在今天之前,我从未想过他们在一起的亲密生活。真是难以思议,大脑怎么能把事情牢牢地封存在这么多分开的隔间里。当然,我知道他们同床共枕——他们的房间里只有一张床,双人床,波莉自己这样对我说的——但是我拒绝想象这一简单但惊人的事实中包含的意义。我无法进一步想象他们做爱,就像我无法想象我的父母,还活着的时候,在激情的阵痛中彼此纠缠。现在一切都变了。我可以感到我的肩胛骨开始流汗。还有什么比突然爆发的嫉妒更势不可当?它不可阻挡地从身上滚过,就像岩浆,沸腾、冒烟。

"我想我必须离开他,"她说,用一种奇怪的就事论事的温和口吻,坐直了,挺起肩膀,仿佛已经准备好了承担这一重任,"也就是说,如果他不先离开我的话。"

我未置可否,几乎没有在听。我与波莉最初日子的记忆碎片浮现在脑海中,或者更像是蜿蜒滑入。某个下午我们在这里，在画室，她和我，吃着奶油薄脆饼干，分喝一瓶劣质红酒。她不习惯喝酒，白天肯定不喝，但是一两杯总能对她和她的良心起到镇定作用——她依然对自己感到惊讶，对她敢和我做的这件事感到惊讶。第二杯过后，她就故作正经地溜进角落处涂成白色的狭小盥洗室，我则坚定地用手指塞住耳朵——为什么很少有人谈及，很少有人承认，这些小小的尴尬，这些神经质的微妙，还有那些标志着男女之间共享性爱生活的优雅的忍耐？

就在盥洗室外面，靠右的墙上，有一面古老的方形大镜子，洛可可式镀金镜框，边上掉了漆，我过去常在镜中检验正在创作的画面的构图；镜中画面提供了全新的视角，总会暴露出某个线条的不足。

过了一两分钟，我看到盥洗室的门打开，迅速把手从耳边拿开。

天啊，它们多么让我心慌，镜子们。这些日子我们听了那么多关于我们不知不觉间进入的多重宇宙的事情，但是谁谈到过穿衣镜深处的那个全然不同的世界？这个俗丽王国的古朴水晶版，我们注定要在那里度过我们单维度的生命，它看起来相当可信，不是么？那里的一切多么平静沉着，那个反转的世界多么警惕地留意我们和我们的每一个行动，不让我们带走任何东西，哪怕是最不起眼的动作，最鬼祟的一瞥。

当波莉从盥洗室出来，门在她关上之前，位于她的身后，遮住了我的视线，但是在镜子中，她朝镜子转过身——我们谁能抗拒在镜中瞥自己一眼？——她面对着我，我们的目光相遇,也就是说,我们的反射的目光。或许是由于镜子的介入,或者应该说是它的篡改,鉴于这个词暗示的微妙背叛,它让我们似乎有片刻,未能认出对方,甚至,根本素不相识。那一瞬间,我们可能就是陌生人——不,不只是陌生人,比陌生人还糟:我们可能是来自完全不同世界的生物。或许,由于镜子那狡猾的变形魔法,我们变成了这样。新的科学不是谈到了镜面对称,说某些粒子似乎找到了自身的精确映照,事实上却是两个不同现实的相互作用,事实上它们根本不是粒子,而是不可见的相互交叉的宇宙构造中的针孔吗?不,我也不理解,但是听起来言之成理,不是吗?

当然,我现在想的是马库斯,我最后一次看到他,在马吉·马龙的店里,说他不再认识他的妻子了。他与她也遭遇了那个变成陌生人的瞬间,当那天早晨她坐在床边,在狂怒和拒绝原谅的沉默中抬头望着他。

不管怎样,这段互不相识的过程让我们动摇,波莉和我。我们没谈这个——我们能说什么呢?——就好像什么都没发生一样继续相伴。尽管它持续的那段时间让人不安,深深地不安,但它算不上独特——生活、满是针孔的生活,被这些瞥见刺穿,看到存在于此的深不可测的神秘性,我们全都既在一起又互不相容。但我现在忍不住要想,波莉和我是否真的从我们在那短暂的瞬间误入的另一个现实、镜中世界里回来了不管那是怎样的现实,怎样的镜中世界。尽管那是在我们私情的早期,是不是在那一时刻,尚未察觉,我们就开始渐行渐远?我有这种感觉,而且我相信,结合甫就,分离的种子就已经发芽了。

她泪眼汪汪、忧心忡忡,满怀着对我、对她自己、对在一起的我们俩的温柔关切离开了,她一离开,我就立刻溜之大吉。我甚至没收拾行李,就这样走了。那是一个狂野的夜晚,在路上,树木纷纷挥舞着枝条,一轮满月透过飞掠的云彩闪闪烁烁,像一只圆眼睛朝我眨着,严厉地责备我。但我为什么要在意这些天气因素?我穿着轻便外衣、靴子,带着我可靠的马六甲手杖。我用手压住帽子,仰起脸,在一种热泪盈眶的狂喜中,就像贝尼尼[1]那沉迷的圣特蕾莎,朝向狂风暴雨,正如在其他时候我常常把脸转向南方含盐的阳光。我看到自己就像某个古老传说中流浪的英雄,内心伤痛,被失落和渴望折磨得发疯,因自我怀疑而病入膏肓。我几乎不知道我在做什么,或者在走向哪里。白马在河口黑色的水面上扬起前腿站立。黄昏与风暴,既是这个世界的,也在我的内心之中。在费里角的古老铁桥上,一位农夫停下来,让我搭他的卡车。他是真正的老前辈,牙齿掉光了,嘴巴凹进去,两鬓和面颊上胡子拉碴,一只烟斗塞在白花花的牙床间。他散发着干草味、猪臊气和烟草的恶臭,完全可以打赌他的裤子是用捆干草的麻绳做的裤带系住的。卡车颤颤巍巍,像奄奄一息的老马一

---

[1] 贝尼尼(1598—1680),意大利雕塑家,建筑家,画家,以雕塑《阿波罗和达芙妮》《圣特蕾莎的沉迷》和《四河喷泉》等闻名。

样喘着气。老麦克唐纳风驰电掣,带着疯子般的任性,猛拉变速杆,旋转方向盘,仿佛要把它从支杆上拧下来。我们一路向前的时候,他津津有味地讲着多年前这个地方发生的一起自杀事件。"跳河自杀,就是这样,在被女朋友抛弃之后。"他咯咯笑着。我拉低帽檐盖住我的眼睛。前方黄色的车灯探进渐浓的夜色。不再是任何人,不再是任何物,在暴风雨之夜迷了路!"他们在那边桥下找到他,"老人喘息着说,"他的两条胳膊僵硬地抱着水下的一个木桩——你能相信么,现在?"

波莉波莉波莉波莉
等我到达,那房子——

我想我听到外面停下来的是格洛丽亚的车。天哪。

第二部

最先让我震惊的是寂静。它就像浓雾一样笼罩着房子，一切都在其下冻结、僵硬了。我想到童年的冬夜——是的，又来了，又是过去——当我们村邻居的儿子们，还有女儿们，那些粗声粗气的假小子们，从四周聚集在门房外的山上，顺着道路泼出一桶桶的水做成滑梯。我能看到霜也随着夜晚的来临而落下，闪着光的灰雾从苍穹顶部那隐约闪现的深蓝色暗处撒落。我似乎也听得到，我周围各处刺骨的空气中传来压低的金属叮当声。过了一会儿，滑梯变得像打磨过的石头一样坚硬，星光下冰雪的闪光深邃幽暗，既让人畏缩又充满诱惑，刺激着我去排队像其他人那样冲向前，让自己飞掠下山，让膝盖紧绷、颤抖，让冷空气灼烧我的肺。但我很胆小，不敢，在门房的庇护阴影里踟蹰不前，嫉妒地看着。滑冰者的声音在富有光泽的暗夜里刺耳地回响，树木一动不动地静立，就像沉默的观众望着这场狂野的游戏，数不清的星星也似乎在旁观，闪着冷酷的不怀好意的光。每次有汽车过来，孩子们就在尖笑声中四散开去，司机会摇下车窗，朝他们的背影咒骂，威胁去叫保安。

我说的静寂之处，我现在所在之地，是费尔蒙特，我在刽子手山上那个有着贵族外表的狗窝，也被我暗地里用不能带来安慰的幽默，称作绝望的城堡。我必须说，重新回家的感觉很奇怪，尽管我离开的时间很短——会不会我实际上只离开了几天左右？一片沉寂，就像我说的，但还有我妻子冰冷的平静，尽管前者在很大程度上是后者的结果。对我突如其来的离开和鬼鬼祟祟的回来，她不置一词。她看上去没有对我的偷偷走掉生气，一个字也没提波莉，以及诸如此类的。她知道多少？她是否跟马库斯谈过——他是否对她说过？我迫切地想知道，但又不敢问。因此我如坐针毡。她的举止显得心不在焉，神情恍惚疏远，她的这一新形象让我不安地想起我那举止怪异、缺乏感情的母亲。当我们在这个屋子里打发时光的时候，她很少看我，她看我的时候，眉间会出现浅浅的皱纹，准确地说，不是皱眉，而是一种困惑的涟漪，仿佛她不很能想起我是谁——事实上，正是那天画室镜子中的波莉和我的重复。我可以说这一疏远的举止是种沉默的责难，只是我不认为如此。或许她已经放弃了我，或许我已经被彻底赶出她思绪的重心。看上去她专注于未来。她谈起回到南方，去卡马格[I]，好战且常胜的不信神的清洁派[II]的昔日驻地，我

[I] 法国南部地名。
[II] 又译作纯洁派或纯净派，中世纪流传于欧洲地中海沿岸各国的基督教异端教派之一。

们曾在那里相对平静地住了一段时间。她说她怀念那里的盐沼,广阔的天空,洒满阳光的无垠视野。她正调查艾格莫尔特的一座出租的房子——那是她说的,她正调查它。我不知道对此该多认真对待。这是不是意味着她一心想离开我,或者这只是一种奚落,就像她的沉默,目的是伤害和让人烦心?很久以前就是在艾格莫尔特,一个洒满阳光的秋日下午,坐在咖啡馆外面,我们定下山盟海誓。热风吹过,把天空擦成干燥的白蓝色,让这个小广场的遮阳棚像鞭子一样啪啪作响。我把摊开的手掌伸过桌子,格洛丽亚把她那有力、骨骼巨大的凉手伸给我让我握住,我们就在那里,约定好了。

从孩提时起我就知道费尔蒙特屋,尽管那些日子里我只能从外面了解它。那时一位富裕的医生和他的家人住在那里,或者可能是位牙医,我记不得了。它建于十八世纪中期,在这座山上,一百年前,和我同名的奥利弗·克伦威尔率领他的部队从这里对小镇展开臭名昭著而又徒劳的进攻。新模范军溃败,围困解除之后,凯旋的天主教卫戍部队在此处竖起临时绞架,吊死了半打穿着赤褐色外衣的军官,据说就在这个地方,护国公[I]曾在这里扎营,后来他匆匆溜回家,迎来不光彩的结局。房子四四方方、结结实实,高高的前窗向下瞪

I 指克伦威尔。

着小镇，带着与老铁甲统帅本人相匹配的空洞漠然。我过去常常想象这些高墙之内的生活毋庸置疑会与这样宏伟的外观相应，里面那些人肯定觉得自己同样宏伟庄严。我知道，这是孩子气的幻想，但我执着于此。三十年后我买下了这个地方作为一种报复，我不确知报复什么——或许是因为我每回经过都妒忌地仰望，渴慕着那些看不见的窗户，梦想着自己站在窗后，穿着天鹅绒的居家服，扎着真丝领带，品着玻璃烧杯里的勃艮第红酒，又浓又香，就像他祖先的血，用嘲笑的目光追随着那个小男孩费力地穿过山脚，背着书包，在灰色校服里弓肩驼背，像只蜗牛。

<u>这些日子，这些夜晚，我很难入睡。</u>或者不如说，我去睡觉，被一大杯酒和好几把超大粒的安眠药丸撂倒。然后凌晨三四点钟，我的眼皮就像出了问题的百叶窗一样啪地打开，发现自己处于一种清醒的警觉状态，我似乎从未在白天达到过同样状态。那一刻的黑夜也发生了独特的变化，并非只是没有光，而且变成了媒介本身，一种一动不动的黑釉，我被牢牢关在里面，像一头被击倒的野兽，周围潜行着怀疑、焦虑和极度恐惧<u>这些</u>豺狼。在我的头上没有天花板，只有不断后退、深不可测的虚空，我随时都可能被头朝前扔进去。我听着心脏在胸腔里跳动，徒劳地不去想死亡、失败，或者失去珍爱的一切，失去这个世界以及其中的物体与生命。被帘子遮住的窗户立在床边，就像朦胧难辨的黑暗巨人，目不转睛地、疯狂地监视着我。有时我躺身其中的静寂似乎是一种瘫痪，我被迫起来，在战战兢兢的恐慌状态下摸索着穿过空荡荡的房

间,连灯都不开,楼上楼下地徘徊。房屋在我周围微弱地哼着,我似乎在一只巨大的机器内部,比如一架待命状态的发电机,或者一辆蒸汽火车的引擎在夜间被分流进旁轨,却仍因白天的热火、速度和喧嚣的记忆而颤抖。我会停在一扇落地窗前,把额头压在玻璃上,向外眺望沉睡的小镇,想着我看起来会是怎样的拜伦式形象,栖居此处,孤独、看起来充满悲剧性,不再四处流浪。我就是这个样子,总是望进来又望出去,在我和我渴望的遥远世界之间有一面冰冷的玻璃。

我怀疑格洛丽亚恨这幢房子,我怀疑她一直恨它。她同意跟我回来住在镇上,只是为了满足我,满足我重归旧地的奇想。"你想生活在死者中间,是不是?"她说,"注意,你自己并没死。"我已经死了,在某种程度上,我指的是作为画家,因此活该如此。僵尸艺术家。

我希望能比现在更懂我妻子一点儿,我的意思是我希望我更了解她。尽管我们在一起挺久了,我依然觉得像新婚之夜的老式新郎,在煎熬的不耐烦和相当强烈的恐惧中等着他全新的新娘脱掉衬衫,解开胸衣,最终在满面通红的赤裸中展露自己。我们在年龄上的差距能解释这些缺失的部分吗?但是或许她根本不像我认为的那样是个谜。或许在她光滑的外表下,没有沸腾的激情,没有心灵的风暴,没有血液中急转直下的瀑布,或者没有她所独有的那些东西。我无法相信。我觉得只不过是我们失去的孩子引发的悲伤在她周身硬化出了甲壳,像瓷器一样无法穿透。有时,尤其在晚上,当我们并排躺在黑暗中辗转难眠——她也饱受失眠之苦——我几乎能感到、听到，从她内心深而又深之处，传来一种干哑、无声的呜咽。

她把女儿的死亡归咎于我。我怎么知道的？因为她这样对我说的。但是等等，不，等等——她说的是她因此无法原谅我，这完全是另一回事。我赶紧说孩子死于一种少见的毁灭性肝脏病症——他们告诉了我病的名字，但我当场就把它抛在了脑后——没人能救她。很难想这样的小东西竟然有肝脏，真的。若干年后，格洛丽亚才转向我，出乎意料地说——出乎意料？更像是晴天霹雳——"你知道我无法原谅你，是不是？"她用一种温和的对话式语气，显得没有敌意，事实上，不带任何我能说出的情绪；她只是在陈述一个事实，一个她正在向我宣布的情况。当我表示抗议，她打断了我，客气但坚决。"我知道，"她说，"我知道你要说什么，只是必须有人来让我不予原谅，这个人就是你。你介意吗？"我想了想，只说介不介意和这没什么关系。她也思考了一会儿，然后简单地点点头，不再说话，我们继续走着。不同寻常，你会觉得，非常不同寻常的交流，确实如此；但那时却不显得如此。悲伤具有最奇异的效果，我可以告诉你；内疚也是如此，不过那是另外的事了，贮藏在满溢而痛苦的心灵里的另一个地方。

关于我们的孩子，我忘掉了许多，我们的小奥利维亚——非常方便，我沉入记忆的海底的那些排水口。对我来说，她变成了木乃伊。她在我内心永存，就像那些奇迹般保存下来的圣徒尸体中的一具，它们在意大利教堂的祭坛下被保存在玻璃后面；她躺在那里，弱小、苍白，依然不像真的，是她自己却又是他人，经过了岁月的变迁之后丝毫未变。

我们住在城里时有了她，在香柏街租来的房子里，狭小的地方，小小的窗户，接缝不齐的地板被人一踩就吓得尖叫。吸引我的是阁楼，有一扇朝北的天窗，我把画架放在窗下。那些天我在画一幅风暴图，一半时间对我的才华肃然起敬，另一半时间处于忧郁的恐惧之中，害怕我一事无成，却在欺骗自己。香柏街最糟的地方是我们的女房东是格洛丽亚的妈妈，寡妇帕尔默。她起错了名字，因为她丝毫没有棕榈树 I 优雅倦怠的姿态。相反，她是一只长得像老鹰的呆板老鸟——在她的枝头栖息——长着铁铸的卷发和紧绷的毫无血色的嘴，她的鼻子——朝天鼻，据说，尽管这个词对它的描绘对象来说依然过于美好了——即使在正对她的脸的时候，也能讨厌地看入鼻孔的洞穴。不过我太苛刻了。她的日子并不容易，不仅在寡居阶段，当她的丈夫依然活着折磨她的时候更甚。这个浪荡鬼，帕尔默镇帕尔默家族的尤利克·帕尔默，就像他一脸严肃地称呼自己的那样，是一个败家子，活着的时候嘲笑她，死的时候几乎未给她留下分文，除了散布在市里的一点点产业，因此我被迫为香柏街这幢房子支付高得离谱的租金，在我这里引起的是暗暗燃烧的怨恨，在格洛丽亚那里

I 帕尔默这个名字中包含"棕榈树"这个词。

是怒发冲冠的抵触。帕尔默妈妈和爸爸这样窘迫的一对儿怎么会偶然间在他们之间制造出我的格洛丽亚这样高贵的生命，我真无法明白。或许她是捡来的弃婴，他们从未告诉她；如果这样我倒不会吃惊。

是悲痛把我们赶到阳光刺眼的南方。悲痛鼓励迁徙，呼吁逃离，躁动不安地探索新的地平线。孩子死后，格洛丽亚和我把自己变成了移动的靶子，为了躲开，试图躲开，悲伤之神从他那燃烧的弓上射出的炙热之箭。因为失与爱有着比看起来更多的共同之处，至少在情绪上如此。我以为我们会不可避免地匆匆回到我们最初调情的场面，仿佛要勾销这些日子，仿佛要把时间的发条向后拧，让已经发生的变成没有发生。格洛丽亚对我们的悲剧看得比我重，这也是难免的——毕竟那是她的一部分，她血肉中的血肉，死去了。我的角色不过是九个月之前释放出那疯狂的小小子了，它的一个目的就是杀出一条路离开我，蝌蚪一样游向它那倨傲但最终全心接纳的目标。另一个穿孔，众多穿孔之一。全都似乎流畅地结合在一起，这条生命，这些生命。

我不觉得这个孩子跟我们在一起的时间长得足以使她的存在，或者不如说她的不在，带给我们如此强烈的感觉。她那么小，离开得那么早。她的死亡总体上让我们的生活，格洛丽亚的和我的生活，失去了活力，我们的某些东西跟着她一起死去了。我知道对我们来说这并不奇怪，也不是只有我们如此；一直都有孩子死去，带走他们父母的部分自我。我们——在这件事上我觉得我能替格洛丽亚说话，也能替我自己说话——我们的感觉是站在我们自己的前门外，没带钥匙，敲啊，敲啊，里面听不到一点儿声音，甚至没有回声，仿佛整个房子都被人用沙填到了天花板，用泥土，用灰烬。还有一些更微妙的影响，就比如我用指甲敲击哪怕最轻薄的东西，最可能产生音乐的东西，比如红酒杯的边缘，或者几年前我从波拿巴大街的一位艺术经纪人的桌子上偷来的路易十四花梨木小盒的盖子，却没有铃声般的回响传回来。一切都似乎空空荡荡，空空荡荡且没有重量，就像那些死去的黄蜂在灰尘扑面的夏末留在窗台上的那些易碎的外膜本身。悲伤是平的，换句话说，一种扁平、呆滞、空洞的疼痛。我想这就是为什么当孩子们在闷热的荒漠地带死去的时候——在那里情绪更容易得到释放——此时父母，以及兄弟姐妹、姑姨、舅伯、或远或近的堂表亲一起，头上全都缠着黑色的破布，悲泣的尖叫和嘶哑的歌唱响彻云霄，认定他们的所失应该得到可怕的、喧闹的补偿。我自己倒不介意来一点儿撕扯和尖叫；这比克制的流涕和瓮声说话要好，我们觉得后者是礼仪规则所能允许的全部了，至少在公共场合。在我们看来，对于未能存活的生命，我们的哀悼肯定是有限的。但是，这就是关键所在。我们哀悼的是一切不会存在之物，那种真空，相信我，会把你的眼泪吸干。

悲痛，就像疼痛，处于其中时才是真实。直到那时，我几乎不知道悲痛是什么。我的母亲病倒时刚刚步入中年，就那么渐渐离去，她所度过的可怜短暂的一生总体上都是心不在焉的，她的死亡看起来顶多是一次强化，是最后的完美展示。

我的父亲在最后一次去商店时的激烈抗议——踢翻印刷台之后，也走得很安静。他看起来倒不大关心自己的苦楚，而更关心他给身边那些人的生活造成的痛苦和破坏。在他临终之时的最后时刻，他捏着我的手，努力露出鼓励的微笑，好像不是他而是我正在走向未知的远方，没有回来的希望。

不久以前的一天，格洛丽亚和我吵了一架。这很奇怪，因为我们甚至都极少争论。我们的分歧，让我们这样称呼吧，是关于她放在厨房窗边的一株盆栽的观赏性树木。我不能确定那是什么品种的树。可能是桃金娘？让我们就当它是桃金娘吧。我没有意识到她对这株树有多么喜爱，或者她多么强烈地离不开它，直到，似乎没有任何原因，它开始枯萎。叶子变成灰色，萎靡不振地垂下来，不管她怎样满怀爱意地浇水或者施肥，都不能重振生机。最后她发现了问题所在。小树遭到了寄生虫的入侵，极小的蜘蛛样的爬行昆虫在叶子的背面大量繁殖，渐渐把它们的生命吸干了。我被这个爬满树叶、毫不留情地吞噬着的游牧部落迷住了，甚至买了一个高倍放大镜来更好地研究这些小昆虫，它们那么勤勤恳恳、那么全心奉献，对周围的一切，包括我，都置之不理。尤其令人赞叹的是它们精细的织网丝艺，按照叶茎的角度结线，上面挂着年轻的、不比尘粒大的幼年昆虫。然而格洛丽亚却嘴唇发白、愤怒地眯起眼，立刻毫不留情地开始了杀虫工作，把树浸泡在强力除虫喷雾之中，后来又把树拿到后院，把一桶桶肥皂水泼在树上，洗掉任何可能的幸存者。我不明智地提出抗议。她有没有想到，我问，她或许颠倒了事物的重要性?确实,树有生命,但小虫的生命更加鲜活。为什么不能允许它们继续活下去,只要树能受得了?是不是树提供给我们的美景比这无数的生命更重要,所以她才摧毁它们来保护树,让它活下去?她皱着眉看了我好几分钟,一言不发,然后把喷水壶扔向我——没扔中——挺胸走出了房间。过了一会儿,我发现她坐在楼梯的最下一级,头低着,双手插在头发里,就像我妈妈那样,哭着。我想道歉,我不确切知道为什么道歉,但是我却静静地走开了,把她留在那里自己哭泣。这意味着什么?我不知道,尽管这必然意味着什么——我在清醒生活中遇到的许多真实事件对我来说就像我在梦中遇到的空虚幻影一样令人困惑。她平静下来后,我尝试跟她谈谈,但她的手斜向一挥打断了我,从她蜷坐的地方站起来,走开了。我的理解是她在思念我们死去的奥利维亚。树活过来了,但不再繁茂。

谈到死亡——这些天我似乎很少谈论其他任何事情,甚至当话题本来是生者的时候——我想讲讲我年轻时目睹的一次致命事故,不只是目睹,此事依然纠缠着我。事情发生在巴黎。在那儿我是个学生,在一位三流院士的画室里工作,他因为一位年长的亲法画家的推荐,不太情愿地雇我干一个暑假,我妈妈与那位亲法画家不知怎么认识的,她施展魅力给我弄来一封写给穆顿导师的介绍信。我暂住在莫里哀大街一家廉价的旅馆里,是五楼的女仆房间,就在房顶下面。那里热得喘不过气,天花板低矮得无法完全站直。还有一段段的楼梯,在比较下面的地方宽度正常,越向上就越来越窄,晚上回家，当第二段台阶上的自动电灯[I]啪嗒关上，我就不得不在黑暗中手脚并用地摸索着爬向最顶层，觉得就像在攀爬烟囱的内壁。我身无分文、饥饿不堪，多数时候境况悲惨，在这种状态下打发着时日，一种年轻人特有的，我相信，麻木的厌倦混杂着痛彻的绝望。一个阴郁无风的下午在码头边，我在街角等红绿灯。一位与我年龄相仿的法国青年站在我边上，穿着有着雅致褶皱的白色亚麻套装。我记得那套服装是如何的光芒四射，发散出一种光环，尽管这光环也许正来自那天的潮湿阴郁，我带着妒忌，在想象中把他塑造为富裕种植园主的被惯坏了的儿子，他被送回家来，假装在某个极其难进的大学[II]接着完成学业。他正转头对紧跟在后面的某个人说话，口若悬河、兴高采烈，我猜那人是个女孩，虽然我记不起她了。汽车在路上哐啷哐啷地呼啸而过，就像在那些宽阔的大街上，仿佛不是一连串不同的汽车，而是一个摇摇欲坠的巨大引擎，由无数并不匹配的部分焊接在一起，一辆吵闹、冒烟、无限延展的重型卡车。白衣青年现在笑着，脸又转向前面，不知怎么没站稳——渐入梦乡的时候，每次我感觉好像没站稳，醒了过来，我都立刻看到他，穿着明亮得不可思议的衣服，在大奥古斯丁码头，新桥的对面——从人行道上

[I] [II] 原文为法语。

跌下来，此时正好一辆橄榄绿的军车紧沿着排水沟，以要命的——恰当不过的词——速度驶近。它高大方正，快速颤动的防水布盖在后面。大反光镜从驾驶员那侧伸得老远，焊在两三条钢支架上。年轻人在人行道边左右摇摆，努力恢复平衡的时候，就是这面镜子整个撞在他脸上。我过去常常猜测在最后一瞬间，当自我和镜像相遇并在镜中湮没了彼此的时候，他是否有时间瞥见自己，愕然、难以置信，最后我意识到，当然，镜子应该朝向另外的方向，是它的金属背面击中了他。在撞击的瞬间我是否真的看到一圈血之冠冕在他的头周围炸开？我很怀疑，因为这是人的想象力喜欢去虚构的那类事情，想象力永远渴望血腥的细节；这也很可能是那圈我注意到环绕着他的衣服的光晕的效果。他朝后倒的时候，正好跌入我本能地伸出来帮忙的胳膊里。我记起他腋窝的潮热，他的脚后跟在人行道上快速地连连敲击。尽管他纤弱细长，我却没有力气撑住他——他已经死沉死沉了——当他滑出我的胳膊，扑通倒在地上，他那被撞坏的头向后倒在我分开的脚间，在湿闷的重击声中撞到人行道上。他的一只裤管，右边的，从膝盖以上齐齐割断，不要问我怎么弄的，下半部在脚踝处皱缩起来，因此而暴露出来的腿部已经晒成棕褐色，光滑无毛；我看到他没穿袜子，正是我模仿过的那种漫不经心的法国风度，如果波莉记忆中我对马库斯作坊的初次拜访还可信的话。这个不幸家伙的脸——啊，那张脸。你可以在我早期不止一幅画作中看到它，尤其是那幅可怕的《酒神的伴侣》三联画——哪怕只是想到我过去的作品就让我感到多么讽刺和耻辱啊！——它低低隐现在尸体遍布的平原上，毫无特色的圆盘，惨白刺目，刚刚剥皮的牛肉的蓝红色，软胶般滴落的闪亮的粉红色凝血。由于不得不一次又一次向愚钝的点评者保证，这个涂脏发红的圆块不是有意的变形，就像比如彭托莫[I]或者梦见魔鬼的博斯[II]那样——很多人确实这样说——而是相反，是细致准确地呈现我亲眼看到过的真实景象，受到感召不断地用绘画去纪念，这些解释弄得我自己都气急败坏了。

年轻人死亡那一刻之前的每件事我都记得如针刺般清晰，但是其后的每件事都被从我的大脑中抹去了。人们想必聚在周围，肯定会有警察，还有救护车，所有那些，但是对我来说，事故之后的事情是一片幸运的空白。我确实记得军车全然不顾，继续飞奔——对它来说不过多了一次死亡，这只是它自运行以来肯定目睹过的大量死亡之一？但是正跟年轻人说话的那个女孩怎么样了，是一个女孩吧？她是否蹲在他边上，把他那可怜的打成浆的头抱在膝上？她有没有把自己的头向后仰，号啕大哭？大脑保护性地封锁了事情。某些事情。

清除我们的奥利维亚的私有物的任务落到了我身上——

[I] 彭托莫（1494—1556），意大利宗教画家。
[II] 希罗尼穆斯·博斯（1450—1516），荷兰画家，画作富有想象力，将写实与浪漫的表现方式结合起来。

三岁的小孩有私有物吗？——她的套装、罩衫和粉色婴儿鞋。按理我该把它们拿到拐角处的教堂，去分发给穷人，但相反我把它们卷成一个大球，用绳子捆住，在泪水朦胧的午夜时分扔进了河里。当然，球没有沉下去，而是随着潮水朝着码头和远海起伏而去。之后几个月，我担心它会在什么地方被冲上河岸，被捡破烂的发现，某一天我，或者更糟的是，格洛丽亚，会看到街上一个牙牙学语的小孩，全身上下穿着让人心碎的熟悉衣服。

我依然绘画的那段时光里让我心酸地怀念的东西之一，是我工作时在周围自动形成的宁静，由此我多少得以暂时逃离自己。那种你无法用任何其他方式获得的和平与宁静，或者反正我无法获得的和平与宁静。比如，在深度和共鸣性上，它完全不同于小偷身边那种偷偷摸摸的不声不响。在画架前，笼罩一切的寂静就如同我想象自己死后会遍布这个世界的那种寂静。啊，我不会骗自己说只因为我画完了最后一笔，世界就会停止它的喧嚣。但是一旦我的骚动结束了，就会有一个特殊的小角落归于宁静。想想某个小巷，在某个阴湿的郊区，一个季节转换的灰色下午；风旋转着鞭打尘埃，翻滚着纸屑，这里那里滚着不少肮脏的垃圾；然后一切停了下来，似乎没有任何原因，平静降临，安静统治了一切。不是在天空之光和天使之音之间，而是在那里，在那种虚无之中，在那种无处之间，我的想象最愉快地运转着，锻造出它最深刻的幻想。

你会愿意听听我们在温暖的南方度过的日子，密史脱拉风[I]吹得马希之家那些遮阳篷噼啪作响,我们的手在桌上的一盘盘橄榄和一杯杯发灰的茴香酒之间相握,还有我们愉快的漫步,我们遇到的有趣的不体面的人,我们每晚都去城墙下面那个小地方晚餐时喝的稻草色红酒,我们向那个养猫的古怪女士租借的有趣的老房子,那个喜欢格洛丽亚的斗牛士,还有我与那位被称为英国女人的侨民短暂但暴风雨般的婚外恋[II],可爱的O夫人——所有这些。嗯,你可以离开了。我向你保证在那些时刻它是人间天堂,但对我们来说,那是一个被污染的天堂,有那么多蛇在缠绕的藤蔓间蜿蜒滑行。别误会我,一旦花期过去,童话中的甜蜜生活[III]以及在杯沿闪烁的珠状泡沫全都破灭之后,对于两个迷失在数不清的哀痛中的可怜的麻木灵魂来说,那里并不比其他任何地方更坏,但也并不更好。忘记你那些田园诗式的想法。我似乎大多数时间都在超市停车场度过,在我们的小灰雪铁龙2CV的乘客座上烘烤,听着车载收音机里某个心碎的女歌手哭诉着爱情,格洛丽亚则离开到阴凉的角落里抽支烟,依然是又一次安静的哭泣。

　　该死,又离题了——肯定有什么我不想靠近的东西或地方,因此才有这么多沿着尘土飞扬的岔路的状似无心的漫步。我还是小孩时的一个夏天,我们待在范德勒小姐家,一个马

[I]　法国南部冬季干冷强劲的北风或西北风。
[II] [III]　原文为法语。

戏团来到镇上。至少它自称为马戏团，尽管更像临时搭建的流动剧院。表演是在长方形的帐篷里，风把帆布墙弄得像主桅一样噼啪拍动和隆隆作响。观众们坐在面向临时舞台的无靠背木长凳上，在帐篷支柱上挂的五颜六色的灯泡下面，这些灯泡摇摆冲撞，制造出一种耀眼和兴奋醉酒的效果。演员不超过半打，其中有一名眼睛发红的柔体表演女郎，她在幕间休息时坐在台前的椅子上唱着感伤的小调，用键盘式手风琴给自己伴奏，手风琴珍珠似的光泽点亮了我的许多夜间幻想。马戏团待了一个星期，我看了全部七场夜间演出，以及星期六的日场演出，迷醉于它的俗丽和灿烂，尽管每夜的体验都是一样的，尽管表演一成不变，除了临时的忘词或者一位杂技演员出乎意料的摔倒。然后，在最后一场演出后的早晨，我犯了一个错误，我在那里闲逛，正好看到魔法被拆除。帐篷伴随着巨大的崩溃般的叹息倒下来，长凳像尸体一样被抛到货车后面，柔体表演女郎已经把亮片服换成了高领套头衫和卷起的牛仔裤，站在其中一辆大篷车的门口，目光空洞，抽着香烟，挠着肚子。好吧，最终，这正是在南方的情形。彩虹色的光芒黯淡下去，最后就像一切都被折叠打包，掉头离开。是的，这就是典型的我，永远是一个失望的、幻灭的小孩。

　　我的年表又变得不可靠了。我们来看看。我们在那里待了多久，三年，四年？第一次去那里，是我们一起溜出来度假，我求婚，格洛丽亚接受了，这之后我们回了家，租住在香柏街。就是在香柏街的时候，尤利克·帕尔默，我那声名狼藉的岳父，会在深更半夜来敲门，醉醺醺、泪汪汪，乞求一张床，而格洛丽亚不顾我的嘘声反对，会让他进来，安排他睡在起居室的沙发上，在那里他会用陈腐威士忌的可怕恶臭和含硫黄的屁污染空气，还会吐在地毯上，多半如此。帕尔默妈妈也常来拜访，不打招呼直接登门，穿着她黑如乌鸦的外衣，戴着带面纱的帽子，在起居室的同一张沙发上一坐几个小时，背部僵直，鼻孔大张，总是似乎就要喷出龙焰，冒着烟和火。然后孩子出生了，出乎意料，同样出乎意料地离开。那之后那里已经无可留恋，除了抛弃一切，在绝望中逃往南方，逃到一个我们无疑曾快乐过的地方，即便很短暂。你会说，太傻了，可悲的自我欺骗，你是对的。但绝望就是绝望，绝望吁求绝望的行动。我们以为我们的疼痛在那里多少会有减轻，我们以为，在所有那些普罗旺斯的欢笑和可爱面前，就算是悲伤肯定也无法持续。我们错了。痛苦的时候，没有什么比阳光和温柔的空气更残酷。

事实上，我觉得旅居南方是把我引向绘画事业的毁灭之路的原因之一。光亮、色彩，弄得我心烦意乱。那些跳动的蓝色和金色，那些刺痛的绿色，它们在我的调色盘上没有合适的位置。我是北方的儿子——我的色调是秋天锤铸的金色，细雨绵绵的春天里叶子背面的银灰色，冷飕飕的夏季海滩的卡其色光泽，冬季大海的起伏不平的紫色，它的酸性的绿色。然而当我们放弃了盐碱滩和刺耳的蝉鸣，回到家里——我们仍称之为家——在费尔蒙特这里安顿下来，在克伦威尔山，我们留在身后的所有浸润阳光之美的病菌依然寄居在我的血液之中，我无法治愈我的热病。情况是否如此，或者是否我又在搜求解释、借口、开脱，所有你能想出来的理由？但是看看我当时做的最后一件事，那件事永远结束了我的未结束的画作；看看那把飞艇颜色的吉他，以及它安放其上的铺着格子布的桌子；看看开向阳台的百叶窗和远处那片浅蓝色；看看那快乐过的帆船。这不是我认识的世界；这些不是我的真正主题。

但是那么，什么是我的真正主题呢？我们在谈论的是真实性吗？我的唯一目标永远是，从一开始就是，用某种形式画出飘荡在我头骨中黑暗处的无形的张力，就像闪电之后不消退的余像。我选择大毁灭时的哪个碎片作为主题又有什么关系呢？吉他、阳台、有帆船的蔚蓝大海，或者马吉·马龙的鱼店——又有什么关系呢？但是，不知道为什么，确实有关系；不知道为什么，总是面临古老的困境，那就是，事物的暴政、不可避免的真实的暴政。但是归根结底，不论它们在哪儿站出来对抗我，我对真实发生的事又知道什么呢？恰恰是事实性我不感兴趣。因此我再次问自己是否那就是真正让我陷入困境的东西：那个我选择去画的世界不是我自己的世界。这是一个简单的问题，答案似乎很明显。但是有个漏洞。说南方不属于我，意味着另外某处是属于我的，告诉我，在哪里可以找到那个珍稀之地，脸色苍白的雷蒙 I？

I 这是美国现代主义诗人华莱士·史蒂文斯的名诗《基韦斯特的秩序观》中的人物，在这首诗中史蒂文斯认为人类无法用理性逻辑来把握这个世界。

那天我听到停在门房外面的并非格洛丽亚的车——我那风雨飘摇的自由大逃亡还不到半个星期——我最终被掘地三尺，拎着耳朵拉出巢穴。我的妻子不是唯一一个猜到我藏在哪里的人。我必须承认，这么容易被重新捕获，让我觉得很恼火。我原以为每个人都会以为我逃到某个遥远的异国他乡去了，传说中该死的艺术家[1]青睐的那类地方，比如，黝黑的埃塞俄比亚的哈勒尔，或者一座南海岛屿，岛上有扁平脸和大胸的棕色女人，而不会想到我匆匆赶回最平庸的避难所，我的出生之地。听到汽车从大门进来，在屋外吱嘎吱嘎停下，我的本能反应是奔向前门，把门闩上，跳到桌子下面藏起来。但是我没有。真相是，我觉得如释重负。我并不真想消失，我的出走与其说是逃亡，不如说是玩闹，不管我以为我有多拼命想逃。当满脸胡茬的老农用卡车捎上我，告诉我那个被发现溺亡于桥下的失恋情人的故事时，对于在暴风苦雨之夜离家上路，我备感自豪。仿佛我不是在逃离什么，而是在逃向什么，天气的狂暴正配合了我胸中咆哮的风暴。但是看起来是冒险，事实上纯粹是畏缩。我很高兴能与波莉秘密地继续下去，但是当秘密被发现，我就夹起尾巴逃走了，但是即

---

[1] 原文为法语。

便那时我也没有行动的勇气，而是自始至终秘密地期待着被抓住和——什么？被感化，或者被拯救？是的，被从我自己那里拯救出来。

因此，我的一半期待是格洛丽亚出现在门口，另外更期待着随便其他什么人，比如，马库斯，或者格洛丽亚那生翅长鳞、喷出火焰的妈妈，甚至一位司法官员，挥舞着我的逮捕令，指控我严重道德败坏，这些与我小心翼翼地打开前门时发现的人相比，都不会让我吃惊。因为是她在那里，波莉本人，我最亲爱的，心爱的波莉——看到她我的血液都在歌唱！她怀里抱着孩子。我的下巴掉了下来——真的，下巴确实会掉，就像我在记不清的更多场合中发现的那样——我的心跟它一起掉了下来，我可怜的老心脏溜溜球，它早已被踢来踢去，遍体鳞伤了。

但是为什么要大吃一惊？为什么不会是波莉？我不知道。我只是未曾想到她会是那个发现我的人。我想知道为什么不是格洛丽亚？我的妻子不应该是那个过来接我的人吗？她没来，这是个谜。她给我打过电话，她知道我在哪里。她为什么不坐进汽车，开到门房来，就像任何妻子都会做的那样？但她没有。这很奇怪。有没有可能她并不希望我回去？这件事我不想考虑。

波莉有一个习惯，当她烦躁不安的时候，她会立刻采取意想不到和迅疾惊人的行动。这些突然一阵风似的轻快脚步，在像她那样身材结实的年轻女人身上是非同寻常的，肯定与马库斯描绘的她在屋子里的一次次活泼舞蹈有关，那是在更开心的日子里,在灾难降临之前,那时殿堂的柱子依然挺立。现在门刚一打开,她就简直是把自己扔进我怀里,发出一种压抑的声音,表达的可能是快乐、愤怒、宽慰、指责或者苦恼,或者所有这些情绪的总和,她把嘴猛烈地压在我的嘴上,我甚至能透过她温暖的唇肉感觉到她那交叠的门牙的形状。我又震惊又困惑,想不出任何言辞。我感到的是类似于快乐的晕船,我的膝盖颤抖,我的内脏翻腾。我没有意识到我多么强烈地思念着她——多少东西可以在我内心发生我却一无所知,这永远让我惊异。波莉曾经说过类似的事情,不是吗,说到梦和梦中思绪的时候?现在她的唇依然粘在我的上面,嘟囔着无法分辨的话,她把我向后推进厅里,而小孩儿,三明治一样夹在我们之间,连扭带踢。这就像被一条母章鱼抓住,前面带着她的一条小章鱼。最后我把自己从这个纠缠拥抱中解脱出来,把她们两个,妈妈和孩子,都拉开——注意,是拉,不是推。我重重地喘着气,仿佛在拼命狂奔中突然刹车,在某种意义上,情况就是这样。马库斯的戒指在波莉脸上划出的伤口已经愈合了,但是一道小小的青灰色伤疤还在。怎么,我问她,她怎么找到我的,她怎么知道去哪里找?她发出一声短促刺耳的笑,有些歇斯底里,在我看来如此,她说这里当然显而易见是我会逃亡的地方,因为我说过那么多门房的事,说到很久以前与父母和兄弟姐妹在这里。这让我大吃一惊。我回忆不起来曾经向她提过我儿时在这里度过的略微灰暗的生活。有没有可能说了却不知道,醒着说话却像在沉睡,一种滔滔不绝的催眠状态?她又笑了,说我让她充满好奇，所以在夏天的一个下午她开车出来瞥了一眼，用她的话说，我童年的景致。我反应不过来，困惑地瞪着她。"你来过这儿，"我说，"在门房里面？"

"不，不，不是里面，当然不是，"她喊道，又发出一阵听上去疯狂的笑声，"我只停在门外，坐在车里。我应该过来透过窗户朝里看，但是我没有勇气。我想看看你在哪里出生，哪里长大。"但是为什么，我问，仍然满头雾水，为什么她要那么做？——为什么她要对这类事这么好奇？有一阵她没有回答。她站在我面前，抱着勾住她臀部的孩子，把头斜向一边，用一种又爱又叹的微笑打量着我。她穿着厚厚的羊毛套头衫和羊毛裙子，不受控制的头发在脑后用宽齿的大玳瑁夹扣住。"因为我爱你，你这个傻瓜。"她说。

啊，爱。是的。我常常忘记和漏掉的神秘元素。

在厨房里，她让孩子坐在桌子上——无须赘言，我早已聪明地去把那个厚厚的学校笔记本藏了起来，里面是这些珍贵的反思——并环视房间，皱起鼻子。"闻起来潮乎乎的，"她说，"也冷。"她说得对——我穿着外套，戴着围巾——但是我立刻愚蠢地觉得需要辩解。我毫不让步地指出这个地方已经很久不住人了，而且无人照料。她哼了一声说，当然，这显而易见。窗户透过来的刺目阳光让她的脸看起来洁净、不加修饰，她站在那里，穿着她的套头衫和主妇穿的平底鞋，看起来不再熟悉，可能是某个我不过稍微认识的人，即便这样，我仍渴望把她搂在怀里，温柔地抱住她，把她那冰冷的面颊摩擦得恢复温暖的玫瑰色。毕竟，不管怎样，她是我自己的

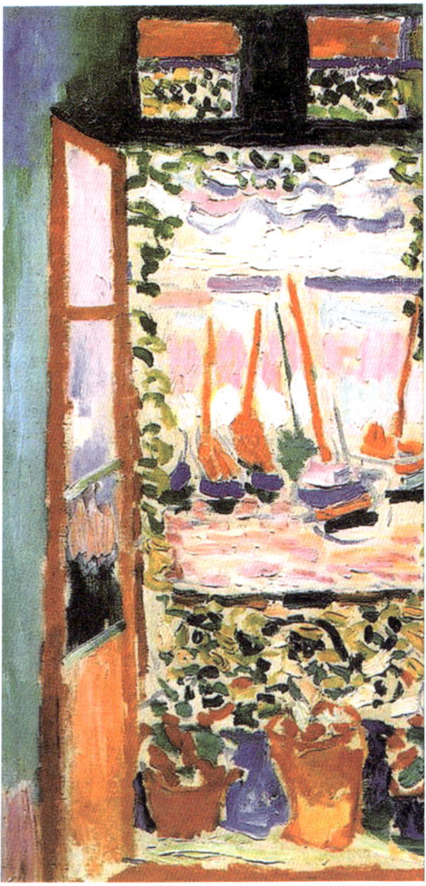

亲爱女孩,我怎么竟会有过其他的想法?但是,认识到这一点,这一重新认识,根本没有让我开心起来,反而让我生出一种骤然跌落的感觉,仿佛体内的某个东西的底部掉了出去。毕竟,我想要把自己从中解放出来的圈套依然紧紧地缠在我的脚踝上。但是我非常高兴她在这里。快乐的悲伤,悲伤的快乐,我的生活和爱情的故事。

看着空空如也的书架和看上去同样空空如也的碗橱,波莉问我怎么过日子的。我说我一直下楼去卡尼之家,十字路口的一个酒吧,那里午餐时间有汤,晚上有三明治,酒店老板的女儿特别悄悄替我做的,她的名字叫梅西,我似乎在她的心中占据一个温柔的位置。"是吗?"波莉说,嗤之以鼻。我差点笑了。想想会有人妒忌举止粗野的可怜的梅西·卡尼,都快五十了,长期无人追求,肯定未曾婚嫁。我什么也没说;波莉现在的态度,怀疑又专横,让我生气。即便最奇异的情景,一两分钟之后也会自动归入单调乏味的常态,这不是很值得关注吗?我在这里,在我原先的父母家里,被我残酷地抛弃的恋人突然造访,我正是在这里躲避她,也躲避她的丈夫和我的妻子,而且经过最初吃惊的突袭之后,我们已经又回到了陈旧的、习惯了的琐事,口角、怨恨、小事上揭丑。是的,我本可以笑笑。然而,我的情况是如此混乱、折磨、烦心、渴望同时出现,我都想不出该说什么或者该做什么了。渴望,是的,你听到的没错。我渴望我的女孩那想起来就心痛的肉体,如此熟悉却又总是新鲜的未开垦之地。力比多是个多么无耻的下流坏。

孩子开始烦躁不安，但没人理她。她仍然坐在桌子中间，肚子滚圆，傻乎乎地噘着嘴，就像一尊不笑的微型佛像。我模糊地猜测，已经不是第一次了，她是否有什么毛病——她已经快两岁了，却没怎么显示出发育的迹象，几乎没有开始走路，依然不会说话。但是我对孩子又懂什么呢？"你在这儿肯定很孤独，"波莉说，语气中有种不高兴的指责，"你不想我吗？"当然，我赶快说，当然想她，当然想。但是在这儿，我说，想打趣一下，有我的老鼠跟我做伴。她低下头，下巴缩进锁骨上方的肩窝里，那是我过去常爱把舌头伸进去的地方，眉头紧锁瞪着我。"你的老鼠。"她说，用一种预示着情形不妙的平淡语气。是的，我说，没法改口，它是个友善的家伙，常常从煤气灶下面的巢穴出来看看我在干什么。我猜，它已经上了年纪，孤身一人，像我自己。它与我的正面交锋混杂着好奇、大胆和审慎，三者分量一样。我常常晚上从酒吧带回梅西那些可爱地搭配起来的三明治的残渣，一小块涂了奶油的面包皮，或者一小口切达干酪，把它放在煤气灶前面的地板上，完全可以肯定，最后它会嗅着出来，用鼻子来个小小的佯攻和猛击，它那发亮的粉色鼻孔抽着气，细长精致的爪子在地板上抓出声响，轻微得几乎听不见，我不得不坐在那里保持绝对安静，甚至屏住呼吸。它吃的时候有着消化不良的年老美食家面对皇家宴会上第无数道菜时的刻意讲究，它会不时地抬头瞥我一眼，带着一副沉思的、冷冷的被逗乐的表情，似乎是这样。我想象它觉得我是个随和的傻瓜，只是温和得让人不解，显然没有恶意。它的尾巴细长无毛，从根部到尾尖渐渐变细，看起来并不可爱；在吃我给它的小食物的时候，它也习惯于缩成一团，把后半部拱起来，这让它看上去好像要呕吐，虽然在我面前它从未如此。撇开这些事，我挺喜欢它的，它是个谨慎的老派人物。

波莉一脸警惕："这是个玩笑吗？"

"是啊，我以为是。"我嘟囔着，低下头。

"好吧，一点都不好笑。"她又嗤了一声，"所以，我，或者老鼠，两者一样好。"我没有反驳，她也没有心思听。"我猜你给它起了个名字？"她说，"而且我猜你跟它说话，给它讲故事？你跟它说我吗，说我们的事？上帝，你真可怜。"她拉起孩子，几乎粗暴地把她抱在胸前，"而且这个地方都是病菌，"她说，"老鼠无处不去，爬到椅子腿上，爬到桌子上，尤其你喂它们的话——顺便说一下，你这样做简直发疯了。"

我几乎无法忍住微笑，尽管我担心如果我笑出来她会打我。虽然我和波莉过去常开的——或者她开的——这些短暂的家常玩笑让我发火，但我挺享受这些玩笑，总是纵容地站在边上，显出一副拥有者的溺爱，就好像我自己用某种原本粗糙但珍稀原生的泥土把她塑造了出来。正如你可以从我对这个无处不在的话题必然说的一切里猜出来，我是日常之物的狂热拥护者。厨房里的这一刻就是例子，波莉和我站在我童年的薄纱般的阴影中。窗里的那一块天空阴云密布，但是屋里的一切都很快蒙上了一层水银般的光，衬托出事物被擦亮的弧线和尖锐的角，使它们有了柔和稳定的光泽：桌上餐刀的柄、茶壶的嘴、圆得雅致的铜门把手。房中寒冷的空气让人想起那些记不起来的事情,但也有一种迫切性、内在性,一种重大事件即将来临的感觉。我还是个孩子的时候曾站在这里,在这同一张桌子旁,在这同一扇窗前,在这同样金属感的光线里,梦想着那难以想象、无法划界的情景将要到来,那是未来,现在对我来说,未来就是现在,很快就会离去,变成过去。我那时在那里,现在在这里,这怎么可能?但就是如此。这是时间制造出来的俗世无法解释的魔术把戏。波莉,我的波莉,在这一切的中心。

"我想把你画下来。"我说,或者更应该说是脱口而出。

她斜眼看着我。"画我?"她说,睁大了眼睛,"你想说什么?"

"就是我说的:我想把你画下来。"我的心在极度惊恐中怦怦敲响,真的敲响,就像一面大铜鼓。

"啊,是吗?"她说,"两只鼻子,一只脚从耳朵里伸出来?"

我忘记了我在风格上的这种滑稽变形。"不,"我说,"我想给你画像——一幅就像你的样子的画。"

她仍然带着怀疑的兴味看着我。"但你只画东西,"她说,"不画人,即使你画人的时候,也把他们画得像东西。"

这个,我也不予理会,尽管这并非毫无道理,某种犀利的道理,不管她是否意识到这一点,这是真正的洞察来自最意想不到的地方的又一个例子。事实是,我迫切地谈论着绘画和画像,我想的,我想得到的,是让她脱掉她的衣服,就是现在,就在这里,在这个寒冷的厨房,或者对她来说更好的,是让我来做,把她像鸡蛋一样剥开,看着,看着,看着她，一丝不挂，在字面意义上的白日的冷光里。不要误会我。我并不是被情欲控制，至少不是通常意义上的情欲，在我看来，这与欲望属于完全不同的一类。我常常发现女人们最有趣、最迷人、最——是的——最令人倾心的时候，恰恰是在我遇到她们的场合最不合适或最不利的时候。永远引起我的惊异和敬畏的，是在最邋遢的衣服下面——没有形状的套头衫、单调暗淡的衬衫、那些毫无个性的鞋子——总隐藏着某个复杂、丰富和神秘的东西，就像女人的躯体。对我来说，人间的奇迹之一——还有其他什么奇迹吗？——就是女人实际上的样子。我这里说的不是她们的思想、她们的智慧、她们的情感，我会因为这个被骂的，我知道，但我不在乎。女人肉体那可见、可触、抓得住的实在，紧紧地包裹着它的骨架——这才是我在谈的。躯体会思考，有它自己的辞藻，女人的躯体比其他任何造物的更有话说，至少对我的耳朵来说多得没有尽头，或者对我的眼睛来说。这是为什么我想让波莉除去衣服，让我看着她，不，听她说，全神贯注地，在狂喜中毁灭，我说的是听她的肉体自我诉说，如果这是可能的话。看着、听着、听着、看着，这些，对于像我这样的人，是最强烈的触摸、爱抚和占有的方式。

好吧，你会从理智的角度问，为什么我不邀请波莉迈入一间卧室？哪怕是屋子后面那个潮湿发霉的房间，我儿时与哥哥们共住的那间，为什么不在那里让她脱掉衣服，她肯定会这样做，心甘情愿，如果根据我们最近在一起的经验来判断的话。这只显示了你对我的了解有多么少，以及对我一直在说的话,不只是这里,而是一直以来的话了解有多么少。你不明白吗?我关心的不是事物实际的样子,而是它们让自己呈现出的样子。呈现就是一切——而且,啊,如此这般的呈现。

波莉一直困惑地皱眉盯着我,现在她一个激灵,浑身抖了一下,好像刚从恍惚中醒过来。"我们在谈什么?"她说,用一种长笛般的颤抖的声音,她到这儿后一直这样说话,音调极高,总感觉像她会翻倒,自己跌落,"我来是要让你告诉我你为什么逃跑,你却胡说什么给我画像。你肯定疯了,要不就是认为我疯了。"我垂下眼睛,显出无话可说的样子,但她不是那么容易安抚的。"嗯?"她质问,把孩子往屁股上又拉高了一点——她习惯于把她的女儿像武器一样挥舞,或者当作一个能转化为武器的盾牌——凶狠地瞪着,等我为自己辩护。如果她的眼睛除了灰色还有什么更生动的明暗变化的话,我要说它们在燃烧。我依然站在那里一言不发。她完全有理由生我的气——她完全有权利大怒——但尽管如此,我不知道要对她说什么,那天她丈夫笨手笨脚地爬上楼梯来到画室,倾倒出他的所有悲痛时,我同样不知道对她那饱受折磨的丈夫说什么。我怎么能够说清楚导致我离开的复杂原因之网?既然我自己也绝望地被缠在其中。"我知道你已经不再爱我了,"她说,声音颤抖得更加厉害,既伤心又责难,"但是像这样跑掉,甚至不留下一个字——我都无法相信你会这么残忍。"她带着一种受伤的恳求看着我,但我仍然一声不吭,只是站在那里垂着头,她咬着嘴唇,发出断断续续、抽抽噎噎的啜泣，突然坐到厨房的一把椅子上，砰地把孩子放到腿上。

屋外，天阴阴的但又奇怪地光芒四射，若有若无的毛毛细雨开始落下。顺便提一下，我注意到雨水以可疑的规律不时打断我的叙述。或许它代替了我按理说应该洒下的一阵阵泪水，对我们之间，波莉和我之间、波莉和我和马库斯之间、波莉和我和马库斯和格洛丽亚之间，以及天知道多少其他人之间涌动的这一切所感到的单纯悲伤？把鹅卵石扔进海里，涟漪向四面八方扩散，带着它们悲伤的水波。

我把破旧的水壶灌满，放到炉子上烧开，摆出茶具，很高兴可以有借口消磨时间，就像现实中的人，时间被占满，让我不必再说任何事，任何不管怎样都会被波莉抓住把柄、用来反对我的事。我骨子里只是一只谨小慎微的老鼹鼠。事实上，我常觉得我会喜欢真的变老，到了不得不穿着拖鞋蹒跚而行的最后阶段，穿着长长的内衣裤，戴着没有指头的手套，脏围巾绕着多筋的喉咙，总有一滴鼻涕挂在鼻尖，永远抱怨天冷，朝人们咆哮，打电话给保安抱怨孩子们把球踢到了我的院子里。不知怎么我总相信那时事情会变得简单一些——而且还会更加简单，望出去只有终点。波莉把拳头支在下巴上坐在那里，严肃地凝视着前方，就像丢勒的《忧郁》里奇怪的健壮天使。一滴闪亮的泪珠滑过她的指关节，但我假装没看见。孩子用满含爱意的眼神盯着她，湿润闪亮的粉色下唇伸出来。我说——首先在嗓子里响亮地清了一下——真是个安静的孩子，总的来说真听话、真好；当然，这不过是一个懦夫试图通过赞美孩子来说服妈妈。然而波莉陷入沉思之中,没在听。水沸了。我泡好茶,把壶放到桌子上,细如羽毛的蒸汽从壶嘴翻滚上来,就好像三心二意的精灵试了试,但未能化出肉身。我坐下来。孩子把她的——我一直想说它的——思索的凝视转向我。我做出最大的努力微笑着。她抬起小胖手,把食指伸进右鼻孔,开始使劲地在里面探索。我前面说过孩子们有多怪异吗?不管怎样,对我来说他们就是如此。我自己的小家伙,我死去的奥利维亚,有时来到我的梦里,不是她以前的样子,而是她现在会是的样子,一个长大的女孩。我看着她,梦中的她,非常清晰。她长得像妈妈,同样苍白的金发美女,尽管她更小,构造更精致。精致,是的,这是我年轻时他们常用来描绘像她这样的女孩的方式。这意味着她们活不长,或者如果活长了,她们也会贫血,而且自己无儿无女。在我的梦中,她穿着粉色的衣服,端庄娴静,还有褶皱绣花的紧身上衣——记得我说的那一类吗?——白色短袜、黑漆皮舞鞋。她什么也不做,只是站着,神色严肃并稍带疑问,胳膊紧贴身侧,巨大的黑暗空间中心处的一个明亮形体。在那里的她比生前的她的岁数要大,对此似乎没有什么好奇怪的,甚至没有什么值得一提的,只有醒来的时候我才会揣度这些造访的含义,如果它们确有含义的话——毕竟,当我的清醒生活没有意义的时候,为什么我的梦中生活应该别具深意呢?

小波莉把手指从鼻子里拿出来,严肃地检视着她从鼻孔深处取出来的东西。

"你根本不打算说任何话吗?"波莉质问我,"如果我们什么都不说,在这儿还有什么用?"我忍不住想指出是她来到这里,未受邀请,而且,如果我够诚实的话,她也并不完全受欢迎;但是我继续不发一声。她叹了口气:"我已经离开马库斯了,你知道。"

"啊。"

"你能说的就这些吗?——啊?"

我去给她的杯子倒满,但是她断然把茶壶挥到一边。

"打架了吗?"我问,让语气保持中立,我不知道怎么做到。我感觉就像一个士兵在敌人的炮火轰炸下困在弹坑里,脚边躺着刚刚发射过来,依然温热的未爆炸的炮弹。波莉愤怒、轻蔑地耸耸肩,扭着她塌下的肩膀,就像一位痛苦中的杂技演员。"你为什么突然背叛了我?"她尖叫道。孩子不再研究指尖,眼睛盯住她的妈妈;我注意到她花了一些时间来校准她的目光,我猜想她是否也会斜视,就像她妈妈。波莉朝我抬起痛苦的脸,这个表情,以及腿上的孩子,让我窘迫不安地想到经典的《圣母怜子图》——我就是这样做的,我把每件事都变成画并装上框。我说我没有背叛她——是什么让她这样想的?"是你,是你!"她喊道,"在你逃跑前很久,我就在你的脸上看到了,你不肯看我,不断找借口,走来走去对自己嘟嘟囔囔,叹着气。"她停下来,肩膀下沉。事实上,所有话语中都有一抹歌剧的痕迹,我以前就注意到了——在唾沫的飞溅中,咏叹调、花腔唱段、宣叙调交替出现,喧闹、沉思,或者狂暴地在空中嘶鸣。"你走后,"她说,"我早晨醒来,告诉自己今天你会打来电话,今天我会听到你的声音,但是时间一点点过去,直到夜晚,电话依然不响。我无法思考,除了想你,想你为什么离开,会在哪里。我一直都如堕五里雾中。昨天当我洗碗的时候,一只玻璃杯在洗碗槽里碎了。我没有看到它在肥皂水的下面,没有感到它划破了我的手,直到水开始变红。"她举起手,展示拇指上的包扎,一团棉绒用橡皮膏固定在那里,沾上了暗褐色的血,我眼前立刻出现了马库斯,在画室里,举起手给我看他的无名指,以及他划伤她的脸的戒指。我朝她伸出手,但她把手抽出来,藏在孩子的背后。一片沉寂。小雨不屈不挠地敲打着窗玻璃。我说我很抱歉,我尽量让声音听起来低声下气又心痛。我确实心痛,确实感到卑微,但我似乎无法使自己听起来如此。波莉发出一声愤怒的笑。"哦,是的,"她嘲弄地说,"你很抱歉,当然。"

孩子开始哭了,声音微弱,仿佛她在试探着发出一种就像生锈的铰链被费力地一寸寸打开的声音。波莉又把她拉到胸前,摇晃她,她立刻变得安静了。母性。又一个我永远解不开的谜。

我们坐在那里,在桌边,很久。茶,没有碰,变凉了,午后的阳光变成铅灰色,屋外单调的雨水斜斜地飘下。我没有像按理说我应该的那样感到难过。我有本事即便在最忧心忡忡的环境中也能找到零星的平静和秘密的安宁——饱受困扰的心灵必须得到休息。现在孩子在波莉的腿上打着瞌睡,波莉说了又说,与其说对我不如说对她自己,似乎只要求我聆听,或许甚至不是如此——或许她已经忘记了我的存在。她发现,悲痛是一种身体上的感受,一种影响她全身的失调。

这让人惊异,她说,她曾以为那种痛苦完全是情感的事。我知道她指的是什么。我清楚地知道她指的是什么。我也熟悉这种灵魂的寒战,但是我没有说,这个聚光灯下的时刻属于她。她指甲下面的手指在疼痛,她说,仿佛嫩肉被暴露在外——她再次在我面前挥着她的手,尽管这次没什么可展示的——她的目光灼人,连她的头发也仿佛有杀伤力。她的情绪起起落落;前一分钟她热血沸腾,后一分钟又觉得寒冷彻骨。她的皮肤摸上去滚烫鼓胀。有点儿黏,就像她小时候在太阳下待得过久时,身上最柔弱的部分,膝盖的后面,或者腋窝处鼓出的皱褶,常常会变成这样。"你能感到吗?"她说,她把套头衫的袖子向后拉,把胳膊伸到我面前。"你能感到热吗?"我能感到。

马库斯,她说,开始无视她,或者说用一种冰冷的客气对待她,这比他可能给她的任何侮辱或指责都更伤人。他有一种浅笑,一闪而逝,带着嘲讽和优越感,在这种笑容面前她无力保护自己,这让她抓狂,想打他。他这样笑的时候,通常是他转身离开的时候,现在他所做的似乎都是转身离开,她意识到她能做到恨他,就像他恨她那样,这让她害怕,这种她在内心深处感到的暴力。而他,以前总是温和羞怯,也看上去那么愤怒、满心报复。我逃走后的那天,她下楼到工作室时摔了下来,踏空了最后一级台阶,手脚乱抓,无助地脸朝下重重摔在地上,撞疼了胸部,鼻子撞在地板上开始出血。当她自己爬起来,大滴吓人的鼻血滴到衬衫上,她朝她丈夫坐的长凳扫了一眼,恰好看到他眼神里冷冷的满足,这让她震惊。难道他对她的仇恨已经到了会幸灾乐祸地看到她跪在地上,受了伤,流着血?

"可怕的大风,"她对我说,"在你走后刮了好几天,没日没夜。"感觉她所在的屋子就像迎着无情的风暴满帆行驶的船。窗户嘎吱作响,壁炉呻吟悲叹,门砰的一声关上,锁孔发出哨鸣。有时她很难区分外面的风暴和她自己的痛苦在体内升起和落下的声音。她把自己藏在工作室上面的小屋子里,她的房间,那个她和马库斯之间达成默契的一直属于她的房间。她在窗前的摇椅里一坐几个小时,孩子则在她脚下的地板上玩。从入海口吹来的风挟带的盐分把窗玻璃弄得模糊不清,下面街上的行人看上去就像鬼魂,无声地前前后后走过。

然后,在我离开后的第二或第三天,马库斯从工作室上来敲门,让她吓了一跳。他的敲门声很轻,由于屋外喧嚣的狂风,她几乎没有听到。他给她拿来一杯茶,放在茶盘里,垫着镂花碟巾。他问她为什么坐在黑暗中,但她说才不过黄昏。"你该打开台灯。"他说,仿佛他没听到她的话。她希望他看着她,但他没有。看到碟巾她差点哭了。他非常憔悴,似乎像她一样被他们之间爆发的这件可怕的事吓到了,这件事就像从有毒的井里冒出的散发恶臭的水。他站在窗边。要看外面得向前弯一点腰,因为窗户的位置很低,而且深嵌墙中。他把胳膊支在玻璃上,额头靠在胳膊上,叹着气。她闻到了他工作时所用的钟表匠的机油的熟悉气味,他的手指上总有这种味道,甚至早晨在他坐到长凳上之前。她从他那里感觉不到温暖、软化、同情。那么,他为什么上来? 小皮普在壁炉边她的小床上，仰面躺着，玩着脚趾，那是她喜欢做的，朝自己嘀嘀咕咕。马库斯没有留意她；或许在他看来她也被宠坏了。他又叹了口气。"我不知道他为什么要回到这里。"他静静地说，听上去几乎是厌倦的。他依然靠在那里，望向街上，或者假装如此。

"谁？"她问，尽管她知道答案。他什么也没说，没有看她，只是冷淡地浅笑了一下。那么，他知道了。有一秒钟她的心提了起来。"他是不是见过你，我猜，是不是他在哪里偶然碰到你，你承认了，所以他才知道？"他知道了没关系，她说，她不在乎这个。她只在乎那个简单、重要、压倒一切的可能性，那就是他是否见过我，是否跟我说过话，这意味着他或许知道我逃到哪里去了，在哪里可以找到我。但是，不，从他的表情她能看出来他没有遇到过我，没有跟我说过话，他是猜的，仅此而已，只是在我逃走的那一刻猜到，我是他妻子的秘密情人。现在轮到她叹气了。他是不是在等她否认，坚持说他错了，说一切都是他的想象？她无法说话，无法听到自己对他说更多的谎言。他还是知道真相的好。或许他最好应该知道；或许那样事情会更容易。但她还是无法承认，无法大声地说出来，无法说我的名字。不管怎样，她不用说了。她知道他知道。

狂风疾扫，黑暗骤降，朝向小屋里的他们两人。

事情没有变得更好，她说，没有变得更容易。她不认为他们会直接把它说出来，她就这样跟他说的，不会谈我，不，不，她永远不会对他说出我的名字，只会告诉他她要离开他。

他没有显出吃惊的样子,没有沮丧,只用他过去常用的猫头鹰般的方式看着她,在过去的日子里,当她对他生气的时候,他会把一个指尖压在他那老式圆框眼镜的鼻梁处,这是他那些可爱的防卫性小动作之一,我对此全都了如指掌,我敢说,知道得不比她少。我想知道我们俩,她和我,尽管发生了这些事,是否依然爱着他,哪怕只有一点点。这个想法掠入我的脑海,就像一只小鸟无声无息地飞上树梢。

他肯定早已知道了她的决定,她说,他肯定也猜到了,猜到她要离开他。

然后,她说,最奇怪的事情发生了。突然,就在那一刹那,她坐在摇椅里,马库斯在窗边,突然她知道我逃到哪里去了,我正藏在哪里。当然,这个地方太明显了,她说。她不能理解她为什么之前没有想到。于是现在她在这儿了。

"你的意思是,"我慢慢地说,"你今天离开了他,就刚刚,在来这里之前?"她立刻点点头,睁大眼睛笑着,嘴唇紧抿,像一个逃学的女学生一样开心。"你打算怎么做?"我问。

"我要回家。"她说。

"家?"

"是的。"她脸有点儿红了,"笑话我吧,"她说,转开视线,"这是妻子们遇到麻烦时做的,我知道,她们跑回家找妈妈。不是说,"她加了一句,带着凄凉的浅笑,"妈妈会给我很大的帮助。"她停下来,露出一副有着深刻和重要预示的表情,我觉得自己在这面前感到畏缩;她想出了什么新的考验给我?她造出了怎样的新火圈来让我跳?"我要你带我去那儿。我是说我希望你跟我去。你会吗？你会不会带我回家？"

她开着马库斯的老亨伯车来的。我大吃一惊，乃至震惊。无疑马库斯不会同意她开这辆车，因为他视之如宝，照料它如心爱的宠物。她径直上车开走的吗？我觉得最安全的做法还是不要去问；我仍然困卧其中的那个弹坑里面，尚未引爆的炮弹还在那里，它的尖头嵌入土中，过于光滑的侧面闪着黄铜的光泽，随时可能被我哪怕最轻微的动作引爆。我看着波莉开车。这是我看到的她的一种新形象，鲁莽、敏捷、坚定不移；只有巨大的不幸才会让一个像她这样随和的女孩变得能干，或者她曾是随和的，直到现在。我承认，我对这个不熟悉的波莉心存戒备，如果还不算是彻彻底底的害怕的话。

她为她自己收拾了一个手提箱，把孩子的东西塞进一个属于她父亲的旧板球包；看上去所有东西都是在焦虑和愤怒中被匆忙抓起来捆在一起的。她确实是一个逃跑的女人。我承认这一切有些让人激动，尽管我有种糟糕的预感。

庞大的汽车沿着狭窄的道路摇摇摆摆，似乎从未如此笨重，仿佛它所运载的麻烦弄得它沉重不堪。雨水变成了雨雪，像吐出的唾沫一样堆在挡风玻璃上，又滑下来。前方树木阴沉地若隐若现，裂隙在云层中显现，在阴沉灰暗的四周点燃白色的光，不过大风很快又把裂隙合上了。除了引擎冒出的带盐味的烟气，我捕捉到湿透的青草、肥土和腐叶的气息从外而来，秋天和童年的味道。我看着波莉放在方向盘上的手，其中一只手的大拇指缠着绷带，看到她依然戴着结婚戒指，我感到有点吃惊。但我为什么吃惊呢？我能肯定她并不相信她和马库斯的婚姻已经无可挽回地走到了尽头；至少，我强烈希望她不相信。但是，那么，她怎么想呢？我带着极大的不安在座位上扭来扭去。孩子睡了，被固定在后排她的专用座椅上，头向边上耷拉着，一串银色的口水从下嘴唇那里荡下来。我注意到波莉提到她时不再叫她小皮普，现在她只是皮普；又一个习惯消失了，又一块旧日生活的碎片被扔到了一边。顺便说一下，那不可能是她的真名，不是吗？皮普，这不可能是她的全名。奇怪，一些事人们并不知道，一些事人们永远不会费力去发现。是不是菲利帕的昵称，或许？但是谁会叫一个小孩子菲利帕呢，一个连我都没把握读对的名字？尽管有很多菲利帕，她们肯定曾经是婴儿，就像有很多奥利维亚一样。这些还有其他诸如此类的事情，是我们沿着雨中道路飞速前行时我在脑子里翻来覆去的无聊思绪，如果它们可以被称为思绪的话。当然，我处于绝望之中，想方设法试图把自己从这一切中解脱出来，至少在精神上——从波莉，从后座上的孩子，从颠簸着的轿车，从我自己，甚至，从我那飘忽不定、越来越忧惧的自我。作为逃亡者的波莉是一个全新的人，比之前的她要远远更难以掌控。古老的护教学大师们是对的——自我保护的需要强过生殖的欲望及其支配和涉及的一切。可怜的古老爱情，这是一朵多么脆弱和胆小的花啊。

我问波莉她的爸爸是否知道她要去。她的目光没有离开道路。"他当然知道，"她说，不屑地快速抬了一下头，"你觉得我会不加警告就突然出现，弄得我妈又情绪失控？"遭到反驳，我不再说话，开始旋弄我的大拇指，从我身边的窗户望出去。掠过的树木在风中疯狂地甩着树冠，叶子杂乱无章地飞舞，让空中变得斑斑点点，带着墨绿斑块的黄色、焦赭色、地板蜡的红色。一道道雨水在被水淹没的地上反着光，一群黑色的小鸟奋力冲进风中，在污迹斑斑的青灰色天空背景下，看起来像在费力地向后飞。我忍住不去问波莉为什么会希望我，偏偏是我，陪着她在这个重大的时刻，这么不顾一切地，回到出生地，回到年轻时代的环境——家，就像她说的。直到现在，事实上，我几乎什么都没问她。我总是假定一切都简单明了到完美的程度，而我是唯一一个不理解正在发生之事的人，所以我往往什么都不说，什么都不问，只是保持安静，害怕被嘲笑为笨蛋。这是我的基本性格，不作一声地躲藏起来，让猎犬喧嚣着走过。过去这一谨慎策略往往很有效；一切不再，唉。

普洛默家族的祖宅——普洛默是波莉结婚前的姓，另一个可爱的轻柔爆破音——被称为格兰奇堂，或者更经常地被称为格兰奇。这是我第一次拜访此地，尽管我常听波莉说起——经常的程度，我肯定，就像她坚称经常听我说我的老家一样；过去是怎样地如影随形啊，用它温柔的爪子脉脉含情地抓住我们。通向狭窄车道的铁门敞开着，垂头丧气地挂在铰链上，数十年来肯定始终如此；铁锈在栅栏上做出疙疙瘩瘩的精细工艺，低处的栅栏周围长满狗根草和荨麻。当我们从路上拐进去时，我心里好像有东西移动和滑脱了，有一段时间我觉得要呕吐，恐慌让一滴热汗滚下我的脊柱。我会不会也被扣在这儿，就像这些门，被扣留并牢牢抓紧？我为了什么要让自己陷进来？在这些凹凸不平的田地上的陌生房子里，是什么在等我？一对奇异的夫妇，波莉衰老的父亲和可怜的疯癫的母亲，在此度过余生。慢慢地，恶心让位给了窒息感，仿佛一层看不见的胎膜被拉下来罩在我的头上和肩上。然而，片刻之后孩子醒了，不安消退了。"我们到了。"波莉说，用一种我觉得愚蠢的欢快声调，让我感到一阵恼怒。到底，我又问我自己，到底我在这儿做什么，跟这个绝望的年轻妇人和她那无法承受的灾难一起？我会成为可怜的游侠骑士，我的夫人的面纱是我低垂的长矛上挂下来的肮脏破烂的旗帜。

房子是花岗岩的，结实朴素到了一定程度，除了仿哥特式的拱形前门，它在整体上添加了些微教会的影子。许多高耸的烟囱在天空的映衬下，显得魁伟又高大；白烟快速地从其中一个里面冒出来，仿佛是教皇的公告，刚一出来就被风攫走，撕成了碎片。台阶前转弯处的砾石很细，一块块闪光的湿泥灰隐约显现。一只古老的猎犬，以前应该是金黄色的，但现在是湿草色，走上前来迎接轿车。"噢，是巴尼！"波莉说，一声悲喜交加的哀叹。狗患有关节炎，走起路来疲软、不连贯，仿佛它的不同部分被穿在一起，挂在松弛的电线、钩子和橡皮筋组成的内部框架上。它摇着沉重的尾巴，费力地发出一声听上去快乐的犬吠，声音清晰，汪！

波莉把孩子从后座上抱起来，因为用力而发出哼声，我则绕过去卸下后备箱的行李。她为我把板球包放在地上朝我喊叫，因为包底会弄湿。我冷冷地想，我们或许已经是步入中年的普通夫妇，婚姻早成了习惯，在相互陪伴时，暴躁、拌嘴、漠然交替出现。当我把后备箱的盖子盖上，直起身，我发现自己正在突如其来的惊愕中环顾四周。天看上去极其庞大且亮得刺眼，仿佛哪里的一个盖子被突然揭开了。有时很普通的东西竟然可以看起来多么非凡啊，亨伯车引擎冷却的嘀嗒声、树上盘旋着的白嘴鸦、寒酸的老房子配着不协调的教堂风格的门，还有波莉，她把女儿抱在胸前，看起来心烦意乱、暴躁易怒，正把一缕头发从眼前拂开。

"啊，上帝，"她说，压低声音，"妈妈来了。"

普洛默夫人蹒跚地走过砾石。她身材高大，骨瘦如柴，一团乱糟糟的灰发让她看起来像最近遭受了严重的电击。她穿着鼠灰色的防水衣，歪歪扭扭的花呢衬衫，一双绿色的威灵顿长筒靴，肯定比她的脚大出四五倍。"很好，"她轻快地说，走到我们跟前，对着孩子微笑，"你带来了小波莉。"她皱皱眉，依然微笑着，"不过你是谁，亲爱的，"她甜甜地问她的女儿，"你是怎么得到我们的宝贝的？"

当我思考永世受罚的可能性——或者应该说前景——的时候，我不是想象我那受罪的灵魂被浸入燃烧的湖水，或者腋窝以下都冻在无边无际的冰冻原野之中。不，我的地狱会是一个无可指摘的平凡之地，布置着生活中司空见惯的设施——街道、房屋、人们做着他们常做的事，鸟儿飞扑，狗儿吠叫，老鼠咬着护墙板。尽管一切看起来平淡无奇，其间却有巨大的谜，一个只有我知道的谜，也只关涉我一人。因为尽管我的出现未被注意,但似乎所有遇到我的人都认识我,我却谁都不认识,什么都不熟悉,不知道我身在何处或者我如何来到这里。并不是说我失去了记忆,或者我正经历着某种心理创伤或精神错乱。我像其他每个人和每件事一样普通,正因为如此,我有义务保持一种泰然自若的平静神情,似乎顺利地融入其中。但我并未融入,根本没有。我是此地的一个陌生人,被困于此,永远是一个异客,尽管每个人对我了如指掌,每个人,也就是说,除了我自己。这就是永恒的样子,活的地狱,如果我能称之为"活的"的话。

　　首先是茶点。一罐罐泥棕色的佳酿被准备好,一片片面包像倒下的多米诺骨牌那样摆放着,冷肉被切成厚片摆出来冒着水珠,闪闪发亮。有饼干和小面包,家制果酱盛在黏黏的碟子里,所有这些的高潮是一块巨大的李子蛋糕,很不新鲜了,顶上有一颗糖衣樱桃,被带着魔术师般的夸张从一个有磨损凹痕的巨大漆盒里拿出来。珍妮,厨师兼管家兼女仆,看不出年龄且举止粗野,缠成一团的金属般斑白头发让人想起普洛默夫人的吓人假发,从中露出她粉红色的头皮,她用一只巨大的托盘把所有这些东西从厨房里端出来,蹒跚地端了三四次,她的肘部向两侧突出,湿湿的灰色舌尖露出来。普洛默夫人,依然穿着橡胶靴,从门口飘进飘出,带着疏远的善意朝每个人和每件事微笑着,她的丈夫则四处徘徊,搓着双手,在快乐的紧张中对自己嘟嘟囔囔。天色渐暗,但是一大道刺眼的金黄色阳光布满了朝西的窗户,屋里的一切都被投射出灰棕色的影子。瓷器不是同一套,奶壶有裂口。珍妮抓起波莉的茶勺,用它从壶里舀出一口牛奶,尝了尝是否新鲜,然后咔嗒一声把勺子扔进波莉的茶里,溅出些牛奶。她沉着脸看了看孩子。"你到底还有没有在喂那个孩子?"她质问道,"她看起来快饿死了。"

被安排坐在这场乡村家庭生活滑稽剧的中央,我觉得我就像一只刚刚孵出的杜鹃鸟[I],又大又可笑,窝里合法的小鸡们在我周围尽最大努力安顿自己,拍打着秃短的翅膀,发出虚弱的唧唧声。波莉用一种最含糊的方式介绍我,说我是马库斯的朋友,一起过来帮她照料孩子和行李;至于马库斯本人,他的行踪或他的状况,她只字不提。围着围裙的珍妮有意忽视我,望向我的身后,好像我完全是透明的;我肯定她早想好了怎么对待我。波莉的爸爸也如此,我应该说,虽然他很客气,不会显露出来。"奥米,奥米,"他说,把一只手指放到苍白如纸的额头上,皱眉望向天花板,"你是不是那个住在镇上巴拉格里医生老房子里的那个画家?"我说是的,我确实住在费尔蒙特,不过我已经不画画了。"啊。"他说,点点头,用一种不带含义的愉快盯着我。他是一个小个子的整洁男人,有着精致的轮廓,双颊凹陷,淡灰色的眼睛——波莉的眼睛。总体上他的外表又干又憔悴,仿佛他已经被放在外面很长时

[I] 英语中的"a cuckoo in the nest"直译是"窝里的杜鹃鸟",指破坏他人家庭幸福的人。

间，在自然力量之下风化。他那稀疏的头发肯定曾经是让人难以置信的红色，现在依然有沙子的色泽，他的鼻子突起有力，或许是在一块漂白了的浮木上雕刻出来的。他穿着浅绿色的花呢三件套，一双让人肃然起敬的油光锃亮的棕色粗革皮鞋。尽管他的面色总体来说是苍白的，但在两侧面颊的凹陷处都有边缘不齐的粉色斑块，血管细布。他有点耳背，对他说话时，他会迅速倾身向前，头侧向一边，眼睛盯着说话者的嘴唇，露出鸟儿般的警觉。一开始他让我震惊，衰老得不像波莉的父亲。她妈妈，后来我知道，还是女孩时脑子就与别人不一样，她家人四处寻找某个人好把她嫁了，最后锁定了她的表兄赫伯特，大家都认为他会是格兰奇堂的普洛默家族的最后一人。赫伯特，现在坐在我面前的普洛默先生，那时是个中年单身汉，茫然、和蔼、易受摆布，并且拥有一幢不错的老宅和几百亩可流通的土地。一切听起来都过于顺理成章了，是一种十九世纪言情小说的方式，在某个让人发疯的瞬间，我觉得整件事或许——古老的石头别墅、上了年纪的父亲和疯狂的母亲、暴躁的家臣和她那呻吟的食盘，甚至大门下的草和盘旋的白嘴鸦——是被精心装扮来哄骗我的，让我觉得我是伊卡博德·克雷恩[I]，来寻求美丽的卡翠娜的芳心，并赢得富饶

[I] 美国作家华盛顿·欧文的短篇小说《断头谷传奇》的主人公。

的断头谷。这里会不会,我问自己,也有无头骑士?

珍妮,气愤地嘟囔着,分发着一盘盘黄油面包、火腿和腌菜,带着满不在乎的匆忙,仿佛在分发一副油腻的纸牌。我有好久没吃腌洋葱了。它有一种非常熟悉的金属味道。我们的嘴巴可以多么敏锐地记住多少东西,并且历经世代,这是多么奇妙啊。

皮普,在我的脑子里她总是小皮普,坐在高脚椅上,这张椅子也是波莉自己儿时用的。波莉的妈妈不时抽空朝边上瞥一眼,照看着孩子,怀疑地眨着眼睛。晚餐开始时她的丈夫大声、缓慢地向她保证说,坐在桌子下首的年轻女性实际是她的女儿波莉,现在长大了,自己也做了妈妈,证据就是坐在高脚椅那里的孩子,但是我能看出这位可怜的妇人在琢磨这怎么可能,既然波莉是在这里,依然年幼,往桌子上敲着勺子,口水滴到围嘴上。对她那样健忘的头脑来说,所有这些肯定太让人困惑了。我知道,波莉是这对夫妇唯一的孩子,她的到来对每个人来说都是惊喜,如果事实上不算是震惊的话,并不只限于她妈妈,我相信她妈妈几乎不知道事情是怎么发生的。普洛默夫人遇到的问题,人们向我解释说,是一种初期的、温和的、多数情况下平静的痴呆,尽管偶尔,当有事情吓到或激怒她时,她会变得异常激动,好几天都如此。普洛默先生倾向于把他夫人的心神不宁描绘为似乎只不过是一种习惯性的、可爱的古怪行为,并且用精心表演的惊异和令人同情的欢乐来应对它的所有表现。"但是看看,我亲爱的,"他会惊呼,"你把我的裤子放到餐柜里了!你是怎么想的?"

然后他会转向随便哪个在那儿的人,纵容地笑着,摇着头,好像这只是个案,好像以前鞋油从未出现在黄油碟中,或者马桶刷从未出现在餐桌上。

孩子在椅子里发出一声尖叫,吓了自己一跳,很快朝桌子四周望了望,看我们其余这些人会对她的突然插入做出什么反应。是的,是的,孩子们是不可思议的,毋庸置疑。是不是因为对我们来说熟悉的东西,对他们来说却很新奇?应该不是这样。就像阿德勒[I]在谈这个问题的著名文章里告诉我们的,不可思议感出现在当一个已知事物以一种怪异的方式呈现自身的时候。所以如果在孩子们眼里一切都是新的,那么这样的话,就——你明白我的意思。但是有一群他们和一群我们吗?我们能做这种区分吗?我们说年轻的和年老的、过去的和现在的、活的和死的,仿佛我们自己多少外在于时间的进程,用一根阿基米德的杠杆来撬动它。生者,就像一位哲学家说的,只是死者的一种,而且是稀有的一种;同理,显然,年轻人也只是老年人的早期版本,不应该被视为不同的品种,而且如果他们没有在我们眼里显得非常奇怪的话,也不会被视为不同。我看着小皮普,猜测她的脑袋会在想什么。她还不会说话,只会画画,可以假定她用画来表达她对事物

[I] 阿德勒(1870—1937),奥地利精神病学家、心理学家。

具有的不管什么理解。这里似乎带给我某种教诲,给我这个曾经的画家;它从我模糊地摸索着的思绪中升起,诱人地闪烁片刻,然后消散了。我无法再用这种方式思考,把概念相互摩擦,从而点燃启示性的火花。我失掉了这种本领,或意愿,或什么东西。是的,我的缪斯突然神秘地离去,她是一只老母鸡。

波莉的妈妈皱起眉,抬起头,好像听到了什么,远方某个微弱的声音,神秘的召唤,并从她的座位上站起来,依然皱着眉,漫步走出房间,手里拿着她的餐巾,已被她忘记了。

我转向波莉,但是她不看我的眼睛;这肯定给她造成很大的压力,在这儿,在她家人枯萎的怀抱里,我坐在对面,就像她错买回来的东西,现在不知道如何扔掉。顺便说一下,她又发生了变化。似乎来这儿之后她脱下了舞会的服装,换上了家居服,甚至是女学生的无袖制服。她现在完全是一个女儿,朴素、尽责、恼怒,嘴唇在阴郁的愤恨中噘着,一触即发。我在她身上已经很难看到那个嬉闹欢快的小东西,就在不久前的一个下午还在画室绿色的旧沙发上,在我的怀中叫唤,把指甲抠进我的肩胛骨,用她那贪婪的嘴唇搜寻我快乐地缩进去的喉咙凹陷处,甜蜜的女妖。我坐在那里,望着穿着麦片粥色套头衫的她,她的头发紧紧地梳向后面,她的脸已经擦掉所有妆容,被漫长一天的紧张和阵痛所折磨,我的脑海中出现一个我只能称为令人窒息的启示——就是字面意义的,因为这是一个天启,我无法呼吸。我带着令人不快的明晰看到,根本没有女人这种东西。我意识到,女人只在传说中存在，是一个飞翔于世界的幽灵，驻留在这里或那里，在这个或那个毫无疑心的世俗女子身上，她短暂但意义深远地，变成令人渴望、崇拜和恐惧的对象。我想象自己，在这个惊人的新发现的冲击下，嘴巴张开跌坐在椅子里，双手垂在两侧，双腿松松垮垮地在身前张开——当然，我是打个比方——摆出一个突然醍醐灌顶的人的目瞪口呆的姿势。

我知道，我知道，你在摇头窃笑，你是对的——我是一个无可救药的意志薄弱的笨蛋。这个在茶桌那里呈现在我面前的所谓的惊人发现，事实上不过是又一个不值一提的智慧废料，自从夏娃吃了苹果之后，每个女人都知道，或许多数男人也都知道。我承认，它对我也没有任何伟大的启示性影响——可悲的是，我发现，与这类发现相伴的光很快消退了。我并没有发现什么了不起的真相。我并不是用新的怀疑眼光来看波莉，评判她那些不过是人性的东西，发现配不上我的激情。相反，我对她感到一种突然重获新生的柔情，但是一种不带激情、日常的柔情。不过，尽管魔法当场消失了，我觉得我更珍爱她了，就在那个晚上，比我以前任何时候，甚至最初那狂喜的几周里，当她跑上多得吓人的台阶，来到画室，在慌慌张张的喊叫和亲吻中把自己投到我的怀里，让我倒退着走到沙发那儿，摸索着我的扣子，笑着，把热气吹到我的耳朵里的时候。现在我反过来会高兴地把她拥进怀里，把她飞快地卷上楼梯，带她到她的卧室和床上，依然穿着她的羊毛衫和曲棍球短裙，在那里把自己迷失在她灰粉色的、温如面包、最令人珍爱的、橡皮泥般的肉体里。但是我爱抚的会是波莉，纯粹的波莉自己，因为最终她打碎了我的幻想在她周围浇铸的模子，最终，变成，最终变成，对我来说——什么呢？她真实的自己？我不能那样说。按理说我不该相信真实的自我这种东西。那么，是什么？一个不那么虚幻的幻象？是的，让我们同意这一点吧。我觉得这是能期待的最大程度了，能问的最大程度了。或者等一下，等一下，让我们这样说：即使她不是所有那一切，我也原谅了她。我以前在某处说过这个。没关系。同样她肯定已经原谅了我，很久以前。这听起来怎么样？有没有道理？这不是小事，是两个人能够给予彼此的原谅。我应该知道。

然而，然而，在这个时刻我看懂的，当时没看懂的，是波莉蛹化的最后阶段，对我来说，是我的，我的——哦，继续，它还能有什么别的说法？——我对她的爱情的结束的开始，真正结束的真正开始。

我们确实上到她的房间。刚进房门我就放下她的手提箱和装着孩子东西的板球包，尴尬地退到后面，突然感到害羞。我尽量避免太近地，太满腹狐疑地打量房间里的东西。我感觉就像一个闯入者，而且，我知道，我就是。波莉环顾四周，长叹了口气，鼓起双颊。她说，从儿时起这里就是她的卧室，直到她离开家嫁给马库斯。这张床，又高又窄，对于一个成人来说似乎太小了，看着它，我感到一种由怜悯和甜蜜的忧伤引起的小小的尖锐刺痛。它显得多么可爱，多么动人，这个静止、预料之外的摇篮承载守护着她度过了这么多的夜晚。我想象她睡在那里，对月亮的升起、蝙蝠的飞过、黎明的悄然临近毫未察觉，她轻柔的呼吸不过是黑暗中的一点儿骚动。我感到像是落下一滴眼泪，我确实如此。一切都太让人困惑了。

　　壁炉两侧都铺着瓷砖，上面画着粉色的花，在光釉下面。木柴被点上火，但是火烧不起来——木柴太潮，引火的苍白火苗无望地舔着它们。"它总是冒烟，那个壁炉，"波莉说，"我都奇怪我没被呛死。"小小的四格方窗正对着床，开向铺着石板的院子和一排废弃的马厩。远处是一座无精打采的小山，山顶上有一片树，橡树，我觉得是，尽管对我来说大多数树都是橡树，它们几乎已经光秃的枝杈在低矮的冷紫色天空和掺杂其中的银色闪电的映衬下显得荒凉、漆黑。屋里，黄昏的影子迅速聚集，聚在天花板下的角落里，就像一片片蛛网。我听到珍妮在下面的厨房里洗洗涮涮，吹着口哨。我努力分辨着旋律。波莉坐在床的一边，双手交叉夹在腿中间。她望向窗外。最后一抹微光粘在院子的鹅卵石上不肯离去。《马洛的浪子》[I]，这是珍妮吹的曲子。我为自己想了起来感到可笑的满意，我转向波莉，笑着——我能做什么，给她唱歌？——但在那一刻，没有任何预警，她用手捂住脸开始抽泣。我迟疑了一下，大吃一惊，然后走向她，踮着脚尖慢慢靠近。我应该把她搂在怀里安慰她，但我不知道如何做到，她看上去

[I]　爱尔兰传统歌曲和波尔卡舞曲。

是那样模糊，蜷缩在那里，双肩起伏，我能做的只是无能为力地在她周围移动我的手，好像在用空气做她的一个模型。"啊，上帝，"她悲叹，"啊，亲爱的上帝。"我被她声音中深深的凄凉吓住了，无法不为此责备自己；我觉得好像我篡改了某个微小迟滞的机械装置，让它跳起来做出吵闹的无法停止的动作。我的手指偶然掠过她坐着的鸭绒被，缎子的那种冰凉、易碎的触感让我战栗。我也请求上帝，虽然是无声地，向不存在的他祈祷，祈祷他把我救出这个不可思议的困境；我甚至看到自己被魔法向后猛拉进壁炉，在呼啸中被吸上烟道，我的胳膊钉在两侧，眼睛在埃尔·格列柯[I]式的狂喜中在眼窝里鼓起，一秒后我从烟囱里出来，就像一个小丑射出加农炮的炮口，消失在天空蓝蜻蜓色的穹窿中。逃走，是的，逃走是我能想到的一切。不到半个小时前在餐桌上，我身上重新激起的对我亲爱的姑娘的柔情现在全都到哪里去了？到底在哪里？我觉得浑身无力。哭泣的女人是种可怕的景象。我听到自己用低沉急切的声音一遍又一遍念着波莉的名字，好像我在对着洞穴深处喊她，现在我小心翼翼地摸着她的肩膀，感到的小小震动和摸到鸭绒被那时一样。她没有抬头，只用一只手朝旁边挥了一下，让我走开。"让我一个人待着，"

[I] 埃尔·格列柯（1541—1614），西班牙文艺复兴时期画家、雕刻家、建筑师。

她哀叹着，发出极其折磨人的啜泣，"你什么也做不了！"我待了一会儿，苦恼于无法下定决心，然后转身悄悄离开，用失魂落魄的、细致的、让人羞愧的小心，把门在身后关上了。

我一路走下屋子。一切都似曾相识，以一种奇怪的、遥远的方式，空气中是霉菌的味道，褪色的楼梯地毯，潜伏在阴影中的肮脏的祖先画像，大厅里的衣帽架和那些装在墙上的鹿角，落地钟在阴影中畏缩不前。就好像我已经在那里生活了很久，不是在童年，而是在程式化了的古迹里，在我内心深处那程式化了的古迹里，发霉的巨大宅邸里，那就是过去，不可避免地想象出来的过去。

开错了两三扇门后，我终于找到了客厅。孩子在炉火前的地毯上玩着积木。她的外公坐在扶手椅里，肘部放在扶手上，俯身向前，手指在身前交叉，心不在焉地低头朝她微笑。夜幕降临，速度似乎快得惊人，窗帘放了下来，带罩的灯用它们四十瓦的灯泡投下模糊的微光，在重重阴影中的家具上，在褪色的花纹墙纸上。我注意到壁炉上方巨大的镜子以及它那雕饰华丽的镜框，褪色的狩猎画，套着印花布的沙发筋疲力尽地蹲坐在那里，似乎在被坐了这么多年之后已经疲惫不堪。所有这些我也熟悉，以某种方式。

"多么迷人的年龄，"普洛默先生说，朝我和孩子眨眨眼睛，"全部人生都在她眼前。"他邀请我坐下，示意壁炉对面的一把扶手椅，"你没有把自己的汽车开来，"他说，"是吗？我们得给你找张床，或者"——他那温和的注视并没有摇动，但是我似乎在其中捕捉到了一线闪光，一种敏锐聪明的会意——

"或者是不是波莉会安排好?"是的,他不是傻子,他肯定已经猜到波莉对我的意义,以及我对波莉的意义,尽管我们之间明显不般配,年龄不是其中最大的问题——即使他对我们之间的关系比我还清楚,我也不会觉得奇怪。壁炉里一根木头上的火焰渐渐变弱,喷出一团火星。我说我会叫辆出租车,但他摇摇头。"哪儿的话,哪儿的话,"他说,"你当然要留下。只不过是替你把房间通通风的事。我会跟珍妮说。"他又眨眨眼睛,"你千万别介意可怜的珍妮,你知道。她不像她的举止表现得那么可怕。"我点点头。我觉得四肢沉重、身体慵懒,沉入这位老人柔和的、几乎是哄人的声调营造出的半催眠的恍惚之中。孩子在我们脚边搭好了一座积木塔,现在她把它打倒,满意地咯咯笑着。"她肯定该上床睡觉了,"老人嘟囔着,皱着眉,"或许,不管怎样,你该上去跟她妈妈谈谈?"我又点点头,但没有动,四肢摊开,无助地躺在扶手椅宽敞诱人的怀抱中。我想象波莉坐在床边,头垂着,肩膀颤抖。"不过我还没给你拿喝的呢!"普洛默先生大声说。他僵硬地站起来,哆哆嗦嗦,慢慢走向房间远端的餐柜。"有雪莉酒,"他扭过头说,声音从昏暗处闷闷地传出来,"或者这个。"他举起一个瓶子,读着标签,"烈酒,就这么叫的。我的王子朋友的礼物——就是海兰先生。你认识他吗?我不知道是什么烈酒,但我怀疑度数很高。"我说我更想喝雪莉酒,他拿着两个不比顶针大的玻璃杯回来。他重新坐下。我抿了口油膏似的甜浆。我太累了,太累了,是漫长又折磨人的旅途上一个困在半道的旅人。我记起最近一个晚上我做的梦,事实上不是梦，而是一个片段。我在国外某处的火车站，我不知道是哪里，分辨不出周围人正在说的是什么语言。火车站类似一座拜占庭教堂，或许一座寺庙，或者甚至是清真寺，它那隆起的屋顶镶着金色的叶子，地砖上画着蓝色、银色和宝石红色的明亮旋涡图案。我焦急地等着火车带我回家，尽管我根本不知道家应该在哪里。从车站大敞的门口我能看到外面灿烂的阳光、翻滚的灰尘、滚滚的车流里造型陌生的车辆，橄榄色皮肤的人群到处走动，戴着头巾的黑衣女人和有着长长胡须、炯炯有神的淡蓝色眼睛的男人。我四处张望，想找一个时钟，但是一个也看不到，然后我想起我的火车，我能乘坐的唯一一趟火车，我的车票可以登上的唯一一趟火车，早就开走了，留下我困在这里，在陌生人中间。

"他在暴风雨中走在城堡的墙上。"普洛默先生说。我从铅一般沉的眼皮下模模糊糊地看着他。他左手拿着本书，一本褪色的深红色布面的古雅小书，翻至里面他似乎正在读的一页，或者将要读的一页。书从哪里来的？我没看到他起身取书。是不是我打了一分钟的盹儿？关于火车的梦，我是在回忆，还是再次梦到，甚或是第一次梦到？老人用亲切愉快的目光望着我。"诗人借宿在他朋友的城堡，他这位朋友是一位公主，据他所说，他在一个暴风雨之夜出来走在城垛上，听到天使的声音。"他笑笑，然后把书举得靠近眼前，开始用轻柔尖细的单调声音大声读起来。我就像一个孩子那样听着，专心致志又半知半解。这种语言，因为我不懂，听起来就像不断的袭击和毁谤。读了几行后他停下来，看上去有些困窘，

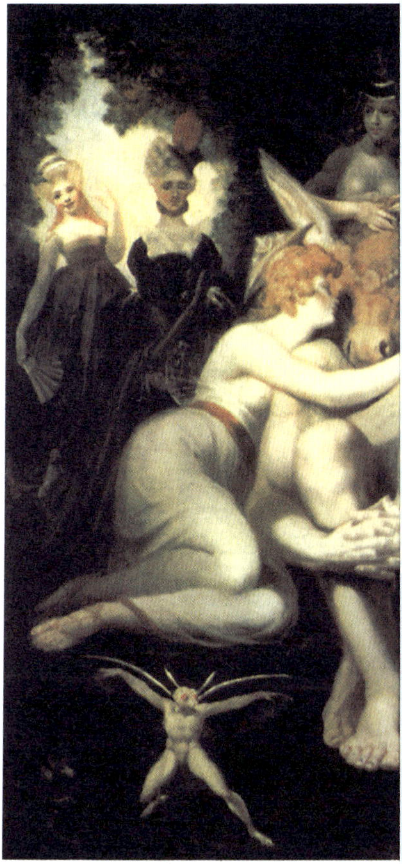

些许粉色在他面颊的凹陷处浮现。"那个地方是杜伊诺，"他说，"海边的城堡，因此他以此命名他的诗歌。"他合上书，放到膝盖上，留一根手指在书里好标出这一页。我口齿不清地要求他告诉我他读的那部分的意思。"嗯，"他说，"因为这是诗，含义很大程度上存在于表达之中，你知道，韵律和节奏。"他停了停，在喉咙后部发出轻微的哼声，抬起头打量着天花板下方的阴影。"他谈到地球——Erde [I]——希望能被我们吸收。"这里他又用单调的声音说了一句德文，"难道你的梦想不是，他说——就是说，对地球说——有一天消隐无形吗？消隐到我们体内，他的意思是。"他温和地笑笑，"或许这个想法有些晦涩。但是我觉得，句中的激情值得赞赏，不是吗？"

我盯着炉火白色的中心。我似乎能够听到客厅里大钟发出沉重的嘀嗒声。老人清了清嗓子。

"王子——我知道我不该这样叫他——明天会来，"他说，"如果你还在这儿，或许我们能谈一谈，我们三个。"我点点头，不敢肯定我能说出话来。我又想起那个梦，还有离去的火车。迷了路，误入歧途，在一个陌生的地方，耳朵里是异乡的声音。普洛默先生叹了口气。"我想我们得招待他午餐。或许波莉会安排。我妻子——"他笑笑，"不待见诗人。"他转过头对火

[I] 德语的"地球"，此处谈论的是德语诗人里尔克的《杜伊诺哀歌》。

光之外的阴影处说,"你怎么说,亲爱的?你会不会代替你妈妈,招待——"他又笑了,"我们亲爱的朋友弗雷德里克?"

我肯定真的睡了一会儿,因为波莉就在那里,我现在才看见,她坐在门边罩着印花布的沙发上,孩子在她腿上。我挣扎着让自己在扶手椅中坐直,眨着眼睛。波莉穿着之前穿的同一件套头衫和短裙,但是把鞋换成了一双灰色毛毡拖鞋,脚趾上带绒球,或者线球,或者随便被叫作什么。即便在昏暗的灯光下,我也能看出她哭肿的眼皮和鼻孔周围微微发红的一圈。"他要来这儿?"她说,"明天?接连两拨访客——珍妮要发火了。"她有气无力地笑笑,她的爸爸继续笑着。她没有看我。孩子睡着了。我脚下是被推翻的积木塔。

我小的时候——啊,我小的时候!——我一直小心谨慎、固守安逸。很少有小男孩会像我在那些久远的时光里一样缺乏冒险精神。我紧黏着妈妈,好像她是对抗放纵的、无法预测的世界的壁垒,我们之间依然有残留的脐带相连,精致、纤细、持久,如一缕蛛丝。谨慎是我的口号,在家的港湾之外,如果不考虑好可能的风险,我不会做任何事情。我是一部有规律的小校正机,不屈不挠地把那些我在人生道路上遇到的东西整齐地排成一排,那些愿意服从我对秩序的狂热的东西。灾难潜伏在四周;每一步都有可能跌得四仰八叉;每条道路都通向悬崖边缘。我不相信任何不属于自己的东西。这个世界的首要任务,就像我深知的,一个它从未松懈的任务,是消灭我。我甚至害怕天空。

我不是一个无病呻吟的人，根本不是，我以坚强著称，甚至以好斗著称，尽管我缺少身体上的勇猛，尽管我那众所周知、贻笑大方的艺术倾向。我用拳头做不到的，我计划用词语做到。校园恶霸很快就学会害怕我那嘲讽的皮鞭。是的，可以说我以我的方式成了一只强硬的小野狗，它的恐惧只在内心，是一片冒烟的地下沼泽，死鱼肚皮朝天漂浮其中，肩膀高耸的鸟儿长着弯刀似的喙搜索着、尖叫着。而它依然在那儿，我那恶臭的内部猝死，依然深得可以淹没我。如今我觉得可怕的倒不是事物普遍具有的恶意，尽管上天知道我当然应该害怕——地狱甚至知道得更清楚——而是它们那狡猾的貌似合理性。早晨的大海，绚烂的日落，夜莺的守候，甚至还有母亲的爱，所有这些串通一气向我保证生活完美无瑕，死亡不过是谣言。这一切可以变得多么具有说服力，但是我没有被说服，从未被说服过。在最早的日子里，在我父亲的店里，在他出售的那些毫无价值的印刷品中间，我甚至能够在最宁静的夏日景色、树木、花斑母牛中认出窃笑着的顽童，他从看似无害的绿色植物中盯着我。那就是我决心画下来的东西，天鹅绒紧身衣下面的梅毒、沙发后面的野兽。甚至偷窃——它就是这个时候出现在我身上的——甚至偷窃也是把表面打破的努力，拔出世界之墙上的碎片，把眼睛凑到洞眼里看后面藏着什么。

就拿与波莉和她父母一起在格兰奇堂的那个奇怪的下午为例，还有随后甚至更奇怪的时刻。我应该在那个可怕的茶会结束时就逃走——茶会上我觉得就像爱丽丝、疯帽匠和三月兔合为了一体——但是格兰奇堂的气氛把我紧紧抓住了，让我处于一种无法撼动的萎靡不振之中。那晚我被安排到屋檐下面仆人的房间去住。那是一个特别狭窄的小房间，一侧倾斜的天花板延伸到地面，迫使我让自己保持在一个角度，甚至躺下来也如此，因此我觉得恶心得厉害——几乎与莫里哀大街的阁楼一样糟糕，很久以前在巴黎的那个夏天我曾租住在那里，可是那以后，无论在大房间还是小房间中，我似乎总是不对劲。屋里有张行军床用来睡觉，低低地安放在两对交叉的木腿上，只要我稍微一动，这些木腿就脾气暴躁地呻吟。珍妮在一个很小的壁炉里点上煤——她，珍妮，非常擅长打理卧室的火炉——闷烧了好几个小时。像波莉一样，我也觉得快被呛死了，尤其是屋子里唯一的窗户被刷上漆关住了，我夜里醒来不止一次，觉得好像某个不怀好意的小动物在我的胸口上蹲坐了好几个小时。我又做梦了吗？他们是不是说我们睡着的时候一直在做梦，只是忘记了我们梦见的大部分内容？不管怎样，你能记起大体的画面，福塞利[I]所画：令人不适的恶劣空气、断断续续的睡眠和不断地惊醒，一切都伴随着像可怕低音鼓的重击一般的头疼。当我醒来，心知这会是该晚最后一次，渴得喉咙冒火，外面依然漆黑一片。

[I] 福塞利（1741—1825），瑞士画家，深受古典艺术影响，作品想象力丰富，有许多描绘神秘和恐怖梦境的作品。

坐在低矮的床上，在天花板的斜壁下，我双手抱头，手指插在头发里，我可能又变成了一个小孩，睡不着，怕黑，等着妈妈拿来让人宽心的饮料，拉开我下巴底下的薄被，把她冰凉的手在我潮湿的额头上放一会儿。

我打开灯。灯泡在床上和磨秃的地毯上洒下灰黄的微光；有一把藤椅，还有那个他们放在老房子里的木橱柜模样的东西，不知道叫什么，一只白碗和配套的水壶放在柜顶。有多少早已死掉的女仆和男仆，在阴冷的早晨蜷伏在这里发着抖，就像这个早晨，来完成他们惨淡的洗礼？我坐起来。我不仅口渴，而且迫切需要小便；这一情形有种扭曲的对称，实在让人别扭。我弯腰看看床下，希望那里会有一只夜壶，但是没有。我意识到我在颤抖，牙关咬紧——实在太冷了——我从床上揭下一条毯子，披在肩上。它散发出几代睡眠者和他们的汗水的味道。我走进走廊，立刻头昏眼花、高度警觉。我怀疑在这样的时候，永远做不到和想象的一样绝对清醒。我找不到灯的开关，让卧室门半开，这样就不会迷失方向。我转向右边，小心地挪步向前。当我挪离了身后门口透出的微弱亮光之后，我进入的黑暗似乎黏糊糊地在脸部四周铸起模来，就像轻柔黑丝做成的贴身面具。我伸出手，用指尖碰着墙，一路摸索着前进。墙纸是那种老式材料——你们怎么叫来着？——浮雕墙纸，奇怪的名字，得查查看，厚厚的浮雕，摸上去略感光滑，过去门房楼上楼下到处都贴满这种墙纸，现在依然如此，贴在壁脚板和护墙板木条之间，这是另一个单词，护墙板，我的脑子今天满是它们，我是说，词语。现在我的左边是门；我转动把手，没用，门锁住了，锁孔里没有钥匙。我往前走。现在黑暗几乎吞噬了一切，我看到自己被吹过黑暗，仿佛裹在发霉的毯子里的没有实体的鬼魂，乘着来自另一个世界的风。我分辨出窗户幽灵般的边框。为什么天黑成这样的时候，事物的轮廓就好像在摇晃？极其轻微地摇摆，仿佛它们悬浮于某种液体媒介之中，黏性的、稠密的，其中流动着微弱但超快的气流。我向外望入夜色，没用。什么也没有，没有一丁点儿光从远处的窗户传来，也没有一颗星星的闪烁。怎么能这么黑？好像不正常。

我在窗户较低的窗格上试了试。它让自己被抬起一英寸，勉强地，再一英寸，然后就卡死了。我很犹豫，想着上世纪那些闹腾的小说里，当绅士们有勇无谋地把自己暴露在如此危险的环境中时，通常会遭遇什么，不过我的需要非常迫切——为什么一只膨胀的膀胱让人的后槽牙发痛？——把谨慎放到了一边，我迈步向前，开始丰沛地尿向坚固的黑夜。我站在那里，排尿和沉思，用孩子气的浑身打战的方式享受着刺骨的夜晚空气在我最柔软的血肉上的感觉——我们被造得多么奇怪啊！——我开始意识到我并不是一个人。并非我听到了什么——从下面铺着鹅卵石的院子里传上来的好像远处瀑布的撞击声足以淹没一切，除了最响的声音——而是我感到了有人在。一阵惊吓传过全身，我立刻关闭了排泄之流。我把头转向右边，斜望向暗处，把眼睛眯成细缝。是的，有人在那儿，一动不动地站在走廊的那端。如果不是我的嘴立刻变干的话，我会吓得大叫起来。

我害怕黑暗，就像你能想到的。这是我的另一个幼稚的苦恼，让我羞愧，但似乎无药可救。即便周围有人，我也觉得我是单独待在我自己阴暗的小黑屋里。我假装泰然自若，稳步向前，迈进一无所见的虚空，一路跟其他人讲着笑话，但自始至终都拼命地约束着心里那个一击即溃的受惊的孩子。所以你能想象我现在的感觉，站在那里，穿着背心短裤，裹在毯子里，我的最重要的部分捅出窗外，我吓得说不出话，瞪眼看着这个在我面前隐现的可怕幽灵，在难以穿透的黑暗中。它没有动，也没有发声。是不是我的想象？我的幻觉？我迈步离开窗户，保护性地用毯子围住自己。我该不该走近这个鬼似的形体，该不该挑战它——你是什么东西，在这样深夜的时刻出来？[I]——或者我是不是该脚底抹油、溜之大吉？就在那时，楼下的一扇门打开了，一线灯光照了进来，模糊地照出我右边一排窄窄的楼梯，原先我不知道楼梯在那儿。"谁？"波莉抱怨地叫道，她的脑袋和肩膀的影子出现在楼梯井的墙上。"妈，是你吗？"是的，就是她妈妈，在黑暗中站在我面前。"下来，好吗？"从她声音的颤抖我可以听出她并不打算冒险上楼，因为她也怕黑，据我所知，真是幸事。"好吗？妈，"她又说了一遍，用孩子似的口齿不清的声音，"快

[I] 此句出自莎士比亚的悲剧《哈姆莱特》。

下来。"普洛默夫人露出生动的猜测表情看着我，眉头微蹙，但快要笑出来了，仿佛我是她偶然遇到的一个很可能充满魅力的新奇动物，令人惊讶，在深更半夜，在她自己房子的上层。而且我猜想，因为毯子紧紧地裹着我，我的光脚和长毛的小腿露在外面，肯定有些像那种比较小的大猩猩中的一个，却不可思议地穿上了内裤、背心和某种披肩；或者也可能是某个失势的国王，不知所措地在夜晚游荡。为什么我不说话——为什么我不给波莉一个信号告诉她我在那儿？过了一会儿，她的剪影从墙上沉下去，随着她关上卧室的门，灯光也消失了。

我知道并没有什么行为准则，尽管人们谈论它，并遵照它生活，仿佛真有似的，但是总有某些罕见的时刻，那时甚至连极限似乎都被打破了。带着阴谋者的缄默站在那里，与情人精神错乱的妈妈近在咫尺，在严寒的深秋夜半，在不见五指的阁楼走廊上，穿着内衣在毯子下哆嗦，无疑算作一个超出合理限度的例子。但是尽管那时的处境不像真的，再加上我对黑暗的恐惧，而且黑暗在波莉关上门，灯光消失后，似乎达到了前所未有的程度，我却几乎高兴起来——是的，高兴！——满心恶作剧，就像男学生出门参加半夜闹剧。与一个不伤人的疯子在一起很有趣，几乎令人兴奋。确切地说，我很难称得上与普洛默夫人为伴；事实上，事情的关键在于，在那里的既是某个人，同时又没有人。我开始苦苦思索这件事的古怪之处，我现在依然对此满心困惑。是不是在短暂的间歇里，我被允许进入了迷人却又阴郁的半疯狂世界？或者是不是我只不过又一次回到了那个晦暗难解的回音室，也就是我的过去？因为那一时刻里肯定包含着什么儿时的东西，包含着童年时对事物的不可比较性虽然不理解却平静的接受，包含着那深受震撼却无法记起的发现，这个发现，就像其他所有人一样，我肯定在婴儿时期就获得了，在意识初萌的阶段，这个发现就是，这个世界不只有我，而且还有其他人，无法计数、无法解释，为数众多的其他人，一大群充斥各处的陌生人。

直到此时，当我的眼睛适应了，开始又能够分辨出她，我才注意到普洛默夫人穿的衣服。当然，她穿着她的威灵顿长靴，一件又长又重的羊毛衫，带着下垂的口袋，套在一件男式老款无领条纹衬衫外面。不过，最值得注意的是她的短裙，这不是一条真正的短裙，而是一件韵事，像倒放的蛋卷冰淇淋似的，用许多交叠的硬纱衬裙组装而成，或者不如说搭建而成，这种衣服是我年轻时代女孩子们常在紧系腰带的夏装下穿的，会在舞场地板上朝外膨起的那种，有时扬得太高，如果我们让女孩旋转得足够快，我们可以瞥见她有褶边的灯笼裤，并为之心悸。普洛默夫人就这样包裹在她的杂色衣服里，让我想起的倒不是我年轻时候的夏天的姑娘们，而是中世纪钟楼里的那些人像，等候在阴影中，等着棘齿啮合，装置开始震动运行，这样她可以被转出来，享受她的又一个每刻钟一次的半圆巡行，沐浴在伟大世界的凝视之中。她还在看着我——我可以看到她眼睛里的闪光，狡猾警惕。波莉朝楼梯上喊她的时候，没有任何迹象显示她听到了波莉的话；或许她听到了，但是怀疑这只是诡计的一部分，我是其中的同谋，目的是诱捕她，把她从藏身之处找出来，因此她该坚决无视。

我确实感觉她认为自己是躲在这里的，尽管我猜不出来在逃避谁或什么——她可能自己也不知道。我该怎么办？我能做什么？看上去好像我可能整晚都会被困在这里，受缚于这个精神错乱的沉默幽灵，穿着她的橡胶靴子和临时拼成的芭蕾舞裙。最后是她采取了决定性的行动。她动了起来，向前走，发出一声短促的恼火的叹气——显然她认定即便我是同谋，我也可笑地犹豫不定，明显地举止笨拙，根本无须害怕——在薄纱的沙沙声中迈步走过我，把我拂到一边。我看着她一路走下楼梯，她弯着腰、穿着羊毛衫的背影，似乎是表达对我和我可能代表的一切的彻底轻蔑。我等了一会儿，听到波莉再次打开房门，她身后房间里的灯光再次倾斜地投到墙上，那里再次出现她头部的影子，就像阿尔普[I]的一个模式化的拉长椭圆形。

　　我跟着普洛默夫人走下楼梯。凭良心说——好一个说法——我无法再一直躲藏下去。波莉越过她妈妈的肩膀看到我，眼睛睁大了。"是你！"她嘶哑地低声说道，"你吓了我一大跳。"我什么也没说。在我看来，她与其说被吓到了，不如说在努力忍住笑。她穿着厚厚的羊毛晨衣，而且像我一样，光着脚。我把毯子更紧地裹住全身，想高傲地朝她瞪一眼，

I　汉斯·阿尔普（1886—1966），德国艺术家，以雕刻出名，是达达主义流派的代表人物之一。

但显然没能成功。我肯定看起来倒像李尔王,从荒野中回来,逆来顺受,没有死于悲痛。"来吧,"波莉对她妈妈说,"你现在必须回床上去,你会冻坏的。"她带她离开,回头瞥了我一眼,朝边上点了一下头,示意我进她房间等她。

房间里的空气充满睡眠的味道。壁炉里的火已经灭了,留下辛辣的树脂烟气。在台灯的光下看起来,被子掀起来的方式充满艺术性,仿佛和我一样的某个人——某个人,也就是说,像我过去那样——把它们摆放成了这个样子,为模特准备好,模特正在屏风后面脱衣服,很快就会出现,并用它们把自己装扮成熟透了的奥林匹斯女神。你瞧,你看到我在有罪的心里渴盼着什么了吗?——风流社会那不堪的旧日时光,男士礼帽、珠圆玉润的体态,放荡的男男女女在林荫大道上闲逛,画室里牧神的午后,灯光闪烁的城市里狂野的夜晚。这是不是我拿起画笔想成为后世的马奈的真正原因——又是他!——或者罗特列克[I],甚至后期的西克特[II],可耻的原因?然后波莉回来了,不是奥林匹斯女神,而是让人欣慰的俗世凡胎,房间又不过是一个房间了,凌乱的床铺是她一直纯洁安睡的处所,直到两个绝望的夜游者弄醒了她。

现在她急迫地甩肩脱掉了睡袍,因为带她妈妈去了不知

[I] 罗特列克(1864—1901),法国贵族,后印象派画家。
[II] 西克特(1860—1942),英国画家。

什么地方而冻得够呛，她穿着睡衣——棉法兰绒，我相信是这个东西的名字，又一个有趣的词——匆匆爬上床，把被子拉到下巴下面，侧身躺下，腿屈起来，膝盖抵在胸口，抖了一会儿，对我完全置之不理，就像她妈妈在楼梯上转身离我而去一样。我在想女人们是否知道当她们这样双唇紧闭、一言不发的时候，有多吓人？我怀疑她们知道，我怀疑她们知道得很清楚，不过如果她们知道，她们为什么不更经常地使用它，作为武器？我小心地在她边上坐下来，仿佛床是一只小船，我害怕弄翻它，同时把毯子在我肩膀周围掖好。我有没有说过我现在有多冷？尽管屋里有种羊毛的温暖。我盯着波莉的脸，过去当她在画室里跟我躺在沙发上时面颊总是变得热热的。灯光让她的皮肤显出粗糙粒状的像纸一样的纹理。她的眼睛闭着，但我可以看出她根本没睡。我在鸭绒被上四处摸索——沙沙轻响的缎子又让我起鸡皮疙瘩——直到我找到她一只脚的轮廓，把它压在我的手里。她说了些什么，我没听清，她依然闭着眼睛，然后清清喉咙又说了一遍："这种打扮！我妈。我不知道她脑子里想的是什么。"似乎不需要我做出评价，因此我什么也没说；就我而言，普洛默夫人根本无须讨论。我可以感到温热回到了波莉的脚上。曾有一段时间我在这个少妇面前五体投地，只为了能够把她的一只小小的粉色脚趾放进我的嘴里，吮吸它——哦，是的，有段时间我满怀爱慕、失魂落魄。现在呢？现在旧日的欲望被一种不同的渴望所取代，一种无法在她的怀抱中缓解的渴望，如果它还能缓解的话。它是什么，这个啃噬着我内心的东西，就像以前完全不同的东西啃噬着我完全不同的器官那样？当我坐在那里，仔细思索着这个问题，一个念头浮现出来，让我异常震惊，我身边这个躺在被子下面、膝盖蜷到胸口的人，可能是——我犹豫该不该说——可能是我的女儿。是的，我失去的女儿，被某种光明魔法从死者之乡带回来，赋予了鲜活生命的所有特征，平凡但珍贵。这个想法非常奇怪，甚至用我正经历的离奇而混乱的时代的标准来看也如此。我放下她的脚，坐了回去，头脑昏乱、目瞪口呆。有时我会觉得我做的每件事都是其他某件事的替代品，我开始的每次冒险都是笨拙地试图弥补某个做了或未能完成的事情——不要让我解释。屋外的夜里，雨又开始落下，我听到了，一种渐渐汇聚的低语，就像远处许多声音一起压低了说话。

尝起来有点儿咸，她的那些脚趾，当我吮吸它们的时候。咸得好像咸咸的泪。

现在她动了动，睁开眼睛，脸枕在一只手上，叹了口气。"你知不知道一开始马库斯是什么吸引了我？"她说，"他的近视。是不是很奇怪？他还是学徒的时候不得不做许多年的精密工作，那些工作把他的眼睛弄坏了。你知道就是这让他显得非常笨拙，行动非常缓慢、非常小心吗？看他如何碰触东西，去感觉它们，非常动人，仿佛只有这样他才能够相信他在做的事。这也是他碰我的方式，最轻微的碰触，只用他的指尖。"她又叹了口气。她的头发常常闻起来有点儿像发霉的饼干；我过去总爱把脸埋在里面，用力吸入那种柔弱的小动物的味道。她动了动，把腿在被子下面伸直，转过身，仰面躺着,现在手放在头下,向上平静地看着我。她躺的方式让她外部眼角的皮肤微微拉伸,闪着光泽,这让她的容貌显出一种古怪的涂了漆一般的东方造型。"告诉我你为什么溜走。"她说。我没打算回答,只耸耸肩,摇了摇头。她把嘴撇向一边做了个怪相:"你肯定不知道我有多丢脸——至少,我希望你不知道,否则你就比我想的更残忍。"我说我不知道她指的是什么——当然,我知道——她又用嘴巴做出那个怪相。"你不知道?看看你都是什么,你都有什么,你都做了什么,看看我曾经是什么,一个钟表匠的妻子,在没有希望的死水里消磨掉她的日子。"这些话突然严厉地说出来,吓得我后退,我如今已经被迫大大后退,仿佛我已经无法再进一步了。但是我点点头,尽力显得我懂了,满怀同情。我发现,在这个情况下,点头是一个合适的做法,就像再三低头认错。尽管我发现,羞耻,即便在达到最灼人的强度的时候,多少总有种超然感,仿佛写进了一条秘密的免责条款。或者可能只是我,可能我不能感受真正的羞耻。毕竟,我对很多东西都无能为力。波莉现在用一种带着悔恨的怀疑态度看着我,几乎在微笑了。"我以为你是神。"她说,当然,我立刻想起狄俄尼索斯怜悯可怜的被遗弃的阿里阿德涅[I],把她从纳克索斯岛带到天上,

---

[I] 希腊神话中克里特岛国王米诺斯的女儿,帮助雅典王子忒修斯杀死牛头人身的怪物米诺陶洛斯,后被忒修斯遗弃在纳克索斯岛,最终得到酒神狄俄尼索斯的爱情。

让她永生，不管她是否愿意；奥林匹斯山上的众神总会被不幸的少女打动。但是他们都离去了，那些神灵，步入他们的黄昏。而我不是神，亲爱的波莉；我几乎都不算一个男人。

现在，在这个时刻，在傍晚时分，当我的笔潦草地在这些无用的页面上画过，外面刽子手山的某处，一只孤独的鸟儿在歌唱，我听着它饱含激情的歌声，清澈欢快。鸟儿们在这么晚的季节还唱歌吗？或许它们也有它们的文豪、它们的吟诵者、它们的独居诗人，满是忧伤和哀痛，不知寒暑。日渐西斜，夜幕降临，很快我就得把灯点亮。尽管如此，现在我更愿意坐在这里，在十月的黄昏，思索着我的爱、我所失去的、我那些微小的罪孽。什么会降临到我身上，降临到我那干涸、枯焦的心上？你问我为什么要问？到了现在，你还不明白我什么都不明白吗？看看我是怎么摸索着前进的，就像屋子里的瞎子，即便屋里所有的灯都已经点亮。

日渐西斜。

我蜷伏于此，徒劳地拍动我俗丽的翅膀，我想要写下标题：《论爱》，继之以二十多张白纸。

那夜剩下的一半时间我们都在谈话，或者应该说波莉在谈，我则尽最大的可能聆听。她都谈了什么？琐事，悲伤、愤怒的琐事。她把身子抬到坐着的姿势，更便于攻击我，由于睡衣无法抵御寒冷，她把自己裹在鸭绒被里——在灯光的圆锥形帐幕中，我们看起来肯定像一对红皮肤的印第安人，在举行无休无止、满腹怨气,而且是一边倒的巫术仪式。我忍不住想伸出手拥她入怀,尽管她裹在棉法兰绒中,但我知道她不会让我这样做。这是我的另一个版本的地狱,在冰冷的卧室里披着单薄的毯子生生世世坐在那里被责骂,因为我缺少常人的情感;因为我对他人的痛苦无动于衷,而且不肯提供最普通的稍许安慰;因为我的麻木不仁、我的疏忽怠慢、我的无情背叛———一句话,就因为我没有爱的能力。她说的每句话都是对的,我承认,然而与此同时,全都不对,全都错了。但是跟她争论又有什么意义呢?麻烦在于在这些事情上,来来回回的争论可以永无尽头,不管争论者达到怎样的深度,总有另一个未经进入的深层。说到诡辩,什么都比不过一对正在拌嘴、很快就要分手的恋人,争辩哪一方犯下了更大的错误。并不是说那晚很多时候我们都在争辩。事实上我的沉默,我自以为是克制,只让波莉益发愤怒。"耶稣基督啊,你真是不可思议,"她叫道,"我还不如跟枕头说话!"

不过等波莉被自己的雄辩,以及她用来反对我的越来越错综复杂地纠结在一起的指控弄得筋疲力尽,放弃了,关上灯,重新躺下,这一切最终以并非完全不快的休战而告终,她甚至允许我躺在她边上,不是到被子里,不是,而是在被子上面,紧紧裹在毯子里,就像刺痒的茧里的毛毛虫。于是我们躺在那里,在她那窄得难以想象的床上,多少算躺在一起,听着雨水落到这个世界上。我可以感到波莉不知不觉进入了梦乡,不久之后我也如此。不过时间不长,寒冷和潮湿再一次把我弄醒。雨停了,万物无声,除了波莉的呼吸发出的有韵律的呼呼声。她肯定做着噩梦——考虑到那夜发生的一切，她不大可能有好梦——因为她时不时地从喉咙深处发出一声轻柔的呻吟，就像小孩在睡梦中哭泣。窗帘开着，透过窗户我能看到天已放晴，星光灿烂，颤巍巍的，仿佛每一颗都被一根看不见的细线吊着。我知道黎明前的黑暗被认为是一天中最萧瑟的时刻，但是我爱这个时刻，并且喜欢在此时醒着。那时总是非常宁静，万物凝神静息，等候太阳的伟大轰鸣。波莉现在靠着我躺着，虽然隔着厚厚的鸭绒被，我能感到她心脏的跳动，她的气息也拂在我的脸上，有点儿陈腐，熟悉的、人的气息。我看到一颗流星，而且几乎立刻紧接其后，另外两个。唰、唰、唰。然后一艘飞艇以庄严的秘密姿态出现了。从东方斜线升起，在天空浓重的紫黑色的映衬下呈现出浅灰蓝色，它的船舱挂在下方，像窗户点亮的救生船，在不是很高的高度稳稳航行，火腿肠的形状，荒谬可笑，却令人惊叹，一艘脆弱无声的飞艇向西航行，运载着一船的生命。

啊，波莉。啊，格洛丽亚。

啊，波洛莉亚！

早晨又是一轮喜剧剧情，但是没有人笑。为了我们所有人好，我该跳过早餐不置一词，除了说主食是一个大漆黑罐子里的粥，以及巴尼狗看中了我，过来啪嗒倒在桌下我的脚边，或者事实上，大部分都在我的脚上，不时放出一系列闷屁，它的恶臭让我几乎呕出我的稀饭。之后我把自己锁在盥洗室里半个小时,就是我前夜找不到的那间,可能因为它就在我睡的房间的边上。它非常狭窄,呈 V 字形,只在尖角的尽头有一扇窄窗。有一个浴缸,已经掉瓷发黄,一个巨大庄严的马桶,木坐垫就像拉货车的马脖子上的轭,我在上面坐着大便了许久,胳膊肘撑在膝盖上,瞪着巨大麻木的虚空。然后,站在水槽边,我看到窗户开向同一片景色,马厩、小山和树木,就是我从下面一层波莉的房间里看到的景色。晴空万里,下面的院子里洒满淡淡的阳光。我没从门房带任何东西过来,不得不努力用我在浴缸边的橱柜背后发现的剃刀刮胡子,剃刀有珍珠手柄,快可封喉。水池上方的钉子上挂着一面修面镜,有一条斜斜的裂纹,当我抹掉胡子楂——令人沮丧的是,不过可能也是幸运的,剃刀已经钝了——我不安地看着自己,就像亚维农的少女[I]中的一员,脸中间凸出的妓女,佩戴着活泼的头饰,我这样认为。我的可笑多么悲哀,我的悲哀多么可笑。

  附近某处,在下面马厩里,那肯定曾是马厩,一头驴子开始嘶鸣。我一直没有听过驴子嘶鸣,自从——自从不知什么时候起。它认为它在说什么?地球上的多数动物,当我们像那样发出孤独的高音,我们的脑子里只想着一件事,但是

I 《亚维农的少女》是毕加索的立体主义代表作之一。

那些从声门发出的吼声，一种着实惊人的响声，是否可能是爱和渴望的呼喊？如果这样，听到嘶鸣，母驴会怎么想？就我所知，对它竖起的耳朵来说，这听起来可能像行吟诗人最温柔的短诗。怎样的世界，亲爱的主，怎样的世界啊，我在它里面，我是一头嘶鸣的老驴。

我把早晨剩下的时间都用来在屋子里四处躲藏了，竭力避免再一次撞上波莉那精神错乱的妈妈，即便在白天。我也不想撞见她爸爸，我怕他会温和但无法逃避地引诱我到一个角落，用他那羞怯的方式，要求我解释一下我对他的女儿到底有什么企图，他女儿已经结婚了，而且，可不是顺便提一下，我比她大了差不多整整二十岁。企图，我有企图吗？如果有，如果我曾经有过，我当然已经不再清楚它们是什么了。我以为我已经摆脱了波莉，以为我已经跳上船，在黑夜中以疯狂的速度溜走了，却只发现自己在第一道晨曦中，依然无望地在她的尾波中摇摆，缆索——缆索Ⅰ！——缠在我这艘脆弱帆船的舵上，绳结被盐水泡得发涨，像沼泽橡木的疙瘩一样坚韧。为什么她睡着的时候我不从她的床上起身离开，就像我以前离开那样，做个夜晚中的小偷，真正的小偷？为什么我还在那儿？是什么留住了我？那个我解不开的木疙瘩绳

Ⅰ 该词还有一个意思是"画家"。

结是什么？波莉在早上很少留意我，为她既当妈妈又当女儿这一棘手的任务而着忙。间或我们不可避免地面对面时，她只心烦意乱地瞪我一眼，猛冲过我，不耐烦地压低嗓子嘟囔着。这一切的结果是我开始觉得被奇怪地疏远了，不仅远离格兰奇堂和里面的人，而且远离我自己。就好像我不知怎的被推得失去平衡，不得不抓住空气以阻止自己跌落。奇怪的感觉。现在突然间，我回忆起另一头驴子，很久以前，在我失落的童年岁月里。一大片混凝土色的海滩，空中弥散着耀眼的白光，沿着沙滩是孩子们陡起陡落的声音，游泳者快乐的尖叫压着海浪。驴子的名字叫耐迪，写在硬纸板标牌上。它戴着草帽，上面剪出洞好让它招摇的耳朵伸出来。它漠然地用它那整洁的小脚站在那儿，咀嚼着什么。它的大眼睛闪着光泽，让我着迷——我想象它肯定能够看到地平线的几乎各个方向。它对身边的一切是一种全然漠不关心的态度。我拒绝骑上它，因为我害怕。它们骗不了我，动物们，用它们伪装的迟钝——我从它们的眼神中看出它们试图掩饰，但并不成功，它们全都洞悉那些我自己都不知道的事情。我的父亲喘着粗气，粗暴地抓住我的肩膀，命令我站到耐迪边上，至少尽可能做到，好让他给我拍照。我妈妈偷偷压压我的手，我们是同谋。然后，当我那挑剔的父亲最终按下开关，快门咔嗒一响，耐迪笨拙地移动腰部，这样就靠在了我的身上，不，靠进我身体里；我感到它结实紧绷的重量，闻着它褐色毛皮的干燥味道，有一瞬间我被放逐了，仿佛这个世界，仿佛大自然，仿佛伟大的潘神本人，轻轻推了我一把，把我撞岔了。这是那天早晨在格兰奇堂又发生在我身上的情形,我在房中漂泊,寻找着被放逐了的自我。

我觉得自己被推到边缘还有另外一个原因,更直接、更平实。尽管波莉的父亲跟所谓的王子熟识多年,这是那位大人物第一次进行私人访问,全家人都因紧张的期待而兴奋不已。珍妮已被那些中午她应该做什么菜的建议惹恼了,把自己锁在厨房里生闷气。普洛默老爹,尽管表面上还跟平时一样稀里糊涂、心不在焉,却不断发出高声的哼哼,双手肯定已经因为不断的摩擦而掉皮了。他的妻子置身事外,漂浮于整体的激动情绪之上,在心照不宣的微笑之下保持着平静。

轮胎轧在砾石上的声音以及巴尼从喉咙深处发出的吠叫,宣告了王子的到来。波莉和她父亲到前门去迎接他们尊贵的客人,我则在门厅里犹豫不前,觉得自己就像一名刺客,外套下藏着咝咝作响的炸弹,阴郁地等在那里。我看到,弗雷迪开着通常被称为"猎装车"的高配置老爷车,看起来更像一辆配备齐全的牵引车而不是轿车。他从驾驶座爬下来,向前走过砾石,摘掉皮手套,用他那种悲伤又紧张的方式微笑着。他穿着海藻绿的羊毛外套,花呢短斗篷,戴着有帽舌的帽子,漆皮鞋考究得像轻便舞鞋,外面套着一双橡胶套鞋。他确实穿得像王子,我应该替他说句话。"啊,早晨好,早晨好。"他嘟囔着,摘掉帽子,庄重地握住波莉的手,然后是她父亲的,依次把他的瘦长脸朝它们俯下,露出他微微发灰的牙齿,作出一种像马的怪相。他瞥向他们身后,发现了我,加夫里洛·普林西普[I]本人，潜伏在阴影中。自我们很久之前在海兰高地义卖那天在厕所外相遇，我们再未谋面，当时他对我的绘画做出了意想不到的敏锐批评，我看得出他现在再一次忘记了我是谁。波莉介绍了我们。巴尼在我们的腿间转来转去，咧嘴、喘气。我们沿走廊走着，我们四个，后面跟着狗。没有说话，所有人都意识到这一社交断裂造成的恐慌。多么独特的奇妙机制，人类交往。

午餐是在餐厅高高的棕色拱顶下进行的，围着长长的棕色桌子。桌子在岁月的沧桑下疤痕累累、凹凸不平，我不断用手指轻轻滑过木头，感受它那磨光后丝绸般的感觉。我喜欢物体像这样被时间弄得光滑柔软。我们拥有的都是表面，表面和自我的微不足道的内在性；这个事实太经常也太容易被遗忘，被我也被其他所有人遗忘。透过两扇高高的窗户，我能够看到天空，那里风把刚形成的羊毛状云朵聚成一团，驱赶着它们成群结队向前。有眼光且渴望去画，却不能画，真是奇怪。我弯腰站在世界面前，像一个患疟疾的老人无力地凝视着一个不知羞耻、心甘情愿的裸体女孩。懊悔加感冒，这就是我的命运，可怜而悲痛的苦家就是我。

谈话，我想我完全可以说，并不流畅。天气和它的变化

[I] 导致爆发第一次世界大战的刺杀斐迪南大公的塞尔维亚人。

无常帮我们撑了一会儿——或者我应该说,帮他们撑,因为大多数时候我都是餐桌上沉默的存在。我爱生闷气,就像你如今已经明白的,这是我另一个不讨人喜欢的性格特点。波莉的父亲和王子断断续续谈着早已去世的不出名的诗人——至少我未闻其名。皮普坐在她的婴儿椅里一边敲一边嘟囔——真奇怪这么小的动物可以制造出这么大的喧闹——快乐地向四周眉开眼笑,哄诱我们全都聚集在那儿聆听她的音乐独奏会。是的,现在离她的意识撞上严酷的现实,明白她不是世界的轴心的时刻已经不远了。新科学教导说,如果我理解正确的话,每个最小的分子的行为方式,都好像它是——在某种意义上确实如此——全部造物所依赖的中心点。赛跑运动员,欢迎加入人类[I]。

他这人多么奇特啊,亲爱的老弗雷迪。我的目光几乎无法离开他,他精致的服装肯定是由被捉住的侏儒在阿尔卑尼亚高地的地下作坊里缝制的,他的皇家蓝色丝绸围巾、他的西服翻领上持重的小别针,标志着他是玫瑰十字骑士团的一员,或者沃旦[II]兄弟会,或者某个这类特选的秘密宗教法庭。除此之外还有他那没有血色的面颊、肺结核病人的轮廓,疲倦的驼背、眼睛里无尽的悲伤,除了正在消亡的血统这一形

[I] 原文"human race"中"race"有赛跑的意思。
[II] 德语里的诸神之王奥丁。

象本身,还有什么。如果我被要求给他画像,我该怎么画?彩绘手杖上的布边铁头盔。我注意到他头皮屑很重——他的领子上总是散布着粉状的白片,仿佛他在蜕去自己,慢慢地、悄悄地,在蜡白色头皮屑的不断掉落中。虽然他的全部注意力都被引向了普洛默们,父亲与女儿[I],他的一瞥有时会含着迟疑的猜测飘向我这个方向。波莉的妈妈也比之前对我显出更强烈的兴趣,用若有所思的目光看着我,就像博物馆的参观者绕着某个尤为神秘的展品,想从各个角度看看它。无疑她头脑中被视为有意识的地方,迷宫般洞穴的某处,依然徘徊着新近的影像,一个模糊的身影裹在毯子里朝着黑洞洞的窗户做着某件十分可疑的事。波莉如今显得离我像她妈妈一样远,在这么长时间里我第一次发现自己渴望着格洛丽亚。嗯,确切地说,不是格洛丽亚,或者不是她一个人,而是她代表的一切,火炉和家,换句话说,旧日根基,毕竟就算这不是天赐的荫蔽处,很多年来也都非常适合我,用它的方式。当我还是个乖戾的男学生时,我会逃学几天,每次都很少去想终究会有某个时刻,通常在中午前后,当逍遥物外而其他人却被束缚这一吸引力变得乏味时,我会不由自主地开始渴望发霉的教室,空中粉笔的颗粒,墙上大钟的冷漠无情的脸,

---

[I] 原文为德语。

甚至老师沉闷单调的声音,最终我会慢慢走回家,我妈妈完全清楚我做了什么,甘心接受谎言。这就是我的一切,没有毅力,没有坚持的力量;没有勇气。

格洛丽亚。我再一次琢磨,就像我现在又在琢磨,当我在门房的时候,为什么她不来找我。即便她不大可能猜到我现在在哪里驻足,在这儿跟普洛默夫妇和他们的王子在一起。

"啊!"弗雷迪突然说,让我们其余人吃了一惊,甚至波莉的妈妈也抬起眉毛眨眨眼。他看着我,一副对他来说可以说是活泼的表情。"我知道你是谁,"他说,"原谅我,我一直在努力回忆。你是那个画家,奥利弗。"

"奥米,"我嘟囔道,"奥利弗是我的名——"

"是的,是的,奥米,当然。"

他非常高兴自己最后想起了我,双手平拍前面的桌子,向后靠去,扬扬自得。

普洛默先生清清嗓子,发出一种拉长的旋转低颤音。"奥米先生,"他说,有一点儿过于响亮,仿佛是我们有听力问题,"是诗人的狂热崇拜者。"他用邀请的表情转向我,仿佛要把位置让给我,"是不是,奥米先生?"

我该说什么?——想象一下无助的鱼嘴和疯狂转动的眼睛。皮普,或许把此刻些微的紧张误认为是对她的无声的谴责,开始号啕大哭。

"波莉需要换尿布。"普洛默夫人宣布,得意地盯着脸涨得通红的婴儿。

"哦,好啦,好啦。"普洛默先生说,朝着桌子对面的外孙女倾身向前，在绝望的微笑中露出一副假牙。

一个哭泣的孩子能在一屋子人中制造出多么奇特的效果啊。就好像猩猩笼子里一只巨型公猩猩发出了咆哮，俯身前倾支在指关节上，把嘴唇向外翻，周围笼子里的所有动物都开始嘟囔和尖叫。皮普继续尖叫，除了波莉的妈妈，我们全都做出了反应，移动、说话，或者举起手发出无用的警告。甚至珍妮也出现了，从门口望进来，手里攥着木勺，就像惩罚女神恶狠狠地现身。波莉恼怒地从椅子那儿站起来，好像某种大鱼一跃而起，简直就是把自己投向孩子，把她从婴儿椅上拔出来，带着她冲出房间。我跌跌撞撞地在她后面小跑着，杰克追着他的吉尔[I]。

不知道为什么，我突然想到，老弗雷迪可能比我年轻。这让我相当震惊，我可以告诉你。事实是，我一直忘记我有多少岁了；我没有垂垂老矣，但我也不是我一直自欺欺人地以为的青春年少。在我这个年龄，爱上波莉，把一切都毁了，弄得一团糟，我到底在想什么？问这还不如问我为什么偷窃——我是说，曾经偷窃——或者我为什么不再画画，或者为什么，就此而言，我一开始会去画画。什么人做什么事，干蠢事的人就会流着血走出瓷器店。

I 原为童谣中的人物，后泛指少男和少女。

当我进入大厅,波莉已经无影无踪。我循着孩子的哭声,追踪她到连接着两个更大房间的一个奇怪的小房间。这个小空间是被两扇相向的白门隔出来的,在白门之间,一扇高高的框格窗开向草坪和车道,车道朝着前门和大路蜿蜒伸展。窗下有一把放了垫子的长条座椅,波莉坐在这儿,把孩子抱在腿上。母亲和孩子如今都同样痛苦,两个人都在哭,情绪激烈,脸涨得通红。波莉瞪着我,发出一声压低的充满痛苦和愤怒的喊叫,眼中泪光闪闪,嘴角下垂,构成一个开放的长方形。由此可以明白巴勃罗[1],残忍的家伙,为什么总是有意把她们弄哭。

波莉不等我能插进一句话,就开始狂暴地朝我大骂,即便在这种情形下,这在我看来也似乎毫无缘由。她开始质问我为什么来这里。我以为她的意思是到格兰奇堂这里,但是等我辩解说是她坚持我带她回家——是她的原话,记得吗?——她不耐烦地打断我。"不是这里!"她叫道,"我说的是镇上!你本可以住在任何地方,你本可以待在那个地方,艾格什么的随他便,跟火烈鸟、白马,还有其他一切在一起,但是不,你回到我们这里,毁了一切。"

激动中她弄得孩子在她的腿上猛烈地弹起又落下,就像

---

[1] 西班牙著名画家毕加索的名字。

一只巨型盐瓶,弄得可怜的孩子的眼睛在眼眶里转,呜咽被压成一连串的吐沫和打嗝。一片云影突然袭过窗户,不过片刻后苍白的阳光又爬了出来。不管发生了其他什么事,我的一只眼睛永远转向外面的世界。

"波莉,"我开始说话,双手哀求地伸向她,"最亲爱的波莉——"

"哦,闭嘴!"她几乎喊起来,"不要那样叫我,不要叫我最亲爱的!让我恶心。"

小皮普已经停止了哭泣,用恍惚的专注盯住我。所有孩子都会那种艺术家式的冷静凝视;不是这样,就是相反。

现在波莉的语气突然变了。"你觉得他怎么样?"她问,语气几乎是在闲聊。我皱皱眉头;我被弄蒙了。谁?"海兰先生!"她厉声说,把头一歪,"王子,就像你们叫他的!"我向后退了一步。我不知道该说什么。这个问题里是不是有圈套,是不是某种测验?我像一个走钢丝的人在这个世界里前行,尽管我似乎总是在钢丝的中间,在它最松垮的地方,它最有弹性的地方。"他非常害羞,"她说,"是不是?"是吗?"是的,"她说,"他就这样。"一边怒视着我,好像我反驳了她。

屋外,再一次,阳光在无声的一击中熄灭,但是又小心翼翼地重新宣布自己的存在。远处,一排打着手势的光秃秃的树枝它们的枝条斜斜地伸入风中。

波莉叹了口气。"我们怎么办?"她说,听起来她现在不生气了,只感到为难和不耐烦。

孩子把头靠在妈妈的胸口,占有般地偎在那里,回头向我投出恨恨的、睡眼惺忪的一瞥。我再说一遍，孩子懂得的比他们意识到的要多。

我问波莉她是否想回到马库斯那里。话一出口我就知道我不该问。事实上，不仅如此，在问之前我就知道我不该问。我的体内有什么东西或什么人，一个鲁莽的笨小子，潜伏在被错当成我人格的缝隙中——除了是一个意志薄弱的情绪杂合体，我还是什么？——肯定总是伸出手指去捅马蜂窝。"我会回到他那儿吗？"波莉狡猾地说，似乎这是一个新的想法，之前她从未想到过。然后她望向一边，看起来特别没把握，说她不知道；说她可能会；说不管怎样她怀疑他还会要她，说即便他肯，她也不肯定自己愿意被回收，就像损坏的商品被还到出售它们的店里。无疑我在她的这些考虑中找不到方向。为什么我该找到？

我觉得累了，无以言表得累，波莉在椅子上给我让出地方，我坐下来，迟钝地俯身向前，双手放在腿上，眼睛茫然地盯着地板。孩子现在睡了，波莉把她摇前摇后。风在窗框的缝隙里自哀自怜，遥远的古老的声音。当我的死期到来，我希望是在这样的凝驻一刻，世界抒情曲中的延音记号，万物忘我地停顿下来。然后我将轻轻地离去，不在虚无中投下一声低语。

我为什么回来，毁了一切？她问。好一个问题。

我听到脚步声走近，做贼似的跳了起来。为什么做贼似的？这是很普通的情形。小皮普，依然蜷缩在波莉的胸前，也骚动起来，醒了过来。孩子的另外一个特点：你在他们的耳边开枪，他们会纹丝不动地继续睡觉，但是把武器放回兜里，努力踮起脚尖走出婴儿房，你却会弄得他们又喊又摇，好像沉船的水手。皮普的听力尤其敏锐，我在一个灾难性的场合明白了这一点，那时波莉把她带到画室，尽力让她在我们偷偷地在沙发上做爱时睡着。她确实睡了，在一片阳光中蜷缩在结了颜料壳的防尘布做成的小窝里，直到波莉眼皮兴奋地鼓动，喉咙跳动，发出最轻的无助的尖叫，我从肩膀望过去，看到孩子突然坐起来，仿佛被绳子猛然拉起，目光严肃地惊异地瞪着这个由她妈妈和她妈妈的淘气朋友不知怎么变成的赤裸、妖怪般纠缠成一体的动物。

脚步声轻柔、拖沓，是普洛默先生的。他看到我们在那里时迟疑了一下，我像卫兵一样站着，就像逃向埃及时露营的可怜的老约瑟，波莉坐着，摇着孩子，背后是窗户和大风天。小皮普热切地把胳膊伸向外公，想被抱起来。他心不在焉地摸摸她的脸蛋。"亲爱的，"他对女儿说，"我不知道你有没有看到昨天晚上我给你看的那本小书——那本诗集？我想把它还给海兰先生，书是他的，但我好像在哪儿都找不到了。"

到了傍晚，雨又复仇似的回来了，我出去散步。是的，是的，我知道我说过关于散步和去散步的那些话，不过这一次，户外比室内更可忍受。寻找弗雷迪的遗失诗集的行动在广泛展开。在珍妮的命令下，两个临时女佣被叫来加入其中。之前她们的活动肯定被限制在房子低层区域深处的某个房间里，因为在她们突然出现，红着脸窃笑之前，我并不知道她们的存在。她们被称为梅格和莫莉,老鼠样的一对,指关节发红,头发扎成圆髻。楼梯上鞋跟的纷乱咔嗒声,从一个房间到另一个房间的刺耳喊叫声,许多红色封面的书被满怀希望地拿给普洛默先生,但是对所有这些他都悲伤地摇摇头。"我想不出怎么回事,"他不断用越来越焦虑不安的语气重复道,"我真想不出。"我对所有这些小题大做感到不耐烦,并从中看到离开的理由,如果不是借口的话,我在大厅里截住珍妮,问是否有什么雨具可以借用。波莉,因为我拒绝参加寻找,再次对我大为光火,她发现我从前门偷偷溜走,受伤地瞪了我一眼。"爸爸满身大汗,"她用谴责的声调说,"现在海兰先生发火了,威胁要离开,因为我们找不到他的破书——而你准备去散步。至少带上皮普。"我说我很愿意带上孩子,当然,我当然会,只是在下雨,看,我敏捷地迈步到外面反光的台阶上,把门在身后关上,离开了。

我走过车道,满心欢快地冲过雨水,吹着《马洛的浪子》。我想逃跑才是我真正渴望的,一切都依赖于逍遥法外这一简单前提。珍妮替我找到一顶很棒的帽子,那种海员用的防水帽,后部帽檐斜垂下来,脖子下面有松紧带,还有一件油布外衣,几乎长及脚踝。她也拿来一双结实的黑靴子,无比合脚,我想这只能代表着家事之神的鼓励,它的职责就是安排这种小小的快乐的巧合。我还拿了根拐杖,从大厅中象足容器里竖立的一捆拐杖中拿的。来吧,奥利,我命令自己,迈步向前,享受路上的自由。

雨水多少消除了散步可能会有的功利性质,因此我一路向前，兴致盎然地随意环顾四周。这里是卷心菜地，每张粗糙如皮革的叶子上都遍布着颤动的雨珠。湿漉漉的树枝几乎呈黑色，尽管在下部它们的颜色更浅些，一种暗灰色；一阵风吹过，它们哗啦啦地落下大滴散乱的水珠，我想起我父亲丧礼上的神父，还有他手里短粗的雕花铁家伙，末端是一个有孔的球状物，他把它一次次浸入银桶里，洒出圣水，洒在棺材上，也洒在哀悼者身上，那些周围站得最近的人。枯叶在我踏步的靴子下扭动着吱嘎作响。我感到一滴冰冷的水珠在鼻尖上颤动，我把它抹掉，一分钟后，另一滴出现了。这一切奇怪得令人愉快兴奋。我觉得本质上我是一个简单的生物体，一直愚蠢地去描述简单的愿望，直到它们让我陷入无法应对的困境。

我很高兴我们的孩子最后是女儿。确实，我一心想要个男孩。但是，在父与子这一现象中，有某种既荒诞同时又有点儿怪异的东西，尤其是当他们之间有着明显相似性的时候。这就像父亲着手用自己的形象制造了一个生物，是他自己的成比例模型，但是由于缺乏技巧和大体上的笨拙，在这个蹒跚的侏儒身上只达到了喜剧性的戏仿。我的小女孩非常漂亮，啊，是的，看起来一点儿都不像她那脸色苍白、长着雀斑的球状爸爸，或者至少不是我能看出来的。我特别被她的上唇吸引，形状完全是孩子们用蜡笔画的那些程式化的海鸥，嘴唇中间有一个几乎没有颜色的小肉泡，几乎完全是透明的，这让我开心，我不太明白为什么。我是那么清晰地记得她的脸，这样说很蠢，因为任何脸，尤其是孩子的，都处于逐渐

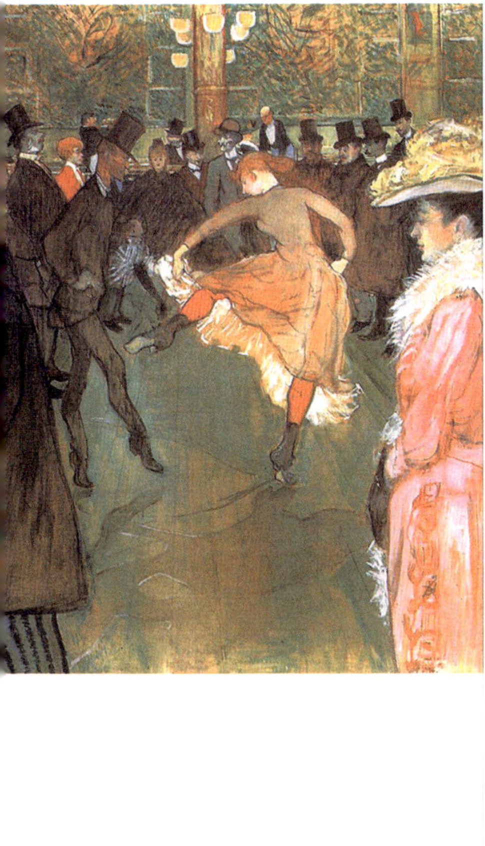

但无情的变化和发展之中，因此我在记忆中保存的只能是她的一个版本，她的总括，是我为自己塑造的，作为一个逐渐消失的纪念品。有她的照片，当然，但是孩子们的照片没用。我想这是因为他们盯着镜头的方式毫无艺术性，没有泄露真相的那一抹虚荣、防御和好斗，在成人的照片中那些都暴露无遗。

我从未尝试画她，无论活着的时候还是死后。但我依然似乎在我的这件或那件作品中看到她的痕迹——不是相似，不，不，而是一种确定的，我该怎么说，一种确定的温柔色调的回响，某种柔和的颜色或形状，或者只是线条的倾斜，甚或是一个视角，逐渐消失到无穷。他们留下的痕迹这么少，我们失去的人们；空中的一声叹息，然后他们就离开了。

我想知道，我爸爸怎么看我，他的最后一个孩子，他对我的感觉怎么样？爱？又是那个困难的词。我肯定他确实宠我，让我们不要说得比这更过了，但这不是我的意思。总的来说他希望从生活中得到什么？说到这一点，不管那是什么，我肯定不可能寄托在我身上，或者其他任何人身上。他去世后很久，格洛丽亚告诉我，某一天他毫无征兆也没有原因就来找她，并且激烈地，甚至是愤怒地说，他也可以成为画家，像我一样，如果他有条件接受教育和训练的话。我大吃一惊。如果其他人是个谜，那么父母就是深不可测的神秘之物。我走过我的父母，不如说踩在他们身上，仿佛他们是河里的石头，深邃泛滥的河水让我远离河岸，而我觉得真正的生活是在那边。他是怎么说的，我问格洛丽亚，他的语气怎么样，他的表情什么样？她唯一的回答就是她的那种笑容，温和、怜悯，并非无情。

等我走到位于车道尽头的大门，雨停了，这让我相当失望。在想象中我把自己塑造成勇敢地迎向风雨的老水手，在陆地上却很笨拙，穿着我的防雨衣和闪电靴，不惧狂风骤雨。在我不再画画之后，我注意到我不得不一直检视自己，可以说是不得不不断地敲打自己，来确认我依然是一个至少有点真实的人，而经常我却只收到空洞的回响，我就会落入为自己想象另一个角色，甚至另一种身份的境地。波莉的情人，比如，是让我得以存在的一种身份，就像我曾是忘恩负义的儿子、虚伪的朋友，甚至失败的艺术家那样。我幻想出的那些替代品不一定要令人敬佩，不一定要优秀或得体，不一定要滋养我的自鸣得意，只要他们看起来真实，只要他们能被当作真的，我是说可信的，我想。可信——另一个总是让我不安的词。在建立新自我这一策略中值得注意的是，最终的结果给我的感觉与过去的日子里事物给我的感觉并没有很大不同，就是我还是画家的那段日子，没有怀疑，或者没有意识到我在怀疑根本的自我。这是一个古怪的职业，成为我。但是话说回来，成为任何人都是古怪的，我相信事情肯定如此。

走过大门我转向大路，沿着被雨水浸透的路边往前走，迷失在我对许多事情的思绪，以及一无所思之中。眼前雨水洒落的柏油路在渐暗的天光中发着亮。时不时一只鸟儿被我的步履惊扰，从我身边的篱笆跃起，飞掠而去，发出刺耳的警告。它们告诉我们那些我们从未得见的其他世界的混乱，但是我们真正看到的世界又怎么样呢?那些飞禽走兽的世界,还会有什么比这些与我们更加不同?但是我们曾属于那些世界,曾经,很久以前,在那些快乐的原野上嬉闹,所有证据都向我们保证事情就是这样,尽管我觉得难以置信。我更倾向于相信我们是野生的,或许从曼德拉草根处一跃而出,非自愿地被安置在地球上漫步,眨着眼,困惑的土著人。

我中午什么都没吃,但不饿。肚子知道它不会被填饱,就像一只老狗,安静下来去睡觉。我发现,这就是动物以及它的缓解方式,这样就不会太过不幸,有时上帝确实让风更柔和地吹向被剪了毛的羊。

现在发生了最奇怪的事情——我甚至不知道该怎么理解它,或者甚至不知道它是否发生过。我开始听到前面一阵混杂的音乐喧闹声,越来越响,直到不久在路的拐弯处出现了一小群我觉得是商人、或小贩、或类似身份的人,穿着东方的衣服走过来。我停下来,靠近树篱观望着,他们慢慢地走过渐浓的黄昏,半打涂着蓝色和明红色的大篷车组成的流动队伍,弯曲的黑色顶篷,由健壮的小马们拉着,就像我们常常作为圣诞礼物收到的那些锡制发条马,鼻孔张大,眼白闪烁。瘦弱、深色皮肤的男人穿着长袍和华丽的拖鞋——拖鞋,在这样的天气!——在马旁四肢松弛地轻轻走着,抓着马的缰绳,摇摆着阔步前行,而戴着面纱的丰满女人则从大篷车昏暗的内部无声地望着外面。后面走过来一群衣衫褴褛的孩子,吹着粗腔横调、哀鸣般的笛子和风笛,还有色彩艳丽的手指鼓。我看着他们走过,长脸上疤痕累累的男人,还有女人们,我能够瞥见的，都有画着黑眼圈的大眼睛，她们的双手刺有复杂华丽的花纹。没人留意我，就连孩子们也不朝我这里看。或许他们没有看到我，或许只有我看到他们。他们就这样走过，叮当作响、色彩斑驳的剧团，沿着潮湿的林荫道。我用目光追随着他们，直到再也看不见。他们是谁，他们是做什么的？或者他们到底存在过吗？是不是我恰好遇到某个交叉点，不同的宇宙在此交汇，是不是我暂时闯进了另一个世界，在时间和空间上都与此世相距甚远？或者他们只是我的想象？这是不是一个幻觉，或是醒着的梦？

现在我继续走着，不去注意卷席而来的黑暗，幻觉般的遭遇令我不安，但也离奇地兴高采烈。不久四周的植物全都被后面驶来的一辆汽车的前灯照亮，我停下来，再次退后站到路旁草坪上，但是这东西非但没有扬长而去，反而慢了下来，抖动着停下了。是弗雷迪·海兰那可笑的高背老爷车，正是弗雷迪本人从车厢里俯身望着我。

"我想是你，"他说，"我能带你一段吗？"

他怎么做到的？他怎么发出那庄严的贵族的洪亮声音，使他说的哪怕最简单的事情也传递出世代的分量？毕竟，他只是弗雷迪·海兰，我哥哥们过去常在学校操场欺负他，把他的书包抢过来，当作足球四处踢。我想知道他是否记得那些日子。

我的第一个冲动是感谢他的善意帮助，并客气地拒绝——毕竟，搭车去哪里？——但是相反我发现自己绕到颤动的机器前面，走过前灯的强光，爬上乘客座位。弗雷迪赐予我他那缓慢忧伤的笑容。他披着披肩，戴着鸭舌帽。哐啷，哐啷，我们离开了。巨大的方向盘是水平放置的，就像老式汽车一样，因此弗雷迪不得不俯身在它上面，像赌场管理人旋转轮盘赌的轮子那样，同时专心致力于脚下的踏板。他开得不慌不忙，沉着镇定。我们前面的道路有如永无止境的隧道，我们和我们的灯光被无情地吸进去。弗雷迪问我要去的是否是镇里，未经思索，我说是的。为什么不？那里和其他任何地方都一样。我又在逃跑。

我问弗雷迪他一路而来的时候，是否遇到东方来的大篷车。他没说话，只摇摇头，又笑了，我觉得他笑得神秘莫测，他的眼睛盯着道路。

"你是在镇上出生的，是吧？"过了一会儿，他说。在仪表盘的红光下，他的脸是一张发绿的长面具，眼窝空空，嘴巴是细细的黑色裂缝。我跟他说了门房，他表兄租给我们的，著名的熊一样的乌尔斯。对此他也未加置评。或许他有一个明确的言说范围，很久以前画出的界限，落在这之外的一切他都拒绝承认。"没有任何地方我会觉得是家，"他若有所思地说，"当然我在这里，但我不属于这里。我知道大家笑话我们。然而自从我的伯祖父最初来这里买地造房，已经一百年了。我常想我们不该改名字。"他刹了车，一只狐狸冲过我们前面的道路，尾巴低垂，尖尖的黑鼻子抬起。"你知道阿尔卑尼亚吗？"他问，斜眼看着我，"那些国家、那些地区——巴伐利亚、恩加丁、戈里齐亚——或许我的家在那里。"我们重新加速，引擎呻吟，嘎嘎作响。我似乎感到一阵冰冷强烈的气息，好像一阵风从冰雪覆盖的高地吹下来。我的帽子在脚边的车底板上,我的李木手杖在膝盖中间。"我的家族在雷根斯堡[I],"王子用他疲倦的口吻说,"来自雷根斯堡的城镇,在过去。我常梦到它,河流和石桥,那些奇怪的摩尔人高塔,顶端筑有鹳巢。或许我该回到那里,哪一天,到我族人的地方。"

我向外望向树木,它们在前灯中突然升起,又在我们身后突然倒进黑暗。记得我们小的时候,那时后来将变成阿尔卑尼亚人的依然是一群好战的民族,在玉米片袋子的背面总有免费赠品。你裁下那么多的优惠券,把它们寄到一个海外地址,几天或几星期后你的免费礼品就会寄来。多么让人激动啊,想象在某地的一个陌生人,或许一个女孩,涂着猩红色的指甲油,一头烫卷的头发,挥舞着裁纸刀,拿出你的信,拿着它,事实上用手指拿着,读着你写的信,折好,就像浆过的亚麻一样又白又脆,把它噼里啪啦地滑进信封,信封闻起来总让人想起木浆和树胶。然后是东西本身,那个礼品,一个廉价的塑料玩具,一两天后就会坏掉,但这却是神圣之物,一个护身符,拥有魔力仅仅——仅仅!——因为它来自其他地方。当我珍贵的包裹从天上翻转而来,没有哪个拜物教徒曾经经历我所体验的神秘热情。我前面已经说过,不过我要

[I] 德国东南部城市。

再说一遍：这就是偷窃的意义，那个被偷的、最微不足道的物品已经被转化为某个新的精神上的珍宝，某个——

我知道我在转入偷窃，这个主题从未远离我的思绪。

但是，你会惊呼，慢点，从你那幻象的木马上下来片刻，告诉我们：普洛默家出生的波莉·佩蒂特，你把她从她丈夫那儿偷来，打算放到星星中间，她是怎么突然失掉她的女神光芒的？因为这是你企图做的，我们全都知道，打算让她变成神，不折不扣。好吧，我承认，我确实尝试了通常被分派给厄洛斯[I]的任务——是的，厄洛斯——把神圣之光赋予普通人。但是不，不，我要做的不止这些：这绝对是彻底的转变，让泥土获得灵魂。高兴、愉悦、肉体的狂喜，这类事情对我这样的人毫无意义，差不多毫无意义。跨过这个和跨过那个，所有跨越，这才是我追求的，事物的改造，改造所有东西，凭借专注之力，那是，可别搞错，力中之力。世界将彻彻底底成为我激情注视的对象，以至于它会破茧而出，在自我意识的火光中发出疯狂的红光。有很多次，我记得，波莉要害羞地离开我，用手遮住自己，就像半个贝壳上的维纳斯[II]。"别像这样看我！"她会说，笑着但也皱起眉头，对我和我吞噬一切的目光感到不安。她感到不安是对的，因为我是要把她

[I] 古希腊神话中的小爱神。
[II] 指波提切利的名画《维纳斯的诞生》。

完全吞噬。这种渴望的秘密源泉是什么？爱的无限而疯狂的要求，爱人的狂热焦渴？当然不是，我说，当然不是！是审美——全都是，一直都是，一种审美的努力。说得对，奥利，继续，举起你的手，假装你被误会了。你不喜欢刀锋切近骨头，是吗？可怜的波莉，这不是你能对她做的最坏的一件事吗？试图让她成为某个她所不是的东西，即便只是在你的眼中。现在看看你，再一次逃离她，与肩上雪白一片的王子结成某种奇怪的同伙。多么可耻，多么自欺欺人，你是个多么无耻的冒牌货。

啊，是的，再也没有比自责这条丝鞭更能抚慰刺痛的良心的东西了。

我在哪里，我们在哪里？隆隆前行，是的，弗雷迪和我，驶过变暗的黄昏。我们到达镇上的时候店铺正在关门。这总是一天里略带悲伤的时刻，在秋天尤其如此。弗雷迪问他该在哪里把我放下。我不知道怎么说，就说了火车站，这是我脑海里出现的第一个地方。他看上去大吃一惊，问我是否要旅行，是否要离开。我说是的。我不知道为什么撒谎。或许我真的想走，一去不返，从而把苍蝇，嗡嗡叫的青蝇，从每个人的油膏上带走。他看了看我的油布衣裤和李木手杖，但未置一词。不过，我能看出他在思考，甚至似乎在他的举止中发现一丝不同寻常的活力。会是什么让他兴奋？

我们抵达时车站一片漆黑，我从车里爬下来，他就开走了，那辆可笑机器后面的排气管喘出团团的深蓝色的烟。

现在我该做什么？我沿着码头一直走，紧紧抓着我的船员帽。这是一个刮着阵风的阴冷夜晚,大海掀向我的左边,漆黑闪光如同黑漆皮,不时有一只白色的水鸟在幽灵似的寂静中飞扑过黑夜。我的大脑几乎不运作了——或许这就是散步所追求的,让思想迟钝,让它那焦躁不安的思索静止下来?——我的双脚,似乎有着自己的意志,让我转身离开了港口。不久,让我微感惊异的是,我发现自己站在洗衣店前的街上,大门通向陡峭的楼梯,直达画室。这让我想起我可以在那里待一晚,睡在沙发上,我忠实的支持者。我在我的口袋里找钥匙时,一个人影从洗衣店门口的阴影里滑了出来。我吃惊地倒退一步,然后看到那是波莉。她戴着贝雷帽,穿着大大的黑色外衣,太大了,不可能是她爸爸的,肯定是某个孔武有力的自耕农祖先留下来的。我被她如此突然的出现弄糊涂了。我问她怎么到这里的,注意到我声音里尖锐和恐慌的颤声。然而她不理睬我的问题,要求我赶快开门,因为她已经,她说,快被冻死了。我们默默地爬上楼梯;像通常一样,我想到了绞刑架。

画室里,天花板上的大窗把星光映出的复杂囚笼洒在地板上。我打开灯。这里似乎比外面更冷,尽管我的双脚穿着那双借来的靴子,热得潮湿难受。我环顾着熟悉的东西,那扇倾斜的窗户,桌子以及上面的罐子和刷子,面朝墙堆放着的画布。我觉得与这个地方前所未有地隔膜,也非常奇怪地局促不安,仿佛我愚钝地闯入了另外某个人的私密活动中。波莉穿着她巨大的外衣站着,眼睛望着地板,双臂抱着自己。她已经摘掉贝雷帽,现在把帽子扔到桌上。我看着她的头发,记起在过去的日子里我怎样把厚厚的一把头发绕在手上，把她的头深深拉向后面，把我那吸血鬼的牙齿沉入她苍白、柔软、柔弱得让人兴奋的喉咙。我问她是否来些白兰地，好让自己暖和起来，但是随后想起马库斯和我已经把一瓶都喝完了。我再次问，小心地、怯怯地，她怎么到这里的。"当然是开车，"她说，语气中含着傲慢的不屑，"你没看到街上的车吗？当然你没有。你从来不会注意任何不属于你自己的东西。"

我常想着我的画，既迷惑又带着模糊的沮丧，美术馆里的那些，大多是不重要的，遍布全世界，从雷克雅未克到新南威尔士州，从诺维巴格到波特兰，那些被悲哀地分开的双胞胎，画着临海的俄勒冈和缅因州。在我的脑海里，这些图画盘旋着存在于意识的边缘。它们就像在梦中被瞥见的东西，生动但没有实体。我知道它们与我相连，我知道我制造了它们，但是我感觉不到任何存在感——它们遥远的存在并不给我留下印象。现在波莉同样如此。不知怎的她已经丧失了最本质的东西，对我外部的眼睛如此，对我内部的眼睛更是如此。更大的谜是，她曾经对我来说是她过去所曾是吗？还是她现在已经不再是了？然而她就在我面前，不可避免地，就是她自己的样子。当然事情就是如此，她终究是她自己，不是我所制造的她。这些突然的领悟，可以多么迟钝和让人迟钝啊。或许，最好不要有这些领悟，坚守最初的迟钝。

我开始为再一次逃跑道歉，但我几乎还没开始，她就在暴怒中转向我。

"你怎么能？"她说，下巴向里收，受伤的狂怒的眼睛朝我冒出控诉的火焰,"你怎么能这样侮辱我们?"

我们?她是说我们俩吗,她和我?似乎不是,显然不是。恐惧在我体内砰的一响,就像一根肠线突然拉紧。我说我不明白她的意思。我说我是去散步——毕竟,她看到我走出前门。我向她讲了我与深色皮肤人群的奇怪大篷车的偶遇,如果确实是偶遇的话,讲了弗雷迪·海兰如何到来,用他那王子的方式邀请我搭车,我如何想到借此机会赶到画室,看看一切是否——

她向我扑来。"它在哪儿?"她喝问,声音非常大,几乎是对着我的脸喊,一星唾沫落到我的手腕上;真奇怪唾沫一旦出口,凉起来有多么快。

"什么?"我回答,像受惊的鸭子发出嘎嘎声,"什么在哪里?"

"你很清楚是什么。那本书——他的书。那本名字是什么的诗人的诗集。它在哪儿?"

我再次说我不明白她的意思,我根本不知道她在说什么。现在我的声音变轻了,含着泪、有几分摇摇欲坠,那种罪犯常用来辩称他们无罪时的声音。接下来是不可避免的歌舞演出里那种例行的来来回回的指控和否认。我大声咆哮,大发牢骚,但是最终她拒绝再听我的任何胡扯,摇着头,举起一只手让我安静下来,眼睛微闭,眉毛抬起。

"你拿的,"她说,"我知道你拿的。现在还回来。"

哦,天啊。哦,天啊,天啊。我的生活,常常让我觉得,不是一种向前的运动,就像迟早肯定会前进那样,而是不断的倒退。我看到自己被许多狂暴地挥舞着的拳头向后驱赶，我的嘴唇出血，我的衣服撕裂，在破损的路面绊倒，凄惨地悲泣。不过在这件事上让我最受震动的，我觉得，不是波莉的愤怒和狂暴，虽然它们确实让人震动，而是她朝我显出的简单明白的厌恶，那种她似乎只要在我面前就会感到的厌恶，那种厌恶让她噘起嘴巴。她有一种退缩的表情，仿佛一个人避开某个不洁的东西。这是新的；这是全新的。

"快点，把它给我。"她说，用一种强硬警察的腔调，伸出手，手心向上，"我知道你拿了。"

是的，我看得出她知道，我觉得某个东西在我体内收缩，收缩成宴会气球的气还没有放完时的大小和皱缩质地。

"你怎么知道的？"我问，我是一只老啮齿动物，寻找裂缝好逃走。

"皮普告诉我的。她看到你拿了它。"

"你说什么，皮普？"我叫道，"她都不会说话！"

"她会，跟我说。"

我现在已经完全糊涂了。孩子真的看到我拿书了吗，她真的设法出卖了我？如果她做到了，我必须相信，至少接受它，然后游戏结束。我伸向我的油布雨衣下面，从我的夹克口袋里摸出那本书，递给她。"我只是借一下。"我说，用一种抱怨的声音，听起来就像一个闷闷不乐的小男孩在生日派对上被抓到偷生日礼物。

"哈！"她说，带着愤怒的鄙视，"就像你借所有其他东西，我猜？"

我盯着她。我的心现在发出切分节奏的急速拍打声。"什么所有其他东西？"

"你从我们所有人这里拿走的所有东西！"她哼了一声，头向后扬，"你以为我们不知道你的偷窃？你以为我们全都瞎了，而且还是傻子？"她打开书，飞快地翻过书页。"你甚至不会德语，是不？"她说，在极度的悲哀中摇着头。

所以最终是在这里算总账，完全出乎预料。就我所知，我以前从未在行动中被抓住过，在我做贼的全部岁月里从未被抓住过。格洛丽亚，我曾经猜测，有所怀疑——很少有什么能瞒住妻子——但是我相信她从未真正看到我偷东西，某种程度上，即便她看到也不能算。但是我竟然曾被波莉发现，事实上她可能自始至终都知道我的偷窃，这是一个巨大的打击和羞辱，尽管羞辱和打击这些词不足以描述我的情形。我似乎受到了肉体上的打击，就好像一根棍子戳进我的内脏，激烈地搅动，一时间我觉得我可能会当场呕吐出来。我身上有某个东西被拿走了；现在我是一个丢掉了某个秘密和珍贵的东西的人。小小的猩红封面的诗集，曾在我的口袋里带着幽暗而色情的丰盈而悸动，等我把它交给她，就变成了毫无生气、精疲力竭的，另一只可悲的漏气小气球。

我觉得有件事我可以肯定地说：我再也不会偷窃了。

不过还有更多——是的，更多！——因为在我眼中，波莉本人经受着又一次，最后一次，转变。她站在那里，穿着又大又不讲究的外衣，没有化妆，她的头发被贝雷帽弄变了形，她的小腿光着，她的脚平平地踩在地板上，她或许曾是，我不知道，某个雕刻出来的东西，图腾柱底部的一个形象，一个再也没人崇拜的部落雕像。作为神灵，我的欲望的神灵，她曾经非常易懂，依偎在我的臂弯里，属于我自己的小维纳斯；现在，作为真实的她，她自己，不是其他什么，一个由血、肉、骨造就的人形动物，她令人恐惧。但是让我恐惧的不是她的愤怒，她掷向我的反控，轻蔑的噘嘴。我现在从她那里最强烈地感受到的是纯粹的冷漠。由此，最终，最终的最终，我知道她永远离开了我。

为了好的[1]离开？为了坏的离开。

那么，这就是结尾，如果可以谈及结尾的话，因为世界就是一个无法打断的连续体。啊，它不可避免地继续一段时间，在画室那里，双倍爆发的愤怒、眼泪的洪水、指控与否认、你怎么能和我怎么能、别碰我和看你敢、极度痛苦的喊叫、结结巴巴的道歉。但在所有这一切表象下，我看得出，她对此都不在乎，做完这些只是为了形式，完成必要的仪式。想想她过去对我怀着多么崇高的敬意！她觉得我是神，她曾经这样说，记得吗？当她第一次看到我，那一天在马库斯的作坊，当我带着我父亲的表来修——它现在就在我面前的桌子上，谴责似的嘀嗒作响——她去了图书馆，后来她告诉我，找出

---

[1] 英语中"永远"（for good）也可以直译为"为了好的"，为了照顾后面的表述，故译。

一本论我的作品的书——我猜想是莫登的专著,没有价值的东西,尽管它有着庞大的体积——在会客室的窗边坐下,把它摊开放在腿上,手指滑过那些复制品,想象着冰凉光滑的纸面就是我,是我的皮肤。"你知不知道我觉得多么蠢,"她现在问,温和而厌倦,"承认这样一件事?"我低下头什么也没说。"一直以来你只是个小偷,"她说,"小偷,你从未爱过我。"我依然默不作声。有时说话就是一种无礼,即便是在承认。

灯光照在我们脚边的地板上,星光照在我们头顶的窗户上。夜晚、晚风和飞掠而逝的云。一场真正的风暴,室外和室内。噢,世界,噢,凡俗世界,现在,那么多东西都不再属于我。

最终波莉讲无可讲,最后悔恨地摇摇头,转向房门,我突然迸发一种迟来的恐慌,试图阻止她离开。她停顿了短得不能再短的一瞬,带着温和的厌恶看看我放在她胳膊上的手,冷淡得如同舞台上的女主角,然后迈步离开我,走了出去。我站在那里浑身发抖,我的心乱跳,我的血奔涌。我觉得我就像一个薄暮中在港口边散步的人,突然想到要在最后一刻跳上正在驶离的船的甲板,现在站在船尾,带着眩晕的难以置信看着熟悉的国土渐行渐远,它的屋顶和尖顶,它蜿蜒的道路,它光滑的峭壁和多沙的边缘,一切都在变小,模糊,更加模糊,缩入傍晚越来越暗的光线中,而在他的身后,在远方的天空,不怀好意的蓝黑色云朵在滚动、翻腾。

第三部

葬礼时我们遇到非常好的天气，是的，一个绝对华丽的好日子。世界可以有多么冷酷无情啊。当然，这样说很蠢。世界对我们毫无感觉——这个事实我得提醒自己多少次？——我们甚至没有进入它的视野，或许除了作为顽固的寄生虫，就像过去常寄生于格洛丽亚的桃金娘的螨虫。那是十一月下旬，但是秋天又回转来，到处都涂抹着厚厚的闪亮的阳光，就像杏梅酱，空气里满是烟和肥沃腐烂的醉人芳香，到处都闪耀着黄褐色或微蓝色的光。晚上气温陡降，到早晨，玫瑰花点缀上了白霜，依然怒放；然后太阳来了，它们垂下头，哭上一个小时。尽管这个季节开始不久就刮起了大风，最后一片树叶却仍未落下。在最轻微的西风中，树木兴奋地沙沙作响，就像女孩们穿着丝绸裙子摆动。然而事物带上了些许阴郁的气息，世界罩上了死亡的阴影，似乎变得暗淡了。墓地上方的天空看起来比平时更呈现出陡峭的穹隆状，比通常的颜色更浓烈——天蓝色？青色？纯粹的矢车菊蓝？——像透明薄片一样的月亮，太阳的幽灵，正好被安放在一棵紫松顶部的上方。我从来不知道葬礼上自己该站在哪里，似乎最后总是踩到某个可怜的倒霉蛋的永久居所。今天我退得相当远，藏在墓碑中间。确保我可以看到两位寡妇——因为有两位，或者实际上相当于两位——尽管我站在墓碑的背面，避开其他人的目光。他们戴着压边黑帽，看起来非常僵硬、戏剧化，波莉，带着明显长大了的小皮普——他们长得多快啊！——孩子看起来高傲、乖戾——孩子们确实憎恨葬礼——格洛丽亚则一只手按在心口下面站着，像我不知道的什么，像萨莫色雷斯的胜利女神或者某个这类大人物，受到损害，又高贵伟大。没有棺材，只是一个盛着骨灰的瓮，但他们仍然挖了一个墓穴，在波莉的坚持下，别人这样告诉我。骨灰瓮让我想起阿拉丁的神灯。应该有人擦它一下，结局难说。如你所见，我还是喜欢没有品位的玩笑，这一点坚不可摧。他们把瓮与骨灰埋在一起。这似乎不太得体，在某种意义上。

我的头里一直有嘀嗒声。我是我自己的定时炸弹。

我突然想到我一直做的是让我的目光对世界发挥作用，像天气一样，以为我在把它变成我的，不只如此，变成我，而事实上我产生的影响不比阳光或雨水，或云彩的阴影更大。当然，爱也有转化、变形的作用，众生就此成型。一切都是徒劳。尽管我做出最坚持不懈的努力，世界，以及女人，始终是他们曾是和将是的样子。

我们有过很多次体验，很多时候。当我行动时，我在令人眩晕的困惑中行动。就好像我一生都站在一面全身镜前面，看着人们走过，在我后面和前面，现在有人粗暴地抓住我的肩膀，把我转过来，瞧！就在那里，那个未经反射的人和物的世界，里面哪儿都看不见我。我倒不如是那个死去的人。

是的，我们有过很多次体验。我不知道我的心脏是否足够好，能让我回头重温一切，或者那些看起来有影响的一切。就时间来说不会很长，最多几个星期，还不如说是一个世纪。我想我欠着我们，我们四个，应该给出某种解释，记下某种遗嘱。我年轻的时候，刚刚二十多岁的时候，不过已经雄心勃勃，我在某个深夜有过一次难忘的经历，我几乎不知道如何描绘它，或许不该去试。我没喝酒，尽管我觉得好像至少已经半醉了。我在天刚亮时开始工作，一口气干到午夜之后很久。那些日子里我干得太努力，把自己逼入一种沮丧又疼痛的麻木状态，有时这很难与绝望区分开来。太难了，既忠于法则——我不是反对传统的人，不管别人怎么说——同时又拼命打破和超越法则。我不知道我在做什么，半数时间，我还不如在黑暗中作画。黑暗是敌手，黑暗和死亡，你只要想一想，它们差不多是同一种东西，尽管确实我谈的是一种特殊的黑暗。我工作得那么快，那么狂热，总是害怕我不能比我开始的工作活得长。那些日子楼梯上的恶棍直接走进房间，站在我身边的画架旁，厚颜无耻、粗野无礼，摇着我的肘部，在我耳边低语暗示。注意，这不是象征，而是死亡本身，真实的终结，我所日夜期盼的。我是忧郁症患者中的忧郁症患者，总是跑到医生那里，说这里痛那里肿，相信我得了绝症。一次次，带着越来越多的不耐烦，医生保证我没在死亡，我健康得像口铜钟，像整座钟楼的钟，但我不会被搪塞过去，并在我对死亡判决的命定追求中寻找着第二、第三、第四个意见。这一切是怎么回事？我觉得是什么要来抓走我？或许我害怕的不是死亡而是失败。太简单了，我想的。然而我肯定有什么不对劲，才去培养和鼓励这样一种病态的痴迷。

不管怎样，回到那天晚上，漫长一天的工作在疲倦中结束之时。那时我在画某个历史题材，是什么？——对，黑利阿加巴卢斯[I]，我记得，圆滚滚的男孩黑利阿加巴卢斯。几个月来我痴迷于他，他那奇特的头就像成熟的石榴，就要爆开，朝四面八方射出它的种子。最后我把他变成牛头怪，天知道为什么，你明白我说的黑暗指的是什么了吧。那时我住在哪里？在我从巴斯特·霍根的妈妈那里租来的奥克斯曼巷日益毁败的小房间里？让我们就这样说吧，又有什么关系。那是早在格洛丽亚出现之前——我是否提过她比我年轻多少？——我正追求一个女孩，碰巧也是霍根女郎群中的一个，她不肯接受我。桥下水深莫测，我们不要淹死自己。我就在那儿，我正画画的胳膊麻如针扎，我的腿因为在太阳发亮的

[I] 黑利阿加巴卢斯（203—222），古罗马帝国皇帝。

脑袋前站得太久,就像石化的树干,此时它突然降临到我身上,即我的天命的真正含义,如果我们可以把它称为天命的话。我将成为一个代表——不,那个,我将成为那个代表,唯一的,独一无二和仅有的。它就是这样被交给我的——交给我,是的,因为它确实仿佛是来自其他某处,这个命令,这个委任。最初我困惑难解,就是这样。童贞玛利亚本人,在祈祷中被长着淡黄翅膀、屈膝跪拜的青年找到时,也不会比我那晚更加不知所措。我要代表什么或者代表谁,要怎么做?但是随后我想起拉斯科的洞窟[I],以及墙上那个著名的史前手印。那将是我,那将是我的签名,我们所有人的签名,部族的特定标志。我应该说,这不是好消息。不是好或坏。在某种程度上,甚至与我无关,没有直接关系。牡鹿和野牛会从我的画笔下跳出来,在这件事上我有什么发言权?我只不过是媒介。但为什么是我?我在乎部族什么,部族又在乎我什么?我觉得这才是关键:我曾是无人[II],现在依然如此。只是媒介,媒介的媒介,画家无人[III]。

我想着这些日子,这些当下的日子,战后时期。从天而降的那种筋疲力尽的平静有着久久不散的火药烟气,我们这些活下来的人露出幸存者的震惊神态。我第二次返乡,只是

[I] 法国拉斯科洞窟中的动物壁画是人类美术史上最早的绘画记录,距今已约一万五千年。
[II] 《奥德赛》中奥德修斯为骗独眼巨人,曾自称"无人"。
[III] 原文为德语。

几个星期前的事，目的是寻找平静。这就是我的情况。我像一名炮兵，时不时在飞扬的硝烟中透过缝隙瞥一眼被摧毁的地面，那里受伤的人影茫然地蹒跚着，咳嗽着，哭泣着。有时你必须投降，只需把手帕绑在步枪的枪管上走出来，走到战场上。一开始，我是说我刚回家的时候，我觉得自己是个流离失所的人，一个难民，几乎可以这样说。在格兰奇堂的溃逃，以及接下来与波莉的可怕对质后——从各个方面说都是血腥的小规模战斗——我在画室里藏了几天，尽可能在沾着爱的污迹的沙发上睡下，在这里睡着几乎不可能，我能做到的只是断断续续的瞌睡。哎呀，那些灰白的黎明，当我躺在屋顶光秃秃的大窗下，被破旧的长毛绒刺穿，就像飞蛾被钉在椅垫上，看着雨水交织着落下，海鸥盘旋，听着它们孤独绝望的尖叫。当我把自己面朝下投在沙发上时更糟，因为那样我的脸就压在破旧的绿天鹅绒上，那里散发出强烈的波莉的味道。

我想她吗？我想，但是以一种让我困惑的奇怪方式。失去她、放她自由，我得到的感觉不是理应的熔炉爆发般的痛苦，而是一种痛苦的怀旧，例如，很奇怪的，我在儿时感到的，当我坐在窗边，比如说在一个冬天的夜晚，下巴支在拳头上，看着路上的雨水像一群微型的芭蕾舞者，每一滴都在扮演死去的天鹅，坍塌于自身之前，勾画着瞬间的脚尖旋转。是否记得？记得它们的感觉，那些窗前的时光，那些火旁的黄昏之梦。我所渴望的是某个从未存在的东西。我这样说不是要否认我曾经对波莉的感觉，她曾经在我心中的意义。只是现在当我的思绪伸向她,却什么都拢不住。我可以回想,能够回想起来,她的每个最微小的事情,有着最鲜明和最令人心痛的细节——她呼吸的味道、她脊柱底部小凹陷的热量、她睡觉时眼皮湿润的淡紫色光泽——但是本质上她只是一个留下的幻影,像梦中的女人一样无法捕捉。我想说的是,失去了我对波莉的爱,失去了波莉对我的爱,是——有点像有点像有点像,等等,我正摸索着接近。啊,没用,我失掉了线索。但是不管怎样,为什么我要一直为爱费心,就像狗啃着它的疮疡?爱,真的。

《论爱:简本》
一切爱都是自恋

瞧,是不是正中要害?

我没法在画室待很久,溜出去买了一点儿活下来的必需品,再急忙撤回,蜷缩在凌乱的桌边,直接从瓶子里喝牛奶,一点点咬着面包皮和一片片奶酪,就像老鼠伙计,从门房那时起它就是我的朋友和福神。没有梅西·卡尼在边上为我偷偷做三明治。而且天非常冷。供热系统,事实上,似乎已经彻底坏了,如果不是下面洗衣房透过地板渗上来的暖暖的闷气,我可能都死了——有没有可能在室内却受冻而死?而且被围在似乎是我人生的瓦砾之中,也没什么事可做,除了冥思;靠墙堆放的画布看起来好像在羞愧中转过脸去。如你所料,条件非常简陋。别问卫生的问题。我甚至没有牙刷,或者一双干净的袜子，由于某种原因，在我匆忙外出采购时从来没有想到过买这类东西。伯德夫人，洗衣工的妻子，非常好心地来救我。我把衣服交给她处理，捆成一捆在门边递给她，她把它们洗净，晾干，烫好，我则坐在楼上裹在毯子里，叹息和打喷嚏。这是低潮，正是最低点，我该说，除非更坏的还在后面。

在绝望中，我想着回到门房，再在那儿躺一会儿，但是一个人只能重访儿时场景若干次；过去会被磨损、耗尽，像其他东西一样。

总之，在我逃亡三四天之后，格洛丽亚出现了。不知道她怎么知道我在画室的，妻子的直觉，我认为。或者可能伯德夫人告诉她我在那儿。伯德夫人对这类事有些经验，轻浮的伯德先生是个声名狼藉的风流鬼，经常像野马一样脱缰。有人敲门时我正在清洗不需要清洗的刷子。我僵住了，看到盥洗室的门边大镜子中的我自己，吓得瞪大了双眼。我知道不可能是伯德夫人，她不会未经邀请就拜访我。上帝啊，可能是波莉，回来再把我臭骂一顿，或者王子，可能，目光悲伤的老弗雷迪，用他的驾驶手套给我一个耳光，为了偷走他的宝贝书向我提出决斗？我踮起脚尖走到门前，把耳朵贴在木头上。我想听到什么？某个人在那儿火冒三丈，指关节咔咔响，不耐烦地跺着脚，或者可能甚至是警棍反复拍打结了老茧的手掌？我一直对权威心存恐惧，尤其是在某个原本平淡无奇的下午过来叩响我房门的那种。

格洛丽亚，当她不大自在，觉得有必要展示她的勇气的时候，会摆出一种虚张声势的姿态，对此我一直觉得很可爱，与此同时有一点儿悲伤，我必须承认，也有一点儿尴尬。当然，我并不让她知道我能看透她的装模作样——这没用，毕竟，如果生活要继续下去的话，我们必须允许彼此有些小花招。她优雅但招摇地走入画室，不完全但也差不多是漫不经心地把一只手撑在屁股上——这是我脑海里常常出现的她的形象，手撑在屁股上——当她走过我时，给了我一个她最揶揄、最心照不宣、最让人畏缩的小小微笑。她是那种在最有利的情况下也不多话的女人，这一点她与我迥然不同，到现在你应该知道了。这种沉静，她所具有的深藏不露，以及确有很多东西可藏的风度，是很久以前，一开始吸引我的性格之一。我觉得这让她有了某种女预言家的品质。甚至我依然一直觉得，跟她在一起，我正面对着一个精心掩盖的巨大秘密。这我前面说过没有？如今一切都像是重复。感觉这我也说过了。到哪里才会结束，我想知道：四壁包着软垫的病房里的苦家，穿着紧身衣，被铐在床上，单调地一遍又一遍嘟囔着一个词，我我我我我我我我我。

格洛丽亚在房间中央停下来，转过身，用她那时装模特般的姿势站着，头后仰，下巴抬高，一只脚伸向前，环顾四周。"那么这儿，"她说，"就是你如今藏匿的地方。"

藏匿？藏匿？她在试图激怒我。我不介意。我很吃惊我有多么高兴见到她，尽管发生了这一切，包括我现在肯定随时会得到的一记耳光。尽管如此，她的态度里有某种近乎玩笑，甚至调情的成分。这真奇怪，但我很高兴看到一丝温暖，不管来自哪里。

是的,我一直待在这里,我说,吸了口气,坚守我的尊严,不管它已经多么七零八落。需要时间想想,我说,想想我的选择,好做出某种决定。"我以为你早些时候就会来找我。"我说。

这激起了一声干笑。"像妈咪放学后接你回家?"她说。

我已经离开总共一个星期多一点儿,最初在门房,然后在格兰奇堂短暂的停留,然后这里。这段时间她在干什么?当然不是站在窗边眺望,点亮蜡烛等我回来,如果可以从她那揶揄的表情和易怒的态度推测出什么的话。

我都可以用一只手数出她来画室的次数,现在看到她在这儿让我有种奇怪的感觉。她穿着白色羊毛大衣。我不喜欢那件大衣,它有高领子,就像一个倒置的灯罩,她的头高高端坐在里面,仿佛从颈部被不流鲜血地切断了。她冷冷地看着我,依然带着那种富有兴味的责备的笑,几乎不过就是她嘴角的一个凹痕。好吧,我肯定是一副可怜相。

"你留胡子了?"她问。

"没有,"我回答,"我长的是胡子楂。"那些硬毛布满银色,那天早晨我在镜子里注意到时哆嗦了一下。

"你看上去像个流浪汉。"

我说我感觉也像个流浪汉。她默默地琢磨着我,一只脚绕着鞋的高跟画着半圆。我想起马库斯扔在地板上的空白兰地酒瓶。它怎样了?我不记得捡起来过。偶然的东西引向多么奇怪而偷偷摸摸的生活。

"佩里又打电话过来。"她说。她带着愉快的恨意朝我眯起眼睛,"他威胁要过来。"

佩里·珀西瓦尔,我的经纪人,以前的经纪人。我相信是她召唤他来的,只是来惹恼我。尽管佩里确实习惯于从天而降——就是字面所指,因为他开自己的飞机,一架极小的小飞行器,灵活迅捷,机身是银色的,螺旋桨的尖端被涂成红色。如果她确实请他来了,她到底希望他来做什么?作为我的长翅缪斯的一种会飞的替身?她觉得我不能画画是装腔作势,是一次不负责任的自我放纵。我永远不该娶比我年轻的女人。一开始不要紧,但是它越来越要紧了。她那种带有轻视的轻快,在我的年纪是无法忍受的。

小雨轻轻落在我们头顶的玻璃上。我喜欢这种雨。我同情它,以我的多愁善感;它似乎非常努力地试图说什么,却总是失败。

格洛丽亚从她的外衣口袋里拿出一只小巧的银盒,用拇指咔嗒一声打开,挑了支烟,用她的金色小打火机点燃。她真是一个令人惊叹的老派动物,既寒冷又温暖,就像旧电影里的那些吸血鬼。

我非常迫切地想喝一口,带着惋惜的渴望再次想起那个空了的白兰地酒瓶。

格洛丽亚点烟的时候,习惯于把烟非常快地吸进牙齿中间,发出尖锐的声音,可能是一声痛苦的微喘。我们的最后一次谈话,虽然很难被称作谈话,是那天她打电话给在门房的我。她是否同时也跟马库斯谈过?当然谈过。我不在乎。

其他人的内心中是否也有一处荒原，空旷之地[1]，在那里寒冷的漠然统治着一切？有时我觉得在我体内，这个地方正是通常被称为心的所在。

马库斯会告诉她一切。我几乎能听到她这样说，让它在她的喉咙里膨胀，给它一种戏剧性的颤动。他告诉了我一切。

她转过身，信步走到桌边，开始把东西捡起来，再放下，一把因旧颜料而变硬的刷子，一管铅白色颜料，一只小玻璃老鼠。望着她，我瞬间看到了我造成的伤害的真正程度，就像人们说的，病人有时看到自己在手术台上，远远地但清晰地，彻彻底底看到了它的可怕，手术出了致命的错误，医生在咒骂，护士在哭泣，我飘浮在那里，在天花板下，双臂合抱，双脚交叉，审视着下面的一片狼藉，感受不到任何东西。全身麻醉，这就是我一直打算活在其中的状态。

我问她是否安好。听到这个，她睁大了她已经很大的蓝眼睛。

"你是什么意思，我是否安好？"

"没别的意思。我有一阵没看到你了。"

现在她哼了一声。"一阵！"她的声音不大平稳了。

"格洛丽亚。"我说。

---

[1] 阿拉伯半岛的鲁卜哈利沙漠在英语中的名称。

"什么？"她对我怒目而视，然后在我的一块结满颜料硬壳的调色板上捻碎了她最后一支香烟，生气地点点头，仿佛她终于成功地向自己证实了某件事。

我说我想回家。只有当我说出它时，我才知道事情就是如此，自始至终都是如此。家。啊，我的上帝！

因此就是这么简单——我夹着尾巴回到狗窝。似乎我就没离开。或者，不，这不完全真实；事实上，这根本不真实，我不知道我为什么这么说。很多年前，当我们住在香柏街，格洛丽亚和我一天下午从乡下某处开车回家，遇到反常的夏季风暴，一次飓风的末梢，跟所有的天气预报相反，从大西洋挥舞着鞭子到来，把东西推倒，在路上制造浩劫。到处是洪水和倒下的树，我们被迫绕了四五次复杂的路，路上多花了几小时。等最后到了家,我们处于一种颤抖的兴高采烈状态，就像小孩在无人监管的混乱得一塌糊涂的生日派对结束时的样子。房子也有一种眩晕的混乱气氛，仿佛它像我们一样穿越风暴，冲过风雨，尽管只不过是碎了两三块石板瓦，虽然它重新得到了自己的遮盖物，但在它的狂野冒险之后，却再也不完全一样了。这就是当我短暂但暴风雨般的嬉闹结束，格洛丽亚带我回家时，费尔蒙特看上去的样子。

我们尽可能地安顿下来，就像我说的，不是回到原先所过的生活，而是某个在陌生人眼里看起来非常相似的生活。我关在家里。我根本看不到波莉，当然，无疑也看不到马库斯，听不到他们的任何消息。他们的名字不会在这座房子里提起。

我想着王子、他的诗歌、波莉的父亲朗读的片段。世界，不再可见！我觉得有什么被传授给我，有什么被特别交付于我。我一直奋力追求的不正是这个么？我为之奉献生命的不正是这个疯狂的计划——世界的不可见吗？

离开它后，我也彻底远离了画室，原因不像看起来的那么明显。

就像威胁过的那样，不久出现的是避不开的佩里·珀西瓦尔。他在河口停下他的飞机，在已经废弃的饥荒之路上，拥有附近土地的农夫想发财，在人人依然飞行的时代把它变成了一条临时的飞机跑道。那是一个大风的早晨，小飞机从一朵铅蓝色的云朵里嗡嗡地飞下来，猛跃、摇摆，螺旋桨的顶端在苍白的阳光下闪着唇膏般的红光，然后像飞蛾一样优美地落下，欢乐地继续跑了一段，之后猛地停下来。格洛丽亚和我等在木制飞机库的凉棚下，那里过去是个谷仓。佩里，手里拿着他的皮头盔，从驾驶舱轻盈地下来。农夫赖特的两个身量不足的儿子，穿着硬纸板色的连体工作服，其中一个拖着一套三角垫木，急忙跑出去到飞机那里，开始爬上爬下，检看着，拍打着。佩里就像一只裹紧的蝶蛹，他在朝我们走来的路上剥掉飞行员的行头，在全身锃亮的鸽灰色的荣光中，逐段现身，从头到脚，仿佛在进行魔术表演，显出他那短小、丰满、完美匹配的自我。我敢肯定在地狱的深处，在他和我最可能一起终结的地方，佩里会想办法找到一个出色的裁缝。他穿着蓝色丝绸衬衫，系着钢青色的真丝领带。我注意到他的深色小山羊皮鞋子；他如果借了弗雷迪·海兰的套鞋就万事具备了。

他喊着与我们打招呼,走上来迅速亲了亲格洛丽亚,这样做时踮起脚尖。对我他只不以为然地皱皱眉,由此我知道格洛丽亚肯定已经告诉他有关我最近越轨行为的一切。"我有——"他向后拉拉袖口,看了看那只几乎与他的手一样大的手表,"———点时间。我需要八点到巴黎吃晚餐,跟——呃,别管是谁了。"总在去其他地方的途中,一个比这里更重要的地方,这是佩里的法则。每次我见他,都会重新感受到他装出来的高傲的庄严。他不显老,五短身材,胳膊和腿短而粗壮,就像我的,但更短一些,肚子的形状是纵向切成一半的巨大复活节彩蛋。他的头大得不成比例,可能由一磅又一磅处理好的油灰做成,一张平滑的大脸,略显青灰色,总是发出湿润的灰白光泽。他的眼睛苍白地凸起,当他眨眼时眼皮啪嗒落下,就像一对铸造出来的金属边。他举止麻利到了不耐烦的程度,他对遇到的每件事都好像对待一个障碍。总体上我喜欢他,虽然他一直都让我恼火。

我们朝汽车走去。佩里走在格洛丽亚和我中间,把手搭在我们两个背上,推着我们向前,但只比他稍前一点儿,就像音乐会胜利结束时,指挥赶着他的独奏者们上前接受暴风雨般的掌声。他散发出机油和昂贵的古龙香水的味道。来自河口的风弄皱了一切,除了他的头发,我注意到,他开始染发了;它被平平地向后抹在头骨上,紧绷、闪亮,就像仔细涂上了一层虫胶清漆。"可恶的愚蠢空管员想阻止我在这里降落,"他说,"现在他们会以为我坠毁了,当然,或者掉到海

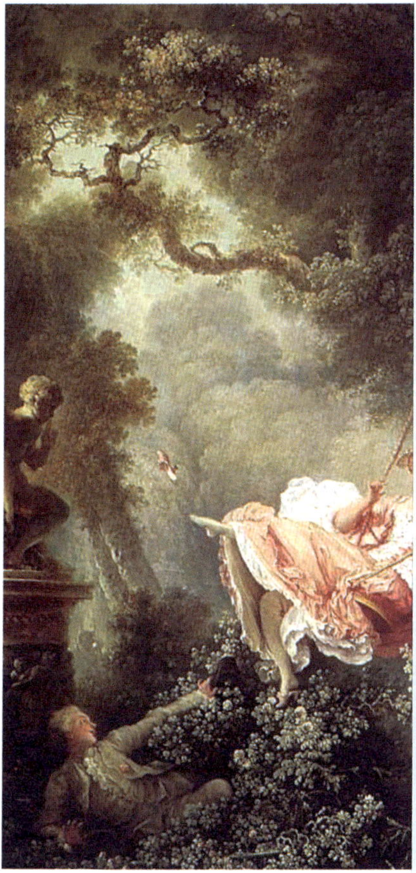

里了。"他有一种甜甜的精致的口音,微带苏格兰喉音——他父亲在修士门教堂[I]身居某个高位——还有来自他那梅罗文加王朝[II]血统母亲的法兰克咬舌音的最明显痕迹。无比自豪于他伟大的血统,这就是佩里。

在我们身后,奥维尔和威尔伯正努力把飞机往谷仓推,一个推一个拉。

我坐在汽车后排,觉得就像小孩因为淘气受到惩罚。现在阳光不见了,只剩下雨水的发光面纱斜漂在大街上。我们一路走着,佩里侧坐在前排,朝这边转过他那整洁的圆脑袋,对一切都表示出好奇,惊叫着叹着气。"我在那家商店上面看到的是不是你的名字?"他问。我告诉他那以前是我父亲的图片店,我的画室在楼上——我以前的画室,我没有说。佩里完全转过身来,久久地望着我,悲伤地摇着他的头。"你回家了,奥利弗,"他说,"我从来没想过你会这么做。"格洛丽亚轻轻地笑了笑。

我第一次遇到佩里·珀西瓦尔是在阿尔勒,我觉得,或者是不是圣雷米?不,是阿尔勒。我还很年轻。我从巴黎来,在那个夏天的学习——所谓的学习——结束之际,愁眉苦脸地游荡在伟人们的台阶上,我沮丧地深信,他们永远不会邀

[I] 位于英国苏格兰首府爱丁堡。
[II] 法兰克王国的第一个王朝,疆域相当于今天的大部分法国和德国西部。

请我上去加入他们,坐在帕纳索斯山[I]斜坡上他们的画架前。那时有一个市场在营业,镇上很繁忙。我从一个拥挤的咖啡厅逛到下一个,自娱自乐,偷拿离去的顾客留在桌子上的小费。我已经深谙此道——说的是手法——当我在压低的泄密的叮当声中轻轻走过时,即便眼睛最尖的侍者也会漏掉我。虽然我身无分文,但我拿这些钱不是因为我需要;如果我需要,我会试着用其他方式来赚钱。那是在派咖啡——不知道我为什么记得这个名字——当我把一把分币放进口袋,我恰好抬眼一瞥,透过开着的大门,发现在里面褐色的阴暗深处,佩里锐利明亮的眼睛盯着我。直到今天我都不知道他是否看到我在做什么;即使他看到了,他当然也从未说过,我装成他不知道。我的本能反应是逃走——这是不是一直是我的本能?——但是相反我走进咖啡厅,走到佩里那里介绍我自己;当一个人面临被揭露的威胁时,厚颜无耻是最好的防御,任何小偷都会这样告诉你。我还没有一丝名气,但是佩里肯定已经在哪里听过我的名字,因为他自称熟悉我的作品,这显然是谎言,但我选择相信他。他穿着北方人在南方度假时常穿的行头——短袖棉布衬衫,非常滑稽,事实上并不得体,宽腿卡其短裤,露指凉鞋,还有,好家伙,粗厚的羊毛袜——

[I] 位于希腊,传说是文艺女神缪斯的住处。

但是他依然传递出贵族式的傲慢。他的神态说，你看我在这里混迹于游客和乌合之众中间，但是即便在我们说话的时候，我的男仆也在贝恩大酒店我的套房里替我摆出领带和燕尾服。"是的，是的，"他拉长调子说，"奥米，我知道你的画，我看过。"他邀请我坐下，为我们俩都要了一杯白葡萄酒。想想从这次偶遇里诞生了一个最重要和最——我就不多说了。

我在这里停下来是要说我从未掌握做流亡者的窍门。事实上，我不认为有人能。那些流亡者身上总有某些自命不凡的东西，某些沾沾自喜的自我意识，就像他喜欢给自己一种风格，以他简慢的方式，穿着松松垮垮的亚麻布夹克，戴着磨损的草帽，还有他那晒黑的结实妻子。但是一旦你离开，在外面待上足够长的时间，你就永远不能彻底地回来了。至少那是我的经验。即使当我离开南方，回到这里，回到我出发的地方，在我本该最强烈地感到成为我自己的地方，某个东西，我的某个忽闪忽现却固有的部分，已经缺失。就好像我把自己的影子忘在了后面。

佩里是不是骗子？当然他看起来和听起来都像骗子，但是只要足够仔细地检查任何灵魂，你很快就会发现裂缝。尽管他多少可能是个骗子，他却有一双慧眼。把他放在一幅画前，尤其是一幅还在画的画，他会找到一条线或一片颜色，摇摇头，舌头发出啧啧的声音。"这里是心脏，"他会指着说，"却不够打动人。"他总是对的，我发现，多少次我因为他的苛评，用刷子的尖端刺穿不会流血的画布。然后他会因为浪费了所有的努力而朝我大叫，尖刻地说这又不是他，或者说是我，曾经拿出去卖的我的第一幅有缺陷的作品。这样的倒刺扎得很深,勾得很牢,我可以告诉你。好吧,要说我心黑,他肯定也好不到哪儿去。

"你的朋友怎么样了?"格洛丽亚问他,"我记不起他的名字了。吉米?强尼?"

"杰基,"佩里说,"赛马师杰基。啊,他死了。可怕的职业。"他的眼睛悲哀地转了转,"别问了。"他沉思了一会儿,"你知道那些肮脏的新病菌正从外太空过来,是不是?"

格洛丽亚透过挡风玻璃朝雨水笑着。"谁说的,佩里?"她问,在后视镜里瞥了我一眼。

佩里耸耸肩,眉毛拱起来,把他宽嘴巴的嘴角弯向下,与失意岁月里的维多利亚女王在一瞬间有着惊人的相似。"科学家们,"他说,不屑地挥挥手,"医生们。所有知道的人。"他抽抽鼻子,"不管怎样,病菌抓住了杰基,无论它们来自何处,他死了。"

可怜的杰基,我记得他。年轻、黝黑,有一种被摧残的帅气。大眼睛,总是有点儿焦躁,一头卷发,像黑铅一样闪光,在他的额头上堆成一团;想想卡拉瓦乔[I]笔下病态的年轻酒神,虽然不那么丰满。他不是赛马师——我不知道他怎么得

[I] 米开朗基罗·梅里西·达·卡拉瓦乔(1571—1610),意大利画家,作品对巴洛克画派的形成有重要影响。

到这个绰号的,尽管我想我可以大胆猜猜。他是个小偷,像我一样;与我不同,他为钱而偷。他和佩里在一起很多年了,最不般配的一对。我必须说在一系列的娈童之外——杰基是我知道的最近一个——佩里也有一个妻子,现在还有。佩内洛普是她的名字,尽管大家都叫她,听起来不像真的,佩尼。她是一个高大、强健、毫不留情的女人,我总是有点儿怕她。不过,奇怪的是,当我们失去孩子时,格洛丽亚是逃到佩里和他强大的太太那里寻找庇护和救助的。我从未弄清这件事的内情。她跟他们待了一个月还多,不知道在干什么,哭泣,我想,我则孤独地在香柏街煎熬,读着关于塞尚的大部头研究,每个晚上把自己喝到麻木。

塞尚,顺便说一下,经常是佩里和我争论的核心,尽管到现在其中的精华应该已经被耗尽了。佩里觉得这位埃克斯[1]大师无人企及,我怀疑是出于各种错误的原因,而我一直憎恨他。我看出他的伟大,只是我不喜欢从中衍生的东西。我承认我与这个怪老头在某些方面看法相当一致,比如他坚持情绪及诸如此类的东西不能在作品中直接表达,而必须像香气一样,从最纯净的形式中散发出来。这一点上我当然同意他——按时间顺序逐一看看我自己的作品。他们说我冷,因

---

[1] 塞尚的出生地。

为他们太愚钝,无法感受到热度。

等我们进了房间,佩里把他的飞行皮头盔扔到客厅的桌子上,它在那里慢慢瘫软下来,就像一只漏气的足球,把他的飞行服挂在椅背上,告退到楼下的厕所很长一阵,从那里传上来脉冲似的辛辣臭气,要一刻多钟才能消散。然后,他浑身轻松、精神焕发,吵吵嚷嚷地走进厨房,格洛丽亚正在准备他要的一壶花草茶。他把一把椅子拉向前,尽可能地坐在靠近火炉的地方,相互摩擦着他那灵巧的小白手。"我太冷了,"他说,"我的血少。我已经开始定期输血,我告诉你们没有?我去库尔的一个地方。"

格洛丽亚把水倒进茶壶,笑了。"啊,佩里,"她高兴地喊道,"你变成了吸血鬼!"

"很好笑。"佩里生硬地说。

喝着他的草药茶[I],他唠叨着各种事情,谁在卖,谁在买,市场的情况怎么样;在我听来,他可能在传播着里亚尔托最新交易的小道消息,或者评估古老的中国那里的丝绸贸易情况。在闲聊的某一时刻他停下来,严肃地看着我。"世界在等着你,奥利弗。"他说,摇着一根指头。

是吗?好吧,它能等。

I 原文为法文。

格洛丽亚做了一个蛋饼,在佩里的要求下,去掉了蛋黄,只用蛋白。这是他最近的癖好,只吃没有颜色的食物,鸡胸脯、切片面包、牛奶布丁,诸如此类。除了茶他也不喝其他任何东西。他真是一种奇妙的类型,就像他会说的,舌头一击,嘴唇一呃,用他装出的那种法国化方式。如今,他对我而言,就是失去的、放弃的世界的呼吸本身,一个遥远而古怪的地方,就像弗拉戈纳尔[I]的背景,或者沃布林[II]的暗淡的梦幻空间中的一个,一个我熟知却高兴地知道我永远不会回去的地方。

"工作怎么样?"他问,言归正传。他被安排坐在桌子上首,一块餐巾塞在他精致、发光的蜻蜓蓝衬衫的领口里。他看着我毫无表情的脸叹了口气。"我猜你正开始着手某个伟大的新杰作,所以才会沉默很久。"他就是这样说的,真的,就是这样。"这就是我为什么来这儿,最终,来看大厦的状况。"

从底部坍塌了,佩里,从底部坍塌了。

"奥利依然在休假,离开工作,"格洛丽亚说,"也离开生活。"

我朝她抛去受伤的目光,不过她说得不对吗?关于我、生活,以及如何生活。真相是,我觉得,我一开始就从未开始生活。我总是打算开始。儿时,我说,等我长大,就会有

[I] 弗拉戈纳尔(1732—1806),法国洛可可风格画家。
[II] 班维尔在小说《幽灵》中虚构的荷兰画家。

生活。然后是我暗暗地期待父母去世，觉得那必将是我的出生，诞生出真正的自我。之后是爱，爱无疑会点石成金，当一个女人，任何女人，出现并让我成为男人。或者成功、富有、一袋袋的钞票、世界的喝彩，所有这些都会是生活的方式，或者至少，生动地活着。我就这样等着，年复一年，一个台阶接着一个台阶，等着伟大戏剧的开演。然后到了那一天，就在那一天我知道那一天不会到来，我放弃了等待。

刚刚想起，昨晚又是那个梦，我是一条巨蛇，试图吞下世界，却被噎住了。这能意味着什么？好像我不知道似的。总是虚伪的姿态。

佩里又看了看他的手表，皱起眉——法国在等待，法国和他那重要到不能说的晚餐伙伴。

午餐后我们一起走向画室。他以前没有去过那儿，我要确保让他远离那里。为什么我现在带他去——除了精心制作的失败，那里有什么可以让我给他看？我不得不借给他一件外套，滑稽的是对他的小胳膊来说太长了。雨停了，天空乌云密布，路上水在反光。佩里，双手消失在我外衣的袖子中，朝四周挑剔地看了看，重新接受了这幅微不足道的景象。房子、商店、这些街道本身，似乎都在他面前退缩。"你知道你在让自己出丑吗？"他说，"藏匿在这个可笑的地方，假装你不能画画，你知道吗？"

藏匿，又是那个狡诈的词。我什么都没回答——我该说什么？

等我们到了画室，他扑通一声坐在那张受爱情折磨的沙发的一角,又抱怨太冷。

"好吧,给我看点儿东西。"他不开心地说。

"不,"我说,"我不想。"

他屈尊给了我受伤的一瞥:"在我飞了这么远路之后?"

我说我没有要他来。

他悻悻地站起来,开始在屋里走来走去。我看着他走向那些靠墙立着的画布。我可以发誓他那毫无血色的小鼻子在抽搐。他对待交易的态度是一种贬损和长期忍耐的渴望的算计好的混合。对每件供他考虑的东西,每件东西,他先是用厌倦的目光看看,仿佛在说,噢,这又是什么更沉闷的垃圾货?他没有骗我,他一直搜寻着可以兜售的东西。现在他捡起那件巨大的未完成作品,我在跌入沉寂之前的最后努力——这是沉寂?你问——把它举在面前,头向后仰,做着鬼脸,好像它很难闻。"嗯,"他说,"这是新的。"

"相反。"

"我是说,是新的起点。"

"不是。这是生命的终点。"

"不要瞎说。"他把画布拿到光线充足的地方,"你打算结束它吗?"相反,我说,它结束了我。他没听。"不管怎样,"他吸了吸鼻子,"我能就这样卖掉它。"

我从沙发上跳起来,穿过房间朝他冲去,但是他看到我过来,把画布挥到一边,用肩膀把我向后拱。我伸手去抓,他快步走出我的所及范围;我再往前抓,抓住了他。接下来是不得体的扭斗,伴随着一系列沉重的喘息和压低的咕哝。

最后他不得不让步。我把画布从他那里抢过来,高举过我的头顶,作势要在什么东西上把它砸碎。然而,就像任何曾经试图挂一幅画的人都知道的,它们笨重得可恨,又大又平又脆弱,我只得满足于把它抛到角落里,它带着令人满意的哗啦声和嘎吱声落地,就像骨头碎裂的声音。

"看在上帝的分上!"佩里喊道,喘着气,"你是不是疯了?"

我却又在想那个梦,世界卡在我的咽喉里。他们说,一个尖叫着要奶瓶的婴儿如果可能,就会摧毁一切造物。我的画被砸毁了。我现在是什么,制作者还是破坏者?我在乎吗?

"听我说,"佩里说,装出一种粗率的哥们儿的腔调,"你怎么了,到底,你能告诉我吗?"我笑了,有点像野驴叫。驴哥们儿!佩里不会罢休。"这全都因为某个女人吗?"他说,努力不要显得太生气,"我听说你在搞婚外情[1],或者有过。就是这个麻烦吗?跟我说不是。"

我强烈怀念画画的日子的一个原因,就是某种安宁感。当工作的日子推进,我稳步沉入到所画的表面的更深处,世界的喋喋不休会后退,就像一次退潮,留下我在一片巨大中空的静寂的中心。不只是没有声音,就好像新的媒介升起,

---

[1] 原文为法语。

包围了我，某个稠密发光的东西，一种比空气更不容易穿透的空气，一种比光更亮的光。我似乎悬浮在里面，既出神又极其警觉，对最轻微的差别，对颜料、线条和形式的最精细的表现都能感受到。感受？那竟然是生活吗，而我却没有认出来？是的，一种生活，但是还不够，不足以让我说我活着。

我希望佩里能现在离开，只是离开，被带到空中，留我在这里，一个人安静。我曾多么疲倦；现在多么疲倦。

佩里用他的鞋尖探究地戳着我可怜画作的残骸。它在角落里躺成一团，一堆木头和撕破的画布，我最后的杰作。我由此回想起那只巨大的风筝，那时我是个孩子，我妈妈付钱给驼背的修鞋匠乔·肯特给我做的，用木板条和牛皮纸，在拉撒路巷深处他那洞穴似的作坊里。结果是它太重了，在它拒绝起飞之后，我一怒之下把它扔到草地上，在它上面跳舞。是的，毁坏东西，这对我而言是生活的一个小小慰藉——或许不那么小——我现在看得很清楚了。

"你根本就没什么给我看吗？"佩里问，听起来既恼怒又哀怜，再一次看了看靠墙立着的一堆堆落满灰尘的画布。是的，我说，我什么也没有。我看得出他失去了信心，这就好像看着温度计里的水银针滑下它的刻度槽。他又看了看他的手表，这次更刻意了。"真是羞耻，"他说，"毁掉一幅画。"获取所带来的快感众所周知——小偷说，曾经的小偷——但是谁曾论及放开手的油然而喜？所有那些做砸了的尝试都堆在那里，我会乐于也踩在它们上面，就像很久以前我踩在乔·肯特的不能飞的风筝上。等佩里离开，跟他一起离去的将是我对画家的最后自诩——不是我自诩画家,不过你知道我的意思——他将是被扔出篮子的又一袋压舱物。你看到吗?借助这些比喻手法,我的想象力是怎样展开思绪的,攀升并令人陶醉地翱翔。事实上,一个小时之后,当格洛丽亚载着佩里和我驶出赖特家的土地,佩里把自己捆进他那整洁的小太空船,沿着杂草丛生的跑道滑行时,我突然有种冲动,要追着他穿过薄暮,抓住一只机翼,把自己甩进他后面的座位里,让他带着我一起去法国。我想象我们在那里,平稳地呼呼飞过夜空,悬浮在蓝灰色的黑暗深渊上方,我们下面的云彩就像一动不动的厚厚叠起的烟,头顶是满天数不清的星星。一去不返!一去不返。

我们站在飞机库边上,格洛丽亚和我,看着飞机爬上阴暗的天空,直到消失在云朵里,可能是同一块,我们看到飞机那天早晨从中降下。沉默像裹尸布落到变暗的田野上,以某种方式诉说着被遗弃的远方,被忘却的悲痛。飞机库后面很远的地方,一只光秃秃的灯泡在发光,赖特家的一个男孩挑剔地用锤子敲着什么,弄出金属的忧伤的叮当声。夜晚在我们身边聚集。我颤抖着,格洛丽亚把她的胳膊穿过我的,把我的肘部紧紧压在她的肋骨上。她是否感受到我的凄凉感,她是在给我安慰吗?我们走开了。我想着佩里,在最后一次造访我们厕所后匆匆出来,捏着他的湿手,朝我不满和失望地皱着眉。是的,他已经不再管我了。他无须费心,我早就不再管我自己那所谓的自我了。

一天我毫无目的地在镇里闲逛——是的,我已经成了一个经常散步的人,不管我自己是否愿意——我顺路拜访我的姐姐。她被叫作奥丽芙[I]。我知道,太离谱了,这些名字。我不常有事要拜访她,那天也没有。她住在麦芽厂街的小房子里。狭窄的大街,比小巷宽不了多少,两头下降,但中间高起,她的房子就在那儿,这一点,以及她门外的走道非常高这一事实,出于什么原因我不知道,总是让我有种印象,走近这个房子需要令人绝望的攀登,就好像它是一个神殿,一个故事中的哨站,通向它的道路被故意弄得险峻。在街道的远端是麦芽酒店,长期废置,是一座粉灰色花岗岩的矮胖建筑,低矮有栅的窗户,巨大奖章形状的生锈铁支架沉入墙里。我小的时候,这是一个要避开的地方。那里总有制造麦芽的大麦那难闻的酸味,让我的鼻孔发痒,可以听到里面传出的移动和跑步的声音,那里的老鼠们,奥丽芙愉快地向我保证,像水獭一样自由地在齐膝深的粮堆里游泳。

这座小房子在奥丽芙巨大的身躯下显得更小了。她比我高很多,尽管做到这一点并不难,她慢慢地弯腰而行,在门口或楼梯脚隐现,头探出来,弯曲的胳膊荡在身后,因此她的前行似乎始终处于开始跌倒的状态。我们四兄妹中她最像

[I] 意思是"橄榄"。

我父亲，随着岁月的流逝，她那一点点女性线条变得更加不明显，相似之处则越来越分明。她在学校里的绰号，当然，是橄榄油。那时我们看上去肯定有极大的标志性反差,她和我：权杖与宝球、叉骨与鸡腿、鞭子柄与小胖陀螺。她年轻时候，以粗暴和反叛著称——她穿夹克、戴领带，像个男人，有段时间甚至抽烟斗——但是后来所有这些都不过是怪癖。镇上有很多奥丽芙，各种性别，不同品种。

"哎呀，哎呀，这不是我们家的天才吗。"她说。听到我敲门，她把头谨慎地伸出门外，用我妈妈的——也是我的——蓝色的，而且在奥丽芙那里，可爱得不协调的大眼睛注视着我。她在棕色羊毛衫外扎着围裙，裙子在她臀骨的两个凸起处被钩弯。应该有人把她介绍给波莉的妈妈，她们真是天造地设的一对儿，就像范德勒小姐的瓷美女，只不过是反面。"是什么把你带到凡间来了？"她说话总是很刺人，我们的奥莉芙。"进来。"她说，带头往客厅走去，挥着船桨大小的手在身后，示意我跟上。她带着痰咯咯笑着，"杜杜会很高兴看到你。"

房子里面散发出新砍下的木头和油漆的香气。我姐姐最近的爱好，后来我发现，是雕刻和装配微型十字架。

厨房里一个柴炉在燃烧，发出柔和的轰鸣，汤一样的空气满是热意。空气似乎被反复使用了很多次，是泡得过久的茶、地板蜡和炉子里发出的焦油臭气的混合，这里的味道从童年时代朝我扑面而来。一张盖着有图案的油布的方桌占据了大部分房间，它立在四条方腿上，像驴子一样倔强，需要笨拙但小心地绕过去，因为它的角都很尖，能捅得很疼。凹损的罐子和发黑的平底锅挂在火炉上方的钩子上,窗台上立着插在果酱罐里的花,虽然它们是塑料的,却不知怎么被弄成好像在枯萎的样子。天花板很低,金属框的窗户同样如此,开向水泥院子和一个看上去不怎么样的杂草丛生的花园。窗户太奇怪了,我发现,似乎不过是对被监禁者在最后关头的让步,如果我看的时间够长,仿佛能辨认出不见了的栅栏的痕迹。"看看谁来了,杜杜,"奥丽芙说,或者不如说喊,"是那个浪子弟弟!"

杜杜,她的全名我忘记了,或者从来不知道——杜乐茜什么的,我猜——是我姐姐的多年伴侣。她是一个矮胖但结实的人,有着红腹灰雀的小尖脸和锐利得让人心绪不宁的凝视。一团杂乱疲软的雪白头发骄傲地坐在她的小脑袋上,就像用棉花糖做的光环。我小心翼翼地与她打招呼。她对我的不满根深蒂固,激烈而持久,理由我只能初步做些猜测。她的眼睛,我怀疑,深深地看入我的灵魂。她过去是一个公共汽车售票员,直到她被强制退休——跟交回的票款不足有关,我记得好像是奥丽芙用一种不同寻常的坦诚透露给我的。

奥丽芙从桌边给我拉出一把椅子,椅子腿在凹凸不平的红色瓷砖地面上发出刺耳的声音,过去再一次向我致意。奥丽芙自己很少坐,而是不停地拐来拐去地走动,就像一只巨大精瘦的驼背树上动物。她从身上某处拿出一盒香烟,点上,吸了一口,然后倾身向前,手按在桌子上,让自己发出一阵长长的、剧烈的、最终似乎令人满足的咳嗽。"看看你,"最后她喘着气说,朝我转过泪汪汪的眼睛,下眼皮下垂,露出粉红色,"看看你的样子——你对自己做了什么?"我干巴巴地说我很好，谢谢，决意控制住我的情绪。"你看起来不是。"她说，轻轻地哼了一声。

杜杜挤进火炉边一把笔直的小椅子里，眼里带着复仇的闪光望着我；她有点儿聋，总是相信人们在谈论她。长年站在公交车上，给她留下了一双惊人浮肿的腿，如今她几乎完全丧失了移动的能力，到哪里都需要帮助。奥丽芙自己的腿瘦得就好像苍鹭，骨骼复杂地连在一起，我无法想象她如何设法把她的朋友弄出椅子，让她在那个姜饼屋的局促范围内活动。我曾提出由我自己出钱——那时我财源丰厚——让她俩搬到某个更宽敞的地方，只得到嘴唇发白的可怕的瞪眼作为回答。奥丽芙很多年都在海兰公司做记账员，在木材厂，直到它关闭。我怀疑杜杜存了一点儿积蓄——又是那些车票钱，我相信。不管怎样，她们过得了。奥丽芙激烈地捍卫她乐于相信的她的独立。

"你的那个妻子，"她说，继续攻击道，"她怎么样？"

格洛丽亚也很好，我回答，非常好。对此奥丽芙说了声，"哈！"嘴角上斜，咧嘴笑着瞥了杜杜一眼，甚至，如果我没有看错，好像眨了眨眼睛。看起来，镇上的流言肯定在乱飞。

"她没来坐坐，"杜杜对着我大声说，"没来这儿，她没来。"我有没有说过杜杜是，或者一开始是，兰开夏郡的姑娘？别问我她最后怎么成了这地方的人。"我可以说我甚至都不认识她，"她喊道，听起来比任何时候都愤愤不平，"那个奥米夫人。"

"好啦，好啦，杜杜。"奥丽芙责备地说，但是眼里闪烁着快乐的光，仿佛宽纵一个喜爱的做错事的孩子，"好啦，好啦。"

我坐在直靠背椅上，与拥挤的桌子呈一个尴尬的角度，我的手放在膝盖上，膝盖张开，不得不如此，好放下垂下来的柔软西瓜，即我的下腹。我不喜欢变胖，这根本不适合我，然而不管怎么做我都似乎无法减肥。请注意，这不代表我采取了很多减肥措施。或许我该试试佩里·珀西瓦尔的无色食谱。我父亲寻开心时，常叫我杰克·斯普莱特[I]，而很多次我都用一种冷冰冰的蔑视和颤抖的声音告诉他，杰克·斯普莱特不吃肥肉，因此肯定很瘦，他的妻子才是胖子。奇怪，奇怪得与性格不符，他让我遭受的那些一闪而逝的残忍，我的父亲；其中一些足以让我落泪。或许他并没想表现出残忍。我妈妈从来没有对他的戏弄表示抗议，这让我觉得他并无恶意。我觉得他总体上是无辜的，我相信我没弄错。

"去野餐，在室外，在这种天气，"杜杜叫着，更响了，用镇公告员的语气，"你会相信吗？"

想到我从来不能从后面看我自己，这有多奇怪。可能这样最好——想想蹒跚行路的样子——但还是一样。我可以装一排镜子，尽管那会是作弊。不管怎样，我会意识到在看着自己，而自我意识，那种自我意识，总是导向作假，或者至少，错觉。真的吗？在这一点上是的，即我看着我自己。事实是

[I] 英语民谣中的侏儒，这个名字在十六世纪就成为侏儒的同义词。

我永远不会看我自己,前前后后,从所有角度,可以说——恰当地说,就我而言——当然不像其他人那样。我无法在镜子前自然;当然,我在哪里都无法自然,但是尤其在那儿不能。我靠近我的镜像,就像一位演员登上舞台——我们所有人不都这样吗?确实,有时我偶然看了奇怪的没有准备的一眼,在阳光灿烂的日子里的商店窗户上,或者在楼梯转弯处阴影中的镜子里,或者在我自己的修面镜里,甚至,在早晨当我还睡眼蒙眬,或者因前夜而积食的时候。那些时候我看上去多么焦虑,多么鬼鬼祟祟,就像一个人在某个下流无耻的行为中被抓住。但这些偶然一瞥的遭遇也没用,这个没有准备的我不比任何其他的我更令人信服。必然得出的结论是,根据我对这一问题的解读,并没有我——这个在前面我已经明确说过了,其他人也这样说,不止我一个——我所想的那个我,那簇在我体内直立的、坚定不变的、永远在燃烧的烛火,是一簇鬼火,一簇虚幻的火。那么,我所剩下的,只不过是一连串的姿势和态度。别误会我,我觉得这个想法让人振奋。为什么?因为,首先,它让我变成很多个,把我放到全都属于我自己的无尽的宇宙之中,那里我可以是时机和场合需要的任何东西,一个真正的普罗透斯[I],没有人能坚持足够长的

[I] 古希腊神话中的早期海神,可不断变形。

时间让他现出真形。现出什么真形,确切地说?哎呀,当然,现出我所犯下的所有那些下流无耻的罪行。

一次,当我处于尤为强烈的内疚的自我折磨之中时,波莉对我说,带着一丝不耐烦,我不像我自己想的那样坏。我或许会指出,但我没有,这事实上意味着她觉得我还没有像她想象我的那样坏。奥米的剃刀可以完美地切割,永无尽头。格洛丽亚这位不自觉的诡辩学家一天对我说,"你至少诚实一点儿,承认你是个骗子。"让我思索了好几天,那句话;我仍在反复思索。

我环顾四周,水槽的边已经破损了,黄铜水龙头有了绿斑。我盯着发黑的水壶,污迹斑斑的茶壶,盯着碗柜和里面的杯子、盘子——德尔弗[1],我们过去总这样叫——不情愿地、沮丧地、带着可怕的自鸣得意,觉得像在家般自在。

奥丽芙问我想不想喝杯茶。我说我可以来杯酒。我清晰地感觉到杜杜怀有恶意的监听——它让我心神不宁。"我想我们什么酒都没有。"奥丽芙说,皱着眉。就好像我要的是一口鸦片酊,或者一撮魔草。她在碗柜里到处翻,发出巨大的哗啦声。"这儿有一瓶黑啤,"她不无疑虑地说,"上帝知道有多久了。"我看着她把黑棕色的东西咕嘟咕嘟倒进杯子里,陈年的灰尘四处扬起尘雾。黄色沫子就像大海的泡沫,味道像苦艾。

---

[1] 爱尔兰人对盘子的称呼。

我立刻想起我的父亲，他的饮酒习惯是晚上一品脱，就是这个。有时自我，那个著名的并不存在的自我，能自动地啜泣，在内心，悄无声息。

奥丽芙靠在水槽上，看着我喝。她在抽另一支烟，一只胳膊压在凹陷的胸部。"记得我过去常常给你做咕咕蛋吗？"她说，"一种水煮蛋，切碎后跟面包屑和黄油一起放到杯子里——记得吗？我打赌你不记得了，我打赌你忘了。我了解你，你只记得合你心意的。"这些是带着愉快的宽容说出来的，这是她对待我的一贯方式。她看我，我觉得，就像看某种诚实的牛皮大王，早年掌握了一套廉价但有效的把戏，自此以后借此侥幸成功，欺骗了除她之外的所有人，然而始终保持本质上的清白，就像我父亲在我面前一样，或者只不过是个笨蛋。"啊，是的，"她说，"你已经忘记你小的时候，我们的妈跟男人四处闲逛时，谁照顾你了。"她看着我的表情笑了。一寸烟灰从她的围裙前边掉下来；我总觉得当烟灰像这样落下时应该发出响声，远处雪崩的那种遥远的冲击与隆隆声。"你不知道那个，是不是，妈妈和她的男人们？有很多东西你不知道，现在也不知道，虽然你觉得自己是个这么聪明的家伙。"

她弯腰打开火炉，把一根木头喂进它突然咆哮起来的大嘴里，然后用一只穿着拖鞋的一英尺长的脚再把铁门踢关上。

杜杜用她鸟儿般润泽的小黑眼睛一直不间断地监视着我。"而他一点都没注意到。"她说，轻蔑愤慨，从奥丽芙看到我，又看回去，在愤愤的蔑视中绷紧她的嘴。

这次奥丽芙没理她。"出来，我给你看看我的工作间。"

她对我说，拉拉我的袖子。

她把烟头扔进水槽，它在那里发出咝咝声，在我的耳朵听来无疑在嘲笑。

我们小心地寻路走过花园。在一棵被遗弃的、瘦骨嶙峋的矮树下，一团小苍蝇正精力充沛地上下穿梭，在寒冷的阳光下闪出金色，就像一部用空气制造的复杂引擎中快速运转的部分。奇妙的小动物，在这个季节的末尾还在外出，如此忙碌。等真正的寒冷来临，它们会去哪里？我想象它们让引擎慢下来，慢慢沉入冬草那稀疏的庇护所里，在那里它们压在一起，一小片一小片散落的褐色黄金，等着春天。纯粹是想象，当然；它们只会死去。

"你还在写你的故事吗？"奥丽芙问。

小道不平且泥泞，我不得不盯着地面以免走到水坑里，或者被绊倒。

"故事？"我说，"你指什么，故事？我是画画——以前。我是个画家，以前。"

"哦，我以为是故事。"

"嗯，不是。原先不是。"

她点点头，想着。"为什么？"她说。

"什么？"

"你为什么停下来？画画，或者随便什么。"

"我不知道。"

"哦，好吧，反正也没多大区别。"

这，我应该说，绝对是我姐姐和我之间典型的对话。我不知道她是否有意把事情弄错，好气我，或者是否她真的变糊涂了——她比我大了整整十岁。而且跟杜杜住在一起，当然，不会有利于思维敏捷。

我想知道，她怎样理解生活，我的身材瘦长、并不可爱的姐姐，或者她到底理解了什么吗？当然对于什么是有感知力的生物，这个地球表面的活物，她有某种观念，某种看法。这是我常会向自己提出的有关其他人的问题，不只是奥丽芙。她年轻的时候，十七岁左右，爱上了一个男孩，男孩并不爱她。我记不起他的名字了；一个露齿而笑的笨蛋，牙齿不整，梳着飞机头，我就记住这些。我看到她为他哭泣，那天她最终不得不对自己承认他不会接受她。那是个炎热的夏日。她在客厅。那里有个座位，在前窗的凸出部分，事实上，最多是个嵌入的长凳，又硬又不舒服，包着人造革，有一种难闻的、有点儿像粪便但又奇怪地让人安心的味道，就像一只上了年纪的宠物的味道。奥丽芙就是在那里让自己猛扑下去，用一种不舒服的姿势，坐成一个直角，她的大脚，穿着粉色凉鞋——我现在看着它们，那些凉鞋——并排放在地板上，而她的身体从腰部猛地扭向一边，趴在皮面长凳上。她脸朝下，额头压在交叠的胳膊上，抽泣着。我的妈妈也在那里，跪在她身边的地板上，一只手抚摸着她女儿的打结的金属丝般的蓬松头发，其中已经有了一些早生的灰发，另一只手则落在女孩起伏的肩膀处。阳光透过窗户落在她们身上，把她们沐浴在极其刺目的光辉中。我记得我妈妈那几乎是恐慌万状的无助表情。即便在我年轻的眼睛看来，这个景象——疯癫的主妇安慰哭泣的少女——看起来也古雅得过度，色彩过于明亮，就像罗塞蒂[I]或者伯恩－琼斯[II]的某件作品。尽管如此，我带着着迷和凡人的惊骇热切地望着，藏在半开的门后。我从来没有看过任何人哭得如此充满激情，如此忘我地自暴自弃，如此不加掩饰；突然我的姐姐变成了一个带着神秘预兆的动物，一个被放在祭坛上的牺牲品，等着祭司和他的刀。此后很长一段时间，我都摆脱不掉一种看到了我不应被允许去看的东西的感觉，一种笨拙地绊倒在神圣的仪式中，我的在场粗野地玷污了这个仪式的感觉。一个小男孩，或者说尤其是一个小男孩，竟然能够理解这种神圣感，神灵正是从这种越界和神圣的恐怖中诞生的，在世界的童年阶段。可怜的奥丽芙，我觉得那天标志着她可能抱有的希望的终结，对得到哪怕部分满足的生活的希望。自此之后，烟斗、夹克衫和领带，男人式的慢跑，这是她找到的朝世界之眼上吐唾沫的方式。

她的工作间是用北美油松支在花园后墙上的小棚子。有一个斜顶和一扇松垂的门，每个方向都有一扇方形窗户。那里有一个木头工作台，大得就像屠夫的肉案，上面挂着一把巨大油黑的铁钳。地板盖着厚厚一层木刨花，在脚下发出令人愉快的吱吱声。她的工具挂在钉在后墙上的一块长木板上，

[I] 罗塞蒂（1828—1882），英国拉斐尔前派重要代表画家。
[II] 伯恩－琼斯（1833—1898），英国画家，新拉斐尔前派最重要的画家之一。

根据用途和大小整齐排列。工作台上是她的辅锯箱、微型锯子和锤子,她的磨砂板、一管管黏合剂、一罐罐黏黏的亮光漆。

"这都是你爸爸的东西,"她说,指着四周,"所有这些工具和东西。"她谈到我们的父亲时总说成是我的,好像把自己排除在家庭等式之外。我说我不知道他做木工。她摇摇头,表明她对我多么失望。"他总是出来到棚子里,又锯又锤。这是他怎么逃开她的。"她指的是,我不得不假定,我的妈妈,我们的妈妈。我拿起辅锯箱,用手指摸着,皱着眉。"我猜,"她说,"你也忘了我给它们做的那些木框,为你常常作画的画布。"画框——她替我做了画框?如果她记得这个,她为什么声称以为我在写小说?她有一种根深蒂固的狡诈倾向,我的姐姐。"给咱妈省点钱,我是为了这个,"她说,"考虑到没有什么你不能拥有,不管多么珍贵。"我更加仔细地检视着辅锯箱。"我常常替你按尺寸做出画布,用墙纸胶和一把大刷子。全都忘了?我替你做的所有工作,都忘了?你真幸运——我希望有你这样的记性。"

一段段细长的硬木堆在角落里,沿着工作台的前沿挂着一打或者更多的一模一样的基督,每个都被一只小钉子穿过一只手掌固定住,因此它们歪歪斜斜地在那里摇晃,就像一排正下沉的游泳者疯狂地发出求救信号。它们都是用硬塑料做的,有着樟脑丸的湿润和蜡样的光泽。每个都有一顶塑料荆棘冠,以及一点闪亮的猩红色画在胸部左侧,就在胸腔下方。奥丽芙不大赞同宗教,就我所知;在其他年代,她可能被烧死在火刑柱上。我想象她某晚待在这里的女巫巢穴,把这些巫毒娃娃钉到他们的木十字架上,朝自己轻轻地咯咯笑着。"我寄出去涂夜光漆,涂在眼睛上。"她漫不经心地说,噘起嘴,用手指摆弄着一缕散落的头发——显然她认为这是一个特别有灵感的创新。我问她十字架做好后怎么处理。在这一点上她目光变得游移不定。"我把它们卖了,当然。"她说,不屑地耸耸肩,抬起一边瘦骨嶙峋的肩膀,又把它放下,忙着挑选和点燃又一根香烟。我看着她把依然闷烧着的火柴扔到我们脚下的刨花上。我问她把它们卖给谁;我真的很好奇。她又开始咳嗽,斜靠在工作台上,驼着背,轻轻地跺着一只脚。等这阵咳嗽过去,她站在那里,头抬着,发出一种哼哼的声音,手按在胸口。"啊,有个商店收购那类东西。"她喘着气。这显然是谎言。我怀疑她把它们扔了,或者用来引燃厨房的炉灶。她深吸了一口烟,朝窗户吹出去,烟在那里变成轻柔的烟浪,就像胀大的南瓜;这个世界的那么多东西都是无定形的,尽管它看起来那么坚固。我能够看出奥丽芙迫不及待地想换个话题。

"你的朋友怎么样了?"她问,"那个修表的家伙。"

"马库斯·佩蒂特?"

"马库斯·佩蒂特?"她抗议道,学着我的话,做出白痴的表情,摇着头,这让她看上去像坦尼尔[I]的长脖子爱丽丝,

[I] 约翰·坦尼尔爵士(1820—1914),英国插图画家,漫画家,曾为《爱丽丝漫游奇境记》绘制插图。

在她吃了毛毛虫的魔法蘑菇之后,"你以为在这个巨大的都市会有多少钟表匠?"

我放下辅锯箱,清了清嗓子。"我没有和马库斯见面,"我说,看着我的手,"有一阵儿了。"

"我不相信。"她沙哑地笑了,"你在玩一个好玩的游戏,你们这帮人。"我的脖子后边变得火辣辣的。我发现,一个人永远不会老得感觉不到自己被当作孩子教训。"我猜你也没见到他的太太,有一阵儿了。"

我正打算回答,天知道我会做出怎样的回击,她突然举起一只手,把头朝长长的脖颈的一边歪去,听着来自房子里的某个只有她能听得到的声音。"啊,她又来了。"她说,带着明显的怒意,立刻走出棚子,冲过花园朝后门走去。我跟着,走得略慢。我想我依然红着脸。

杜杜坐在扶手椅里处于巨大的悲痛之中,她的小脸皱了起来,发出鸟儿似的吱吱声,摆动着她的手和脚,同时孩子气的大滴眼泪在眼里升起。奥丽芙朝她弯下腰,发出安慰的声音,越过肩膀朝我狠狠瞪了一眼。"没事,"她说,用舞台上的那种高声耳语,"只是老排水系统。"她转回杜杜那边,"就这个吗,杜迪,"她喊道,"只是排水系统,没其他的?"她弯得更低,闻了闻,再次转向我。"没事,"她说,"就潮一点儿,没更糟的。"她直起身,抓住我的胳膊。"你到厅里去,"她说,"等着。"一阵疾风突然出现;在烟囱里呻吟,掀起了炉盖。杜杜感到难堪,因无能为力而羞愧难当,现在放声大哭起来。"快走,快走!"奥丽芙咆哮着,发出嘘声将我赶走。

昏暗的门厅里很冷。一束微弱的带粉红色的光穿过前门上方气窗的红宝石色玻璃倾射而下，把那排斜挂的十字架上基督的半成品从棚子里带回到我的思绪中。我还是个孩子的时候，总觉得教堂雕像让人害怕，它们就站在那里，不完全是真人大小，忧郁的目光投向下方，细长的手伸出来，厌倦地向我乞求某样东西，这样东西的性质我猜不出来，连它们似乎也很早以前就遗忘了。圣龛里的灯也让人不安，红得就像这里门上方半月窗的玻璃，永远发出红光，坚定不移地监视着我，我那有罪的生活。有时我会在夜里醒来，哆嗦着想着它在那儿，那只永远警惕的眼睛，在教堂有回声的巨大空洞中跳动。

现在在大厅里，来自过去的一大堆东西盘旋在我四周，在那儿又不在那儿，就像我舌尖上的一个词。

压低的挣扎和用力的声音从厨房里传出来，我猜想杜杜的内裤正在换。我可以听到那个肥胖的小女人含泪的喊叫，奥丽芙粗鲁的安慰。这，我想，肯定是爱，归根结底，一方脆弱又需要帮助，另一方精力旺盛又务实。尽管如此，不是我能做到的，对我来说，太平实了，缺乏润饰；总而言之，太普通。

我为什么没离开这个房子？就在那时，我为什么不就从前门溜出去，偷偷离开，溜进下午的自由之中？奥丽芙可能不会介意，甚至可能不会注意到我离开了，而我肯定可怜的杜杜会很高兴摆脱了她丢脸的见证人。是什么把我留在那个门厅里，什么样的手指从一个失落的世界里伸出来，爱抚、勾留？油布的味道、旧墙纸的味道、落满灰尘的大花帘、那一道照在我身上的神圣耀眼的光。我吃惊地发现眼泪在睫毛上刺刺的。我为什么或为谁而哭泣？为我自己，当然；我还为其他什么人哭过吗？

不久我被叫回厨房。一切皆如从前，除了一股强烈的氨味，以及杜杜满眼血丝的沮丧凝视。我又坐到桌边。风现在砰砰敲打着房子，透过狭小的门缝，沿着炽热的盖子边沿，弄得窗子嘎嘎不停，让橡木吱嘎直响，让火炉喷出一阵阵的烟。坐在那里，我觉得自己被吸进了房间百无聊赖的节奏中。奥丽芙又泡了另外一壶茶，不再注意我，在我身边走来走去，好像我不过是一个有点儿麻烦的障碍物，一个一直在那儿的东西。

我发现自己又在，莫名其妙地，想着格洛丽亚那棵盆栽的桃金娘树，快要死了的那棵。我一直叫它桃金娘，但我不能肯定它是不是。因为担心寄生虫可能回来，一天格洛丽亚决定剪掉所有的叶子。她带着一种不属于她性格的、在我看来几乎与圣经人物相似的狂热开始了这项工作，毫不留情，下定决心，直到连最小最嫩的枝条也不见了。任务结束后她流露出满足的神色，尽管愤怒的正义造成的余颤似乎依然在她体内悸动。我不得不同情这棵可怜的灌木，它那修剪后的样子看上去显然颇难为情和自哀自怜。我多少觉得格洛丽亚在某种程度上认为我对这个东西的困境负有责任，好像我把寄生虫带进了屋子，不只是把它们带进来，而且是它们的祖先，一条巨大的白蛆，有着肿胀的囊，有一天爆开，把无数的幼虫喷洒到她那无力防卫的小型绿色宠物的各处。整个秋天它都站在那里,枝叶全无,看起来也了无生息,直到一个星期前它醒过来,突然开始以惊人的速度发出嫩芽——几乎都能看出它们在发芽。我不能肯定是什么造成临近冬季时的这一非自然繁荣。或许我不该弄清这一点。格洛丽亚没有谈论这棵植物的复活,尽管我似乎在她眼里看到胜利的光,仿佛她觉得自己被证明是正确的,或者甚至以某种方式复了仇,对某件事,或者某个人。她的情绪非常奇怪,高度紧张,我根本没法理解。它让人非常心绪不宁。我一直等着空气开始震动,脚下的大地开始摇晃,尽管我觉得不会再有地震了,已经有了这么多。

我俯身在桌子上,喝完了那微温的肥皂沫似的啤酒根,放下杯子,说我得走了。杜杜依然不看我一眼,反而对炉子怒目而视,耸着肩,时不时地低声嘟囔一两个狂怒的词。事实上,他们非常般配,她和火炉,连看上去也矮胖胖的有点儿相似,他们两个都在内心持续燃烧,对自己嘟嘟囔囔,射出一阵阵愤怒的热和烟。我是最早主张神人同形同性[I]的人。

奥丽芙跟我来到前门,我们在姗姗来迟的午后厚厚的金色阳光中一起站了一会儿。风突然停下来,就像它突然刮起

[I] 神人同形同性论是指人们认为其他生命体或类生物体都具有人类的情感,甚至具有自己的性格特质。

一样。巨大的茶褐色叶子刮擦着人行道,某处树上一只老乌鸦在嘶哑地咳嗽,咒骂着。我记性多好啊,保留住这么多东西,而且如此清晰;我肯定是在想象。我站在那里,双手插在外套的口袋里,瞥视四周。濒死季节里的凄凉思绪。然后,让我大吃一惊的是,我听到自己在问我是否能再顺道拜访这里;我不知道是什么突然控制了我。没有回答,我的姐姐笑了笑,扭头看着别处,用她的下颌做着那种一侧的咀嚼运动,那是她被逗笑时做的。"你从来不知道,是不是,你有多被人爱着,"她说,"这么多年都不知道,现在看看你。"我想问——怎么爱的,被谁?——但是她摇摇头,依然带着那种心照不宣的悲伤笑容。她把一只手放到我的肘部,推了我一下,并非不友善。"回家,奥利,"她说,"回家到你妻子那里。"或者她说的是不是日子?——不是妻子而是日子[1]?不管怎样,我离开了。

然而,我才走了不一点儿路就听到叫声,回头看见奥丽芙跑向我,手里拿着什么。她扎着围裙,穿着羊毛衫,拖着旧毡拖鞋沿着人行道一路连跑带颠,我在震惊中看到,她带着整个相似的家族跟她一起:我的父母在那里,妈妈和爸爸,还有我死去的哥哥,也有我,我在那儿,还有我失去的孩子,

---

[1] 英语中妻子(wife)与生活(life)发音相近,故译。

我失去的小女儿,还有一大群其他人,我知道他们但是只能大致认出来。死者就这样回来了,被生者带着,涌向我们四周,他们的苍白幽灵,以及我们的。

"给你,"奥丽芙喘着气说,"给你的一个礼物。"她把一支木十字架塞进我的手里,"或许能带给你好运,也省得你偷一个。"她笑了。

结尾这种想法,我指的是可能有一个结尾,总是让我着迷。肯定是必死的命运,我们自己的,给了我们这个想法。我会死去,你也如此,会有一个结尾,我们说。但是即便这个也不肯定。毕竟,除了神父向我们许诺的,没有人或幽灵曾经从那个声名狼藉的目的地回来,也不大可能回来,告诉我们那里有什么让我们高兴或者相反的在等着我们。与此同时,在我们堕落的有限世界,一个人着手去做或制造的任何东西都不可能被结束,只能中断,放弃。因为是什么构成了结束呢?总会有更多的东西,通向冒险的另一步,要说的另外一个词,要添加的另外一笔。所有集合的集合本身只是一个集合。啊,不过等一下。需要考虑到循环。推到极致,事物可以永远继续,一圈又一圈。当然,那是一种结尾。确实,没有终点,就其本身而言,没有缓冲器与火车相撞。在循环外仍是一无所有。嗯,当然有,有很多,有几乎一切,但是对于正在循环的东西来说没有任何意义,既然它结束于自己,在全都属于自己的打着旋的无限之中。

太棒了,纯粹思辨的美妙注入——不用在意逻辑上存在问题——冰冷、无色，好像一剂鸦片，能够暂时麻木最糟糕的苦难。暂时。

不管怎样，激起今天的短暂头脑体操的是想到在这个特殊循环的任何一端，任何极端，我应该说，都在我的掌控之中，也在你的——事实上，它与其说是循环，不如说是翻绳游戏——应该碰巧出现一次野餐。是的，野餐，事实上，不是一次而是两次。让你的思绪回到我的叙述上，啊，很久以前，我能记起的我们四个的初次相遇，即，波莉、马库斯、格洛丽亚和我，是一次小小的郊游，我们在一个雨水时断时续的夏日午后一起去公园。我那时说它就像一幅《草地上的午餐Ⅰ》，但是时间，我指的是最近一段时间，已经将它柔化成某个不那么大胆的行为。相反，把它想象成，比如说，沃布林笔下的景色，我的同类Ⅱ，不，我的双胞胎，不是在夏天，而是其他某个季节，更忧郁的，黄昏的公园和一片片褐色的树，在一堆堆巨大的黄昏云朵下面，黄褐、金色、石膏白，在林间空地里，看，这个发着光的小组被安置在草地上，一人懒洋洋地弹着曼陀林，另一人满眼渴望地望着别处，一只手指压在有酒窝的面颊上——她确实有酒窝，波莉，在那些日子里——在前景中，一个戴着假髻的金发美女穿着光洁的绸衣，

Ⅰ Ⅱ 原文为法语。

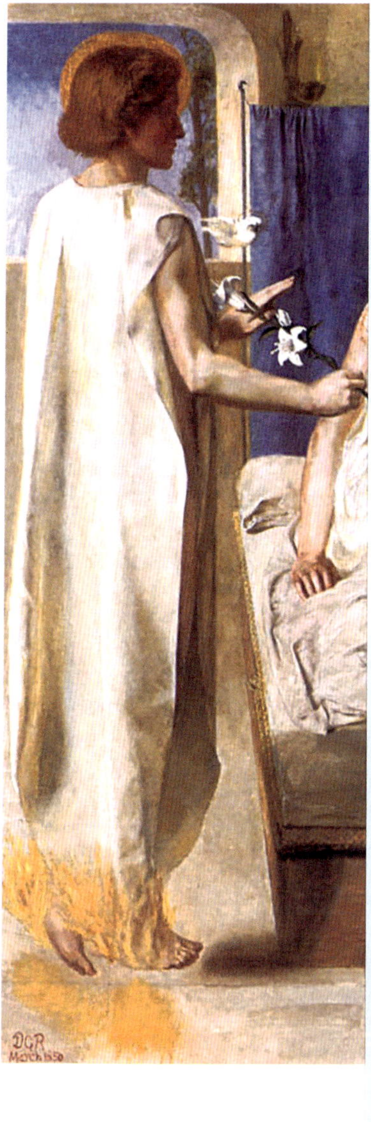
DGR
March 1850

而附近另外某人，猜猜是谁，谋取着一个吻。我有意去掉了雨水、蚊虫，和那只我发现在我的红酒杯里绝望地划水的黄蜂。这个聚集在那里的野餐群体，他们看上去像你想的一样高雅，不是吗？但是他们身上的某些东西发出微弱的不谐和音符，仿佛那把大腹便便的曼陀林上有根弦跑了调。

你对这个想成为秘吻者的人的猜测错了，顺便说一下。老实说，不是我[I]！——让我们坚持这种我们今天似乎偏好的法国风格，归因于沃布林的突然显形，我猜。

妒忌。现在我的那些长文中又有一个合适的主题了，我肯定我们现在都对那些长文彻底厌倦了。但是妒忌是我过去这几个星期才想到的，依然很新，如果可以这样说的话。心灵的丑闻，燃烧的血液，骨头里的针，根据你的口味选择你的说法吧。至于我，我会交出一个不加粉饰的循环故事。好吧，注定会有一抹粉饰，尽管我会尽力给它刷上最最薄的涂料。就像通常处理这些韵事——正确的词！[II]——那样，从来无法完全获得真相。总有什么被忽略、回避、压下，一个被熟练篡改的日期，一个约会被描述成某个它不是的东西，一个差点无意中被听到的电话突然在句子中间停下来。总之，如果有人真被提供了全部真相，未加粉饰的，他也不会接受

[I] [II] 原文为法语。

它，因为在怀疑的第一次阵痛之后，一切都染上了不确定性，浸泡在绿色胆汁的炽热之中。我从来不知道"淫秽"这个词的含义，从未感受到它那压倒一切、君临天下的权威，直到我被迫去想我心爱的，我的心上人之一——我的两个心上人！——汗淋淋地肉压着肉，与某个不是我的人。是的，一旦这个无用之物抬起它那丑陋的头，挤在它那光滑的深褐色头盔里，就不可能避开它可怕的、扬扬得意的眼睛。

在所有人中，是杜杜第一个把轻微的怀疑植入我的心田。她提到野餐，无心说到的，那时显得如此，然而就像一颗坚硬扎人的小种子在我的头脑中种下，很快就伸出蛇形的卷须，初发的嫩芽会变成纷繁、恶臭和有毒的花朵。我取道镇子上的僻径，穿着我的长外套一路僵硬地走着，手在背后抓在一起——想想波拿巴，在厄尔巴岛——沉思、猜测、计算，尤其是在我的记忆中捡拾着线索，用它们喂养我越来越坚定的信念，相信事情在进行，而我迄今一无所知，或者至少我蒙住了自己的眼睛。在我们四个人中发生了什么，真正发生了什么？很久以前那一天在公园里，在阳光下和细雨中。是否我一直忙于记录波莉，为了将来把她储存起来，就像一只蜘蛛——我的上帝！——会捆扎一只华美地闪着光的孔雀绿苍蝇，以致没有注意到完全相同的事情在另一处发生？照这样回想，试着解开纠缠着的过去，困难在于每件事都变得脱节了——哈！——我必须做的一半努力不过是与我自己同步而行，直达我不想到达的地方。连我的语法线索也纠结在一起了。

"你可以说，"格洛丽亚说，我看到她斟酌着用词，慢慢地思索着,"我们达成了共识。我们都没谈它,那天,野餐那天,之后很长时间都没说,好多年都没有,直到有了适当的刺激。"

"适当的刺激!"我说,语无伦次,"在家里是指什么?"

我的想象强加给我的东西!——那是波拿巴突然冒出的几个往事片段让我现在看到我自己,在重要对质中,穿着圆摆外衣和紧身白马裤站起来,更紧的双排扣帆布背心凸起在我肥胖的小肚子上,给我的面颊带来一种中风患者的光泽,当我在镇静得超乎自然的妻子面前趾高气扬地走来走去,一根油腻的额发落在我球根状的眉毛上,大军团[I]挤在门外,一边推搡、窃笑。事实上,门是玻璃的,没有人在外面。我们是在冬季花园,那个巨大壮观的温室,由弗雷迪·海兰的一个仁爱的祖先为了公众的快乐而兴建的,在镇子的另一座矮山的顶部——从这里朝东望,越过一英里乱糟糟的屋顶,我们能看到冬天的太阳,已经准备落山,顽固地在费尔蒙特山上我们房子的窗户里发着亮。冬季花园给我们正在进行的这种争吵提供了极其必要的独处环境,因为这里总是空无一人,刚开始,镇子把这个地方视为可笑的胡闹,而且对身体不好,在结核病流行的那些日子里,因为里面的潮湿和湿气。在海兰家族雄霸一方的时候,有关这个或那个家庭磨坊或工厂的

[I] 拿破仑在拿破仑战争中指挥的军队。

周五晚上裁员的新闻会横扫小镇，就像被风吹赶的火焰，等到黑暗降临，几伙刚失业的工人会组成一群牢骚满腹的暴民，踏上哈顿山，包围不设防的愚蠢建筑，打碎它的一半窗户，到了星期六早晨，海兰家的人，带着特有的让人厌烦的不屈不挠，会找人来修复，受雇的是同一小队工人，就是他们在前夜打碎了窗户。

"你完全无可救药。"我妻子说。她看着我，并非没有怜爱，带着一抹最浅的微笑，"你确实明白了，是不是？我是说，你肯定明白。"

那天很冷，室内这里，玻璃墙被水汽弄得灰蒙蒙的，外面明亮的小水流不断地流下来，因此我们仿佛是在一个高高的大厅，四周挂着一条条巨大的珠帘，银色的，闪着光。在木构架的支柱上方高处安装着古老的煤气喷嘴。很久以前，某个人把"吊死德国佬"刻在其中一块镶板上，用一枚钻石戒指，肯定如此，我立刻想象弗雷迪·海兰滑稽地在我们头上的一个金属支杆下荡来荡去，眼睛爆出，蓝色的舌头伸在外面。

我对格洛丽亚说我不明白她在说什么，我怀疑她也不明白。她是不是说，我质问道，很多年来，很多很多年来，自从那天在公园野餐，她和马库斯就是——什么？秘密情人？"啊，别搞笑了！"她说，扬起下巴笑着。最近我开始注意到她的这种新笑法，一种冷冷的、金属似的声音，更像远处的钟声在霜冻的日子里越过田野传来，我现在想到，这肯定是波莉曾经令人记忆深刻地描绘给我的马库斯那种小小的冷笑的副本。我现在在出汗,不仅因为此处潮湿的温热。我想象他们两个在一起,我的妻子和我以前的朋友,谈着我,他的笑,以及她和她那新的清脆笑声,我感到一阵无比清晰、无比纯粹的痛楚,如此纯粹和清晰,有一秒钟我因此失去了呼吸。永远有新的受难方式等在那里。

"此外,"格洛丽亚说,"你厚颜无耻,还对我高谈阔论什么秘密情人。"

我们迈进棕榈屋,对于不过是隔在玻璃屏后面的建筑一角来说,这是个宏大的名字。那是一个修道院般的幽暗地方,被塔一般的植物占据,与其说是植物不如说像动物,皮革似的叶子大得像大象的耳朵,它们的底部有一团团厚厚的毛状物,弄得像是它们的袜子滑了下来。格洛丽亚坐在一张矮石凳上,抽着烟,身体微微前倾,两腿交叉,一只胳膊支在膝盖上。我无法理解她怎么会这么镇定,或者看似如此。她穿着她的白色宽大外衣,我不喜欢的那件,有一个圆锥形的领子。我觉得,在这个潮湿、闷热、腐臭的地方,我仿佛摔出了高高的窗户,但是不知怎么悬浮在那里,在一股强大的上升气流上,马上就要开始朝向地面的漫长坠落,空气会在我耳边尖叫,大地会以令人眼花缭乱的越来越快的速度朝我旋转而来。然而我却也想笑,出于某种发狂的受难冲动。

"你应该告诉我。"我说,我肯定自己在绞着手。

"告诉你什么?"

"野餐。你和——"我想我会被它噎死,"你和马库斯。"

对此她又露出她的浅笑。"没有什么可说的,"她说,"那个时候。此外，我看到你那天朝波莉眉目传情，多年前那天，试图看到她的裙子里面。"

"你在说什么？"我争辩道——是的，那天我做了很多争辩，"你在瞎想！"

我可以感到身后那些大耳朵的动物，那些大象似的树；它们不会忘记听到的任何事情，关于我最终的垮台。

"听着，唯一发生的事情，"格洛丽亚耐心地说，仿佛再一次着手尝试对一个笨蛋解释某个复杂的东西，"是我们意识到我们是心灵伴侣，马库斯和我。"

我觉得好像体内某个沉重、柔软的东西扑哧一声翻了个个儿。"什么，"我口齿不清地喊道，"你和那苦恼的长木条？"如你所见，我已发展到骂人的地步；时间还没过多久。"心灵伴侣？"我说，又一阵厌恶的颤抖，"你知不知道我多鄙视那种事情？"

"知道，"她说，她直直地盯着我，"我知道。"

我绕过她，用我拳头的一侧在雾蒙蒙的玻璃墙上弄出一个窥视孔。外面，天空如洗，地平线上是铅粉色边的云朵，看上去就像从什么东西里压出来的填料。似乎总是有这样的云，即使在最晴朗的日子里；肯定总有某处在下着雨。我转过身去重新跟妻子说话，她坐在那里背朝着我，但我发现我说不出话来，我无助地站着，张口结舌地望着她那倾斜着的光光的脖子显出的微光。她扭过头，越过肩膀看着我。"你怎么发现的？"她问。

"发现什么？"

"野餐,所谓的。"

"哪一次?"

她朝我绷紧嘴巴:"我不大可能指我们四个举行的那次,是不?"

我说肯定有人看到了他们在一起,她和马库斯。"当然,"她说,被逗乐了,"这是难免的,我想,考虑到这个地方的情形。"现在她更仔细地看着我,皱着眉,似乎突然关心起来。"来,"她说,拍拍身边长凳上的空位置,"过来坐下,你这个可怜的家伙。"

只有在梦里事情是不可避免的;在醒着的世界里,没有什么不能避免,只有一个著名的例外。那是我一贯的经验,到目前为止。但是她的行为方式,拍拍长凳并叫我"可怜的家伙",预示着不应回避的一次必然。

"告诉我真相。"我说,在她身边重重坐下。

"我已经告诉你能说的一切。"她把烟蒂扔在脚下,用鞋跟熟练地碾着,"看到我们的那个人,不管是谁,不可能看到很多东西。我拿了一瓶你的葡萄酒,马库斯带来他从什么地方买的糟糕的三明治。我们出发到费里角,我把车停在桥上那个地方。我们聊了几个小时。我冷得不得了。你应该看看我的指关节,非常非常红。"

我应该看看她的指关节。

"这是什么时候?"我问,沉得更深,几乎是舒服地沉入我刚刚孵出的痛苦之中。

"就在你逃走之后,马库斯明白发生了什么,"她说,声音变得硬硬的,"我早就知道很多年了,当然。"

"你指什么,很多年?"

"从一开始,我想。"

"而你不在意?"

她想了想,又倾身向前,摇着一只鞋尖。"不,我在意,"她说,"但孩子死后我已经流光了所有的泪,所以没有什么留下给你了。抱歉。"

我点点头,盯着我的手。它们看起来像其他什么人的,多瘤、青筋凸起,没有血色。

"如果你知道,"我说,"为什么你不告诉他?"

"马库斯?"

"是的,马库斯。既然你们是这样的心灵伴侣。"

她在外衣里做了类似仰头的动作:"我以为他也知道。我们从来不谈你,或波莉,直到你逃跑之后。"

"然后呢?那时你们谈论我们?"

"不多。"

我望着一棵高过我们的巨大棕榈树,就像冻住的绿色喷水孔,展示出它全部的巴洛克风格和笨重的宏伟。折叠的叶子,最宽大的地方可以宽得像当地的独木舟,打上了厚厚的蜡皮,疤痕累累,在那里俯身低垂,上面有着古时涂鸦的象形文字。这么重的一个家伙,被固定在那儿,保持一种看起来痛苦的姿势,然而也无足轻重。事物之间的张力,这始终是最难捕捉的品质,不论我使用什么媒介。每件事都被支撑着对抗世界的拉力,竭尽全力升起却驻足于地球上。一把小提琴总是比它看起来的轻，弦绷得紧紧的，你把它拿起来，会觉得它想要从你的手上升起来。想想箭飞出后的那一刻弓箭手的弓，想想弓弦砰的一声响，弓身弹起，沿着它那弯曲又恢复的全长产生的所有震动和嗡嗡声。我是否曾经达到过任何那样的轻盈，那种激扬空气的轻快？没有，我觉得。我的东西总在妊娠状态，被我对它们的过度希望压弯了腰。

"波莉不知道，是不是？"我问。我听起来就像一个破产的人凄惨地询问是否至少他的前门还在铰链上。

"不知道什么？"

"你和马库斯进行的这个所谓的第二次野餐。"

"我不知道波莉知道什么，"她说。她的呼吸好像带着笑，"波莉忙着钓其他的鱼。"

鱼，我没问，什么鱼？不，我不问。我不会逼得太紧。我能用这根特殊的棒子击出的次数是有限的。

我说波莉和我之间的一切都结束了；不管怎样，也不是很多，如果跟事情的一般情况相比的话。"是的，"格洛丽亚说，点点头，"马库斯和我之间，不管它是什么或不是什么，也结束了。"

我站起来，走过去又站在玻璃前，再一次望出去看着小镇。我们看到的落下的太阳不再是太阳本身，而是它的残像，被地球大气的透镜折射而成。如果你愿意，可以从中得出什么结论；我没这个心情。

"我们现在做什么？"我问。

"什么都不做，"我的妻子回答，用衣服紧紧裹住全身，尽管潮湿的热气从四周压下,"没什么要我们去做。"

她是对的。一切都已经做了,我想,尽管她甚至还不知道所有那一切都包含着什么。为什么生活的意外几乎总是令人厌恶,有一个讨厌的喜剧边缘,只是为了保险起见。

最近的某一天我出去走到费里角,爬上那里陡峭的山坡,穿过依然开放的金雀花丛,还有竖立的一丛丛死去的藤类植物的茎,非常锋利阴险。我一次次跌倒,撕坏了裤子,擦伤了膝盖,弄坏了不合脚得离谱的鞋子——我从格兰奇堂的珍妮那里借来的靴子到底怎么样了?等到我攀登到高处,我觉得就像比利·邦特[I],在他又一次倒霉的擦伤之后剧痛、青肿。可怜的比利,每个人都嘲笑他,尽管我想不出为什么,在我看来他显得如此悲伤。上面那里山是平的,仿佛它的尖端被削掉清除了,留下一块宽阔圆形的黏土土地,很少有什么生长,即便在夏天,除了矮小的草和蓟,以及这里那里孤独生长的罂粟花,难为情地红着脸。这个地方经常被过去称作恋人的人光顾——他们晚上开车上来,在著名的景色前停下,尽管景色基本不是他们头脑中关注的东西,不管怎样他们不大可能在黑暗中看清多少。我曾经看到半打的车在某个时刻

[I] 英国作家汉密尔顿小说中的一个带有喜剧色彩的学童。

开到那上边，并排停放，就像晒太阳的海豹，车窗蒙上了水汽，大多数时候没有声音从里面传出，尽管时不时它们中的不管哪个会开始在弹簧上摇摆起来，一开始很轻柔，但是越来越急促。有时孤独的人也来这里。他们把车停在远离其他人的地方，他们的车似乎笼罩在更深的黑暗中。他们的挡风玻璃黑黑地盯着夜晚，在无声的绝望中，而在光滑玻璃后面的黑暗里，一根香烟的燃烧末端一闪又暗下去，一闪又暗下去。

我承认，景色恢弘壮观。河口，用点画法画出的宽宽一席银色，一直伸展到地平线，两边的榛树林没有人敢涉足，除了古怪的猎人，在它之上，平静的群山把自己整齐地折叠在天际线下。在这边，在这个被斩首的高坡上，有一座坍塌的塔的残骸，就像一只折断的手指在愤怒的对骂中指向天空；在诺曼人时代，它肯定站在那里守卫着下方河边狭窄的浅滩，现在那上面跨着一座古老的铁桥，从它摇摇摆摆的样子来看，随时都会坍塌。那是农夫开着卡车在那个暴风雨和逃亡之夜带上我的地方，多少个月以前了？不超过三个月——我简直难以置信！马库斯恰好掉下了那座桥，在他下去的路上。

依然气喘吁吁，上气不接下气，我坐在塔边墙下生着青苔的石头上。是什么把我带到这里？这是一个有着单一的，不，有着多重意义的地方。这是马库斯和我的妻子第一次幽会的地方，进行第二次野餐，喝着我的葡萄酒，吃着马库斯的糟糕的三明治。是在白天，还是夜晚？当然是白天——即便秘密情人也不会在天黑后去野餐，不是吗？我想象格洛丽亚的指关节，冻得通红。我想象她抬起脸，笑着，眼睛闭着。我想象马库斯的一缕头发掉到前面,被她的呼吸吹动。我想象汽车在弹簧上摇摆。

我闭上自己的眼睛,感受着十一月的阳光在眼皮上的微微暖意。

在伟大的世界里,事情继续出错——谈谈这个可怜的错误!那些太阳风暴没有缓和的迹象。在恒星燃烧的外壳中,螺旋状的火和气从裂缝中射进太空,据说其中一些远及百万英里。商店在卖一种东西,透过它可以观看这些巨人般的骚动,一种硬纸板做的面具,在撕开的眼洞处有某种特殊的滤波器。可以遇到孩子们,不只孩子们,戴着面具在大街上一动不动地站着,盯着上方,好像被定住了一样,我觉得他们是被定住了,太阳是最古老也最引人注目的神。也有壮观的陨石雨,自由的焰火在黄昏时显现,就像宇宙钟表过去那样规律。每隔一天就会有新闻报道新的灾难。可怕的潮汐冲过群岛,冲刷掉前面的一切,淹死数以万计的棕色小人,数块大陆突然折断,塌入海里,同时火山喷发出成吨的灰烬,使全世界的天空变暗。与此同时,我们可怜的受伤的地球沿着它椭圆的轨道轰隆隆前行,像陀螺在旋转结束时那样来回晃动。旧世界在回归,倒退进程正如火如荼,很快一切都将成为它曾经的样子。这是他们说的,占星者和预言者。教堂里人山人海——能听到里面信教者集体的声音,在颤抖的圣歌中升起,悲痛,哀求。

我肯定睡着了几分钟,在太阳下,在矮墩墩的塔墙下,坐在我的石头上。这件事我做得越来越频繁了,这些日子里;

温和的嗜睡病,似乎是,是心灵被困扰和磨损的后果之一。听到有人叫我,我惊醒了。他是一个老人,弓着腰,瘦骨嶙峋,下巴上有胡子楂,目光阴冷。一瞬间我以为是老农夫本人,开卡车的那位,还有他那令人毛骨悚然的——要是我能知道——死于水里的预言性故事。现在想起来了,或许是他。一个老男人,在衰老的那个阶段,看上去会难分彼此,我认为。他的裤子肮脏得异乎寻常,大得足以装下两个他,随意地绕在腰部和骨瘦如柴的小腿上,被一对我知道他会称为吊裤带的东西拉起来。他的衬衫没有领子,他那没有扣子的外衣很长,他的靴子没有鞋带,就像他的裤子,比他大出去好几码。"有烟吗,伙计?"他沙哑着说。

我说没有,我没有烟,而且立刻,我不知道什么原因——除非是老男孩的柔和目光里的什么东西搅动了我的记忆——我回忆起很多年以前,当我还是个孩子的时候,我如何常常来这里,跟我爱着的一个校友。他的名字,尽管你不会相信,是奥利弗。我说爱,但是当然我用的是这个词的最纯洁的含义。奥利弗或我都不会想很多,比如彼此抚摸。有大半年时间我们如胶似漆。我们是两个奥利,一个矮胖,一个高瘦。我从不装腔作势,但对被看到和他在一起我深感自豪,仿佛我是个探险者,而他是某个有趣得让人难忘的高贵家伙,比如,印第安人的酋长,或者阿兹特克王子,是我在数年漫长的航行之后带回来的。最后,在一个悲伤的九月,他和家人搬到了另外某个城镇,相距甚远,留下我失魂落魄。我们发誓保持联系,我觉得我们甚至通过一两封信,但是之后联系就结束了。

我的密友的吸引力丝毫不在于他有一只玻璃假眼。那时候不太经常遇到玻璃假眼,除非制作者极其擅长地把它们加工得看起来像真的。奥利弗在一次事故中失去了一只眼睛——尽管他阴郁地坚持根本不是事故——他的哥哥用一把气枪射他。他对自己的毁容非常敏感,我觉得他说服自己人们不会注意到,除非他们的注意力被引到这上面。当我热切地希望他把眼睛拿出来的时候——谁不想看看眼睛后面的小玩意,所有那些弯弯曲曲的紫色血管,那些纠结的小管子,那些末端有吸盘的小插管——他不愿意这样做。有一天他让步了——在那个年龄,一个人可以为朋友做多少事啊——我深感失望。他弯身向前,一只手的手指聚在一起,做了一个快速的旋转动作,然后它就在他的手掌里了,比一颗大弹珠大一些,有光泽,处处潮湿,以某种方式同时表达了义愤和惊讶。最让我感兴趣的不是眼睛,就像我说的,而是眼窝。然而,当他抬起头看着我,带着一种好奇的、少女似的害羞时,那里没有我所希望的张开嘴的洞穴,而只是一个皱缩的粉红色空洞,有一道黑色裂缝,眼皮不大能碰到一起。"难办的是把它放回那儿去。"奥利弗用一种有点儿受伤、有点儿责备的语气说。

老人离开了,在坡顶四处闲逛,抓耳挠腮,咳得像山羊。他在找什么?他想发现什么?这个地方散落着压碎的香烟盒、踩平的烟头、空酒瓶,废纸上是无法查看的污点,在烂泥里污迹斑斑的避孕套。另一个奥利和我,我们在这里做什么?坐在塔墙下面,就像我现在这样坐着,认真地谈了几个小时的人生和相关的事情。啊,我们是严肃的一对。我的伙伴有一种平静得不可思议,又特别具有穿透力的注视,尽管,或者正因为,他的玻璃眼睛。我觉得他的思想复杂得惊人,当然他比我曾希望成为的还要聪明,知识渊博得多。他知道如今声名狼藉的梵天假说[I]的所有一切,甚至在我听说之前,而且能够解释无限理论直到地老天荒。奥利弗告诉我,他爸爸申请了葛德利理工学院的一个席位,那是一个有着技术魔力的席位,奥利弗熟不拘礼且带着令人敬佩的冷漠称之为老饭桶。我过分害羞,没有告诉他我计划成为画家。回顾往事,我怀疑他对我没有多大兴趣,尽管如此,我们被认为是非常要好的朋友——即便在男生中也总有一个人被爱,一个去爱。我想知道他怎么样了。我猜,在某处做着某个无趣的工作,一个助理经理职位,或许,在一个地方银行。真正聪明的那类人很少实践他们早年的诺言,而很多愚蠢的家伙最终把自己摇醒,大放光芒。我则相反,先大放异彩,过些时候又变得黯淡。

格洛丽亚要生孩子了。不是我的,无须赘言。她不知道拿它怎么办,我也不知道。再谈论愤怒、嫉妒已毫无意义,刺骨的痛苦,一切都已注定。我们强烈地感到,她和我,我

[I] 约翰·班维尔虚构的一种假说,最早出现在《无限》中。

们的困境有着略带滑稽的一面。我们很尴尬,不知道该做什么。我们可以假装我是父亲,没有比这更容易的了,但是我觉得我们不会。格洛丽亚可能会离开,就像过去女士们常做的,不惹人注意,当她们发现自己处于一种为难的有趣境地时。她依然在寻找艾格莫尔特的房子;她可能退隐到那里,直到她临产——我多喜欢这些古雅的委婉语——但是这有什么好处?最后她会不得不回来,拖着她那跳来跳去的无法解释的孩子。她现在没有离开我的打算。她没有直截了当地这样说,但是我知道情况就是如此。她有很好的理由离开,我想,严格地说,我有很好的理由要求她一去不返,但是从什么时候起有很好的理由似乎就是为所欲为的很好理由?这不是保护我们名声的事——我相信格洛丽亚甚至不在乎波莉怎么想她——而是做正确的事。这看起来很奇怪,我知道,我自己也不肯定它意味着什么,但是它意味着什么。我相信的东西不多,在道德上和礼仪上,但是我深信混乱可以被,不是排序,或许,而是安排,安排在某些并非不协调的布局中。这是一个美学问题,又一次。在这方面我也觉得我和格洛丽亚达成了默契。

一切都乱了,当然,一切都颠三倒四。我想召开一次相关各方的全体大会——没有奥利芙,或许,当然不会有杜杜,尽管我知道她们会极感兴趣——解释一下事情出了错,而公正地说,我不应该是那个在所有这些冲突和折磨中被指责的一方。好吧,或许我不该谈公正。我不想自称是唯一受到伤害的一方;我们都处于伤后休息时期,在这儿。但我是偷窃者——曾是偷窃者——不是被偷的。事实上,我希望解释清楚,从我这里拿走的东西不是被拿走,而是被罚没的。我是我自己的不幸的主人。

老者从他的寻觅中回来,两手空空,坐到我身边的石头上,整理着他膝盖周围松松垮垮的裤管,就像一个女人故作端庄地整理她的裙子。石头很大,足以坐下我们两个,因此我们都在那里但并不在一起。我很高兴我们是在户外,因为他闻起来非常糟糕,就算是流浪者也太难闻了:腐烂的兽皮,又暗含着民用煤气,以及成熟奶酪的成分。"你是那男人的哥们儿,是不是?"他说。我正看着一朵半透明的橙色小云朵沿着那些矮山中的一座的边缘天真地飘过,在河口处开始征程。我想着奥利弗,我是说马库斯,蜷伏在他的工作台上,钟表匠的眼镜旋进眼窝,细细地修补着我父亲的爱琴表的内部仪器。"我看到他,那天,在那辆大轿车里,掉到水里。就在那儿,就是。"他用一只肮脏的指头指着,"刹车的痕迹还在草里,如果你想看看。"他用力抓了抓自己,叹口气,摇着头,作为额外补充,又吐了口痰。"你不会想责备自己,现在,为了这种事。"他说。或者我觉得他是这样说的,除非我的耳朵欺骗了自己,偶尔,在为难的场合,它们会乐于这样做。那朵小云在下方远处的水面上留下浅粉色的污迹般倒影。

嘀嗒,嘀嗒。

嘀嗒。

嘀嗒。

圣诞节以及它的铃铛和小玩意终于结束了。这是特别可怕的一次，今年；并不奇怪，在这样的环境下。格洛丽亚和我在平静的孤独中度过，远离世界，很多时候远离彼此。我们在中午一起喝杯红酒，然后退回到我们各自的区域，每人端着一个盘子、一只瓶子和一本书。非常文明。我们带着一种无形的恐惧等待着新年。到底我们会怎么样？命定的事件，不止一个，已到时候了。格洛丽亚会待在这里，这似乎很明确——再没有提到艾格莫尔特——至少在孩子降生之前。我想向她建议我们试着好好相处，我们三个。老爸、老妈和老妈的小小惊喜。匪夷所思的幻想，我承认。孩子不会是女孩，我想。至少，我希望不是——我们的上一个不是很有运气。不，我幻想是另一个钟表匠马库斯在里面，等候着他的时刻。

我对我的秘密藏身处做了一次扫荡，这里，还有门房——浑身颤抖的体验，那次拜访，我觉得就像我自己的鬼魂——扔出去相当多来自过去糟糕日子的珍藏。其中最主要的是范德勒小姐的绿袍瓷女士，从她依然芬芳的烟盒里被取出来，并怜爱地抹去灰尘；还有一把珍珠柄的裁纸刀，很多年前从我所爱的朋友奥利弗那里捞来的，有玻璃眼睛的那个，还有一个顺手牵来的水晶小碟——很遗憾，这将是那个可爱的温柔词语最后一次出现了，对我而言，里面有着太多波莉的影子——从一个威尼斯宫殿，在记忆之外的某一天，似乎依然闪烁着水灯的倒影。全都消失了,在垃圾箱底部的一只袋子里。所以，你看，我已焕然一新。嗯，你说呢？

我是多么享受最近这些日子啊，一年里最后的日子，全都是浓厚的蓝色，木炭画和蜂蜜的色调，配上德·基里科[I]的长长影子的背景。太阳仍在骚动，多亏它的耀斑，我们这假冒的仲冬夏日仍在持续。巨大的沉寂统治着一切，仿佛世界蜷伏在寂静之中，屏气凝息。在等什么？我仿佛与世隔绝，藏身地下，时不时探出我的口鼻，试探性地嗅嗅空气。是的，看看我在那里，像一只老獾在他的巢穴中，也等着和守候着他不知道的什么东西，他的毛皮刺痛，感觉到某种可怕的危险在临近。

最近的某一天，波莉传唤我到画室去见她。那是一次传唤，有种专横的感觉。我尽职尽责地爬上吱嘎作响的陡峭楼梯，她就在那儿，在顶上，在门外等着我，就像往常那样，但是现在迥然不同。她穿着一件修长的外衣，高跟鞋——高跟鞋！——她的头发剪成新样式，短发，有着优雅的严肃。一束光从楼梯平台高处的小窗落在她的身上，给她一种雕像般的外表，因此她似乎表现出某种模糊的果断气质。女人的忍耐力，或者守寡精神，潜含着的某种东西。她用公事公办的态度问候我，显出有事在身的样子，仿佛她是在赴一个总体上更为紧迫的约会的路上顺路拜访这里，让人想起佩里·珀西瓦尔。她没有把手从她时髦外衣的口袋里拿出来，就好像

[I] 乔治·德·基里科（1888—1978），希腊裔意大利人，形而上学画派创始人之一。

她觉得我会幻想她打算拥抱我。我走过她，打开房门，在那一瞬间看到我自己，仿佛一模一样地画在一副纸牌上，我的记忆正在翻阅的纸牌，做着同样的事，以完全相同的方式探身过去，有点儿尴尬，有点儿站不稳，在过去的无数场合里。

屋里，画室有一种既熟悉又不熟悉的样子，那是暑假后第一天回来时教室常有的。每样东西似乎都太明亮，过于显眼。味道，当然，慢慢跑进记忆，跑进心里；在这方面没有什么能与味道旗鼓相当的了。波莉漠然地朝四周看了看，目光滑过沙发时甚至没有停留。"你怎么样？"她问。她把头歪向一侧，打量着我；她可能不是对我而是对我的肖像审慎地粗略查看，不大在意她看到的东西。"你看上去不太好。"

我说我承认她是对的，我确实觉得不太好。我说她看上去相反，看上去——但是我想不出合适的词，并不存在这么复杂的复合词。

她微微笑了笑，抬起一边眉毛，有一秒钟与我的妻子惊人地相似。穿着高跟鞋她比我高出半个头。她又站到阳光下，阳光透过倾斜的大窗落下，在那窗下我们曾经常躺在一起，满足地望着天空缓慢变幻，云朵庄严行进，乳白色的海鸥俯冲盘旋。她解开她的外衣。里面她穿着裙子和紧身胸衣样的东西，在我看来很怀疑是一条紧身连衣裙，虽然这可能是事后回想的结果。裙子有些紧，到小腿中部，紧身胸衣似乎令人生畏地难以穿透，就像一件盔甲，但是我突然发现我自己勃然兴起，双手向她伸出，好像她会，好像我真觉得她会，投到我的怀里。她朝后退了一寸，眉毛抬得更高，这一切足以让我在轨道上停下来。我让双臂落在身侧,我们两个同时把目光从对方身上移开。清嗓子的声音。波莉走到边上,迈着深思熟虑的缓慢步子,不可避免地,在桌边停下来,不可避免地捡起那只尾巴尖断了的玻璃小老鼠,在手指上翻着,皱着眉。

"它一直在这儿。"我说。

她继续检视这只老鼠:"什么时间一直?"

"我们在这儿的全部时间。"

"而我从未注意到。"她点点头,做了一个鬼脸,没有任何特殊的含义。她的思绪飘得很远,远离老鼠、我、这个房间、这个时刻。她现在是另外某个人。我当然记得马库斯说,那天在渔王餐厅,说他不再认识他的妻子;爱给我们上了多么负面的一课!她从桌边离开,双手又放进外衣口袋里。"还有格洛丽亚,"她问,用一种更刺耳、更尖厉的声音,除非这是我的想象,"她怎么样?"

"啊,算啦,"我说,"你知道的。"

我恨不得立刻问她,当然,她为什么带我到这儿,是什么她一定得跟我说;纯粹的好奇有着更强大的动力,我相信。她停止了踱步,闷闷不乐地低头凝视着沙发,却没有看进眼里,我能看出来。然后她斜眼瞥我,眼睛眯起来。"你会留着孩子吗?"她问,"我是说,你会假装是父亲吗?"在我看来她可能笑了。我什么也没说,只从两边伸出我的手,茫然无助;我看起来肯定有点像奥莉芙的十字架上的基督半成品中的一个。

她又开始踱步,开始谈起马库斯的事故——这是她的用词,他的事故。她说得很慢,跟她缓慢的步伐保持一致。仿佛她在做听写,好记下一个以后她将不得不宣誓承认的声明。我试着振作精神,试着再看到我们在这里一起度过的下午,滚进彼此的胳膊里,但是那对恋人是另外一对,对我来说就像这个新波莉一样认不得了,她更高、更严肃、遥不可及,在这里在我面前踱着步。马库斯总是粗心大意,她说,或者更应该说毫不在意,总之,不小心,尽管如此他爱那辆没用的旧车。可怜的马库斯,她说,摇摇头。那么,这是不是,我猜,我们在这儿的原因,这样她能把她的证词口述给我,我可以把它放进记录,完成证据之书?当人们谈论,就像他们会做的,马库斯在一个秋日下午意外地冲下费里角那座山的山坡,冲入平静的大海,我就察觉到脑子里嗡嗡作响,一种迅速单调的跳动,让我的头骨疼痛,让我的眼睛痛苦地眯起来。那是一声压抑的尖叫,我想。然而当我听着波莉说话,看她从苍白的阳光洒在窗下地板上的四边形里踱进踱出,我什么感觉都没有,除了一种温柔的悲哀,一种同情,几乎。

不久,我开始意识到她已经不再谈论马库斯了——或许她一开始就没有谈论他,或许我听错了,或许是想象——她正在谈论另外某个人,某个完全不同于她的亡夫的人。事实上,令人惊讶的是,现在的话题是她的下一任丈夫。"当然,我们不会待在这儿,"她在说,"那是不可能的,考虑到发生的一切。"她停下来,直视着我,用一种清澈、坦诚、询问的目光,然而在里面,我似乎发现了一丝恳求的光。"是这样,不是吗？"她说，"我是说，我们不能。"但是哪里，我问，困惑地，拖延着时间，她考虑去哪里？"啊，雷根斯堡，"她说，音发得不太准确，我注意到——她得不得不努力掌握日耳曼语的 r 音——"弗雷德里克在那儿还有一座家族住宅。"她短促地笑了一下，"事实上，是座城堡，我想。"然后她皱皱眉，"会是很大的改变，跟这里相比。"

到如今，我可以看到，她已经相距甚远，离这里，而且我说什么或做什么都不能把她带回来。我坐到沙发上，双手无力地放在我的大腿上，手心向上。无疑我的嘴也无力地张着，光亮红润的肥大嘴唇松弛地挂着，我重重地吸气，慢慢起伏。雷根斯堡！不知怎么我就知道，那个地方有一天会赫然耸现在构成我生活的这个微不足道的灾难中。我清清楚楚地看到整件事情，仿佛陈列在祈祷书中的一页，弗雷德里克王子殿下，穿着毛皮镶边的大衣，戴着尖顶帽，看上去既严厉又愚蠢，他的夫人递给他一支象征着什么的百合，她穿着林堡蓝色的长袍，他和他的侍从，老马蒂·马勒，她和作为她的未婚仕女的海兰姐妹，全都跟独角兽一起嬉戏蹦跳，远处是城市的微缩模型，有着尖顶和长三角旗，塔楼和筑巢的鹳，太阳这个巨大的球体高高地，高高地在景色的上方，镶嵌在金色的拱门里，朝四面八方流溢出它的祝福。

弗雷迪·海兰。啊，弗雷迪，和你的领带、你的头皮屑，你的结、结、结巴。所以你自始至终都是那匹潜伏在平静的乡村景色中的狼。我为什么没有感到你屏住的呼吸？为什么不够聪明，没有重视你？就是这样简单，简直是愚蠢。好吧，这是我学到的一课，还有其他的——永远不要低估任何人，即使是弗雷迪·海兰。我可以追问波莉细节，日期、时间、地点，因为无疑我有权听到这些，但是我没有。尽管我怀疑她巴不得告诉我，不是出于残忍或报复——她从来不是报复心重的人，从不残忍，甚至现在也不是，在最后——只不过这样她可以听到它被大声说出来，这个非凡的童话故事是她从看起来的满地鸡毛中为自己塑造出来的。我很难反对——她难道不该得到快乐吗？因为她注定会快乐，我可以在她新近呈现的风度的每个细节中看出来。但是马库斯，他刚刚辞世，他会怎么样？他的名字是我尤其不会提及的，也希望她不会再说到他。我害怕她会给出一系列的辩护词，温和、理由充分、用指头一个个数出来，由这个高大、镇静得让人气馁的新版波莉说出来，我过去常常跟她满怀爱意地躺在这张旧沙发上，现在绿得让人伤心的沙发。

她准备走了。我可以看出她试着让自己为我感到难过，或者至少让自己看起来好像如此。我肯定是一副可笑的样子，意志消沉，喘不过气来。但是我不再适合她了解的世界，我的外形不对，全是钝角和滑溜溜的边，就像卡在门口的钢琴一样笨重、难以处理。此外，为什么她会要我？我是一只胖青蛙，而她已经有了她的王子。

她扣好外衣，慢慢朝门口移动。她说她在去看父母的路上在这里停留一下。她的父亲病了——怀疑是肺炎——她的妈妈又在发作。把他们留在这里，她说，对她来说将是最难承受的事情。她会常回来看看，当然，但是这与在这儿一直留心照顾他们不一样。我仍然在她面前瘫着,迟钝地抬头看着她,没有说话。她掏出一副精致的黑羊皮手套,戴上,灵活地把手指蠕动进去。我注意到她没戴戒指;尽管如此,我猜她有一枚,一个传家宝,终将如此,来自铁腕玛格的时代,上面有切成钻石形状的高地纹章,不过当她在楼梯顶层等我的时候,把它摘下来藏了起来。在我们爱的火花初燃的日子里,我曾希望她戴一枚戒指。她嘲笑了这个想法——她怎么对马库斯解释?我说她可以有办法戴着却不被看到,她可以用一条链子挂在脖子上,或者缝在某件衣服里面,我说。一想到这枚小金环在她的乳房间在银色的暮色中变暖,或者在她大腿内侧下面的阴影里闪光,我就感到兴奋。但她一个也不接受,我深感失望和沮丧,虽然我没表现出来。

"我想起来,"波莉现在说道,尽管从她的举止中这显而易见——计划好了但被分了心,想离开但被最后一个任务耽搁了——无论她打算说什么,从一开始她就已经考虑好了,"我不知道,"她说,攥起一只手,朝着手套绷紧的背面皱着眉,"你会不会要只狗。我是说,巴尼。他们确实无法再照顾它了,而且我怀疑珍妮在没有人看见的时候踢它。"她带着恳求的灿烂微笑朝我迈了一步,我从来没有想到她能有这样的微笑。"噢,别说不,奥利。"她说。这个,我记得我当时想到,是最后一次我会听到她叫我的名字。她朝前又走了一步,不知怎么地设法让她乳灰色眼睛里的光更加柔和了,让它们发着亮。"你会不会接受这个可怜的家伙?"她说,装出一种孩子的口齿不清的声音,"求求你?"我想站起来,在沙发那柔软的老弹簧上扑腾着，最终带着巨大的咕哝声站了起来，有点儿摇摆地站在她面前。我肯定点了头，或者她肯定觉得我点了，因为她快乐地拍着手，喘着气匆忙谢过我，跟着又走上一步，现在简直是喜不自禁，甚至噘起嘴唇感激地在我的脸上啄了一下。我惊慌失措地在她面前向后退，直到腿肚子挤在沙发靠垫的边上停了下来。我觉得只要她碰了我，哪怕只用那些戴着手套的手指中的一个，我都会碎成无数细微的碎片，就像酒杯被女高音的疯狂颤音震碎。然后她很快走了，我听着她的脚步疾风般走下楼梯，听到前门关上。我想象她跑过马路，用她那种八字脚的走路方式，她的外衣飞扬。我曳步向前，直到我站在她站过的那团空气中，抬起头，慢慢地、深深地吸了一口气。她可以换掉她身上的一切，除了她的味道，那种混合着奶油和紫丁香的淡淡香气。他们说气味无法回忆；他们错了。

我走到桌边，捡起那只小玻璃老鼠，在手里用力地挤压它，以致那根断尾巴刺破我的手心，弄出了血。一个烙印！——只有这个，但暂时已经足够了，目前。

所以就是这样。格洛丽亚将有个孩子，波莉有她的王子，我得到一只快死的狗。这似乎不算一个不合适的结局，你会承认。巴尼，这只可怜的老家伙，就躺在我脚边，或者在脚上，像往常一样。它很重，死亡的重量在它身上。它的呼吸急促嘶哑，就像一台上了发条的引擎的声音，有点儿生锈，活塞也有问题，一路飞奔向前，朝着突然停止的那个时刻，发出最后短促落下的叹息。每隔一段时间引擎确实停一会儿，但只是帮助释放那些欺骗性的闷屁，它的恶臭染绿了空气，一种可怕、反胃，但又讨人喜欢的死亡警示[I]。我训练自己倾听那个不祥的停顿，在不可避免地随后而来的闷屁到来前匆忙撤出房间。我奔向房门的时候，狗抬起它大大的方头，在我身后投出厌倦轻蔑的一瞥。普洛默先生，波莉的父亲，在一月一个傍晚，太阳落山时在格兰奇堂华丽的前门外把它移交给我，一边一遍又一遍地感谢我，拼命地微笑，似乎没有注意到涌上他睫毛的眼泪，就像众多快速滴落的水银一样在微暗的空气中落下，在他旧花呢大衣的袖子上洇出六便士大小的暗斑。至于普洛默夫人，不见踪影，对此我必须说我深感欣慰。

我本以为格洛丽亚会反对我接受这只狗，但是相反，她发现我将受它摆布，觉得有无限乐趣，每次她的目光落到这个畜生身上她就笑，惊奇地咬着嘴唇，摇着头。"嗯，至少你可以感谢她没有把皮普留给你。"她说。她鼓胀的肚子还几乎看不出来。我们仍未决定怎么办。我怀疑我们什么也不会做，就像我们通常做的那样，就像我怀疑每个人做的那样；所有的决定都是在回顾时做出的。如果格洛丽亚确实要求我离开，

[I] Memento mori，拉丁文，意思是"记住你终有一死"。

如果我不管好自己,她仍然可能这样做,我可以去跟奥莉芙和杜杜住在一起。我可以砍柴、挑水,成为一个完美的卡利班[I]。至于奥莉芙和她的朋友,我想象那两人几乎不会注意到我,我在花园里长期劳作,或者安静地坐在夜晚的火炉旁,吃饱喝足,沉思着曾经是我的生活的坠落的荣光。

我做过一些计算。在难受的时候,数字总是一种消遣的方式,甚至是安慰。先是初次野餐,在公园里,在并未意识到的情况下,我把我蜘蛛般的饥饿目光锁定在波莉身上,而马库斯和我的妻子成了,就像格洛丽亚会说的,心灵伴侣,不管这要求和包含着什么。很多年过去,至少四年,直到在钟表匠之夜那个闪亮的十二月夜晚,我与波莉坠入盛开的爱情——不管怎样,让我们称之为爱情吧。然后她和我在一起一共,什么,九个月,稍微多一点儿?是的,我是在九月份之后暴风雨开始时出逃的。肯定是那个时候,就是那时,马库斯和格洛丽亚把他们的心灵放在一边,变成了伴侣,这个词最恰当的不合礼仪的含义,正因如此我妻子现在充满生机。但是我想知道的是,弗雷迪·海兰到底什么时候取代了我在蛛网中心的位置,把他那黏黏的触须伸到我珍爱的波莉那里?我无权去问,我知道,而且反正也没有人能告诉我。我怀疑

[I] 莎士比亚的《暴风雨》中主角普洛斯波罗的仆人,野性而丑怪的奴隶。

连奥莉芙和杜杜也不知道这个问题的答案。

我想念马库斯,有一点儿。他是在十一月结束的时候去世的,我记不得日期了,不想记得。他失去了波莉,他失去了格洛丽亚,他失去了我。我怀疑对他来说我是一个巨大的损失,不过谁知道呢。我想念他,因此为什么他不该想念我?那天当他们把车子拖出水面之后,我想出去到费里角,把我父亲的表扔进去,作为标记这个悲伤时刻的一种方式,但我做不到。

我在房子里到处翻,为那些非法获得的物品的判决仪式做准备的时候,我偶然发现了粗麻布文件夹,我父亲用来装神圣的纪念物,比如我在我妈妈临终前给她画的像。帆布封面已经发了霉,法布里诺纸多少变成了灰黄色,边都皱了,但是画像本身,在我看来,就像我画的那天一样新鲜。她多么可爱,即使在死的时候,我可怜的妈妈。当我蹲在阁楼里,凝望着她的肖像,霉尘的柔和味道在鼻孔里,被旧日的残片团团围住,我突然意识到或许那就是我现在的任务,挖掘过去,开始重新学习所有我以为我知道但是不知道的东西。是的,我可以开始伟大的复兴事业。很难说是一种独创的尝试,我承认,但为什么我要让这妨碍我?我从未追求独创,一直,甚至在我毫无价值的全盛期,满足于耕耘已经开辟的熟悉垄沟。谁知道呢,这个顽固的老苦家或许甚至会重新学习绘画,或许只是学习,第一次,也是最后一次。我可以勾勒出我们四个人的团体像,在围成圆圈的舞蹈中手拉着手。也可能我会退出,让弗雷迪·海兰完成这个四重奏,我则远远地站在一边,穿着男丑角的戏装,用一把蓝色的吉他忧伤地轻轻弹奏。

我为什么偷所有那些东西?现在这在我看来不再真实,那个曾经的我。

你会觉得,默默凝视我母亲的肖像,多年以前由我自己亲手画出,会搅动起只对她一人的甜蜜记忆,不是吗?但是相反,我发现自己在想着的是我父亲。我很小时候的一个冬天,不可能超过五岁或六岁,我染上了那些神秘的儿童病中的一种,它们的表现过于模糊和普遍,以至于没人费心给这些病起个名字。好几天我半昏迷地躺在弄暗的屋子里,在让人满足的疼痛中翻滚呻吟。遵照医嘱,我的哥哥们被赶出去睡在房子里的其他地方——我想他们可能甚至被塞去跟可怜的奥莉芙住在一起——我被留下来跟我发热中的梦一起幸福地离群独居。我床上的被单必须每天更换,我记得陶醉于自己汗水的味道,一种难闻又陈腐的肉的臭味,并非完全令人不快,至少对我的鼻子来说。我妈妈肯定心烦意乱——那时候小儿麻痹症猖獗——无疑她经常陪伴左右,喂我喝鸡汤和麦芽汁,用湿脸巾擦我火辣辣的额头。然而,是我父亲,每个晚上,带给我独特、美妙、温柔的缓解时刻,溜进我的房间是他临睡前的最后一件事,他会把手放在我的头下,把它抬起一点儿,好把我那湿透、火热、散发臭气的枕头的凉快一面翻过来,做得既熟练又漂亮。我肯定他知道我醒着,但这是我们之间的默契,认定我在熟睡,不知道他为我做的小小服务。当然,我在他来并离去之前不会让自己睡着。当门打开,灯光沿着卧室的地板短暂地洒下一片扇形,高大瘦长的人影笨拙地爬向我，就像童话里友好的巨人，我体验到多么奇异的激动啊，半是幸福半是受宠若惊。他的手碰上去也多么奇怪，不像我认识的任何人的手，根本不像一只手，事实上，像什么东西从另一个世界朝我伸出来，我的头似乎没有分量——我全身，事实上，似乎都没有分量，有那么一会儿我会自由地飘浮，离开床铺，离开屋子，离开我自己本身，像一根稻草、一片树叶、一根羽毛，平静地飘浮在柔软、绵延的黑暗之中。